THE
QUEEN
OF
CRIME
繁體中文版
20週年
紀念珍藏

煙囪的祕密

著——阿嘉莎・克莉絲蒂

譯——楊志強、王利英

Agatha Christie

The Secret of Chimneys

通俗是一種功力

吳念真（導演、作家）

通俗是一種功力。絕對自覺的通俗更是一種絕對的功力。

這樣的話從我這種俗氣的人的嘴巴說出來，大概很多人要笑破褲底了。不過，笑完之後請容我稍稍申訴。這申訴說得或許會比較長一點，以及，通俗一點。

小時候身材很爛，各種遊戲競爭完全任人宰割，唯一隱遁逃避的方法是躲起來看書或聽大人瞎掰。那年頭窮鄉僻壤的小孩能看的書不多，小學二年級時最喜歡的是超大本的《文壇》，老師借的。看著看著，某天老師發現我的造句竟出現：「捧著：朝陽捧著一臉笑顏為群山剪綵」這樣亂七八糟的文字，就拒絕再讓我看那些超齡的東西了。

老師的書不給看，我開始抓大人的書看。一種是厚得跟磚塊一樣的日文書，對我來說那完全是天書，但插圖好看，經常有限制級的素描。另一種書是比較薄的，通常藏得很嚴密，只是裡面有太多專有名詞、重複的單字和毫無限制的標點，比如「啊啊啊」、「……！！！」

老讓我百思不解。有一天，充滿求知欲地詢問大人竟然換來一巴掌後，那種閱讀的機會和樂趣也隨著消失了。

所幸這些閱讀的失落感，很快從大人的龍門陣中重新得到養分。講到這裡，我似乎先得跟一個村中長輩游條春先生致敬，並願他在天之靈安息。

我所成長的礦區，幾乎全是為著黃金而從四面八方擁至的冒險型人物，每人幾乎都有一段異於常人的傳奇故事。這些故事當事人說來未必精采，但一透過游條春先生的嘴巴重現，有時連當事人都聽得忘我，甚至涕泗縱橫，彷彿聽的是別人的故事。

條春伯沒當過日本兵，可是他可以綜合一堆台籍日本兵的遭遇，一如連續劇般從入伍、受訓、逃亡荒島，面對同鄉同袍的死亡，並取下他們的骨骸寄望帶回故鄉，乃至骨骸過多搞不清哪是誰的等等，讓聽的人完全隨他的敘述或悲或笑，彷彿跟他一起打了一場太平洋戰爭。此外他也可以把新聞事件說得讓一個三、四年級的小孩，到現在仍記得當時腦中被觸動的畫面。例如當年瑠公圳分屍案的凶手做案之後帶著小孩到安東街吃麵（這讓我一直以為台北的安東街是條專門賣麵的街道），還有甘迺迪總統被暗殺、賈桂琳抱住她先生、安全人員跳上飛快的車子保護賈桂琳……當然，這記憶全來自條春伯的嘴巴而不是報紙。我的記憶全是畫面，有畫面，是因為條春伯說得精采，說得有如親臨他至死都還搞不清地理位置的達拉斯命案現場。

於是這小孩長大後無條件地相信：通俗是一種功力，絕對自覺的通俗更是一種絕對的功力。透過那樣自覺的通俗傳播，即使連大字都不識一個的人，都能得到和高階閱讀者一樣的感動、快樂、共鳴，和所謂的知識、文化自然順暢的接軌。也許就是因為這些活生生的例子，俗氣的自己始終相信：講理念容易講故事難，講人人皆懂、皆能入迷的故事更難，而能隨時把這樣的故事講個不停的人，絕對值得立碑立傳。

條春伯嚴格地說是有自覺的轉述者，至於創作者，我的心目中有兩個。一個是日本導演山田洋次，一個是推理小說家阿嘉莎．克莉絲蒂。

山田洋次創造了寅次郎這個集合所有男人優點跟缺點的角色，在以《男人真命苦》為名的系列下，總共完成百部左右的電影。它們的敘述風格、開頭、結尾的方法不變，唯一改變的是故事，是時代，是遍歷日本小鄉小鎮的場景。數十年來，看《男人真命苦》幾已成為日本人每年的一種儀式，一如新春的神社參拜。

數十年前訪問過山田導演，他說，當他發現電影已然有它被期待的性格時，電影已經不是導演自己的。他說：當所有人都感動於美人魚的歌聲時，你願意為了讓她擁有跟你一樣的腳，而讓她失去人間少有的嗓音嗎？

人間少有的嗓音與動人的歌聲，都來自山田導演絕對自覺的通俗創造。

再如阿嘉莎．克莉絲蒂，如果我們光拿出她說過的故事和聽過她故事的人口數字，就足以嚇死你。五十多年的寫作生涯，她總共寫出六十六本長篇推理小說，外加一百多篇短篇小說和劇本。其中有二十六本推理小說被改編，拍了四十多部電影和電視劇集。作品被翻譯成一百零三種文字的版本，銷量超過二十億本。

夠了。你還想知道什麼？知道二十億本的意義是什麼嗎？二十億本的意義是全世界平均三個人就有一個人讀過她的書，聽過她說的故事。

說來巧合，她和山田洋次一樣，創造出個性鮮明的固定主角（當然，前前後後她弄出來好幾個），然後由他（或是她）帶引我們走進一個犯罪現場，追尋真正的罪犯。

故事就這樣？沒錯，應該說這是通常的架構。那你要我看什麼？不急，真的不急，克莉絲蒂會慢慢冒出一堆足夠讓你疑惑、驚嚇、意外，甚至滿足你的想像力、考驗你的耐心和智商的事件來。

推理小說不都是這樣嗎？你說得沒錯，大部分是這樣，不一樣的是……對了，她像條春伯，像山田洋次，她真會說，而且她用文字說。

文字的敘述可以讓全世界幾代的人「聽」得過癮、「聽」個不停，除了聖經，也許就是克莉絲蒂。她不是神，但她真的夠神。

數十年前，台灣剛剛出現她的推理系列中譯本，那時是我結婚前，常有同齡的文藝青年來我租住的地方借宿，瞄到我在看克莉絲蒂，表情詭異地說：「啊？你在看三毛促銷的這個喔？」

我只記得他抓了一本進廁所，清晨四點多，他敲開我的房門說：「幹，我實在很討厭那個白羅……再拿一本來看看，我跟你說真的，要不是你的書，我真的很想把那個矮儸壓到馬桶吃屎！」

我知道他毀了，愛吃又假客氣，撐著尊嚴騙自己。克莉絲蒂再度優雅地撕破一個高貴的知識份子的假面具，她的手法簡單，那手法叫通俗，絕對自覺的通俗，無與倫比、無法招架的功力。

昔日的文藝青年如今跟我一樣，已然老去，但不時還會看到他寫一些充滿理念和使命感極重的文章，在報紙和雜誌上出現。我知道他要說什麼，只是常常疑惑他想跟誰說；同樣，我記得他說過什麼，但轉眼間忘記他說了什麼。但請原諒我，幾十年前那個晚上，他在我家看完的那兩本克莉絲蒂的小說內容，我可還記得清清楚楚。

也許有一天再遇到他的時候，我會問他之後是否還看過克莉絲蒂其他的書，如果沒有，我會跟他說，想讀要趁早，因為你會老、會來不及。至於白羅那個矮儸，大概永遠不會消失。哦，對了，還有一個叫瑪波，你說不定會來不及認識……

歡快氣氛下的解謎樂

龍貓大王通信

一九八〇年代，美國電視觀眾最喜歡的作品類型之一，是看俊男美女在電視上「床頭吵床尾和」。一九八二年，浪漫推理劇《龍鳳妙探》（*Remington Steele*）大受歡迎，男主角皮爾斯・布洛斯南（Pierce Brendan Brosnan）高大帥氣，女主角史蒂芬妮・齊姆帕勒（Stephanie Zimbalist）嬌小可愛，他們之間不但有最萌身高差，還有最凶的吵架音量，你一嘴我一嘴地互嘴黜臭，其實偷渡的是勢均力敵的甜蜜情意。一九八六年的《雙面嬌娃》（*Moonlighting*）吵得更凶，布魯斯・威利（Bruce Willis）與西碧兒・雪柏（Cybill Shepherd）這對歡喜冤家從鏡頭前吵到鏡頭外，但觀眾只認識鏡頭前流氓與淑女的美味關係，而這已經足夠讓布魯斯・威利的星運一飛沖天。

情侶神探的公式不只讓八〇年代的觀眾買單，其實早在二〇年代就被證明很有賣點。謀殺天后阿嘉莎・克莉絲蒂的經典中，恰巧就包括一對龍鳳妙探的系列作品，他們是克莉絲蒂創作的蛋頭神探與阿嬤神探之外的唯一一組情侶神探：湯米與陶品絲。

這對情侶在一九二二年出版的《隱身魔鬼》首度登場；一九二九年出版的短篇集《鴛鴦神探》裡已經結為夫妻；一九四一年的《密碼》裡勇破二戰諜網；一九六八年已步入老年的貝里福夫妻，繼續在《顫刺的預兆》裡偵查老人療養院的死亡祕辛；最終在一九七三年的《死亡暗道》裡，老先生、老太太已經決定退休，還買了一棟退休房……聽起來他們似乎沒有繼續關心凶手與謎案的必要了，對吧？怎麼可能，陶品絲搬進新家整理環境時，在前屋主留下的書中，竟然找到一段塵封已久的祕密訊息：「瑪麗喬丹並非自然死亡，凶手是我們其中的一個。」

有誰只是整理書櫃也會突然變身偵探？湯米與陶品絲就會，這多少能證明，克莉絲蒂在這對鴛鴦神探身上放進不少玩心。也許是她為湯米與陶品絲設計的浪漫關係，令克莉絲蒂為他們而寫的故事也格外輕巧俏皮。別誤會，湯米與陶品絲出場的處女秀《隱身魔鬼》有國際陰謀、有失竊的機密文件、有神祕又奸詐的犯罪首腦「布朗先生」（這下你就懂書名《隱身魔鬼》是在說誰了）。這看來是一部暗潮洶湧的諜報小說，而確實湯米與陶品絲也穩穩地踩中大部分的可怕陷阱，但克莉絲蒂將這對男女寫得實在太過可愛……你潛意識裡早就知道，他們絕對要邊吵架邊談情地（順便推理）百年好合，不會在這個險境裡就GG（完結）。

湯米與陶品絲的情誼首先是建立在「好哥兒們」的友情之上，從《隱身魔鬼》的開場就看得出來：

「湯米，你這個老東西！」

「陶品絲，老朋友！」

兩個年輕人熱情地相互問候……那兩個「老」字頗易讓人誤解，其實兩人年齡加起來絕不超過四十五歲。

二〇年代已經不是封建時代，但男女之間還是有別。而湯米與陶品絲之間的情誼，能夠打破這種隔閡，他們首先是鐵打的好友，彼此在軍醫院認識，因此他們之間有太多戰場回憶可以閒聊，也深知對方的個性與偏好，更重要的是，他們都是一窮二白。這對日後的鴛鴦神探久別重逢，既不談情也不破案，而是討論如何賺錢。克莉絲蒂可不會那麼輕易就灑糖，但從湯米與陶品絲彼此互補的性格設定，你很快就會了解這段友情遲早要昇華成戀情。

你可以懷疑，金庸筆下的郭靖、黃蓉這對射鵰俠侶設定，是不是抄襲自湯米與陶品絲。因為郭靖和湯米一樣，是個有點遲鈍的傻大個——湯米的傻可不是我說的，是克莉絲蒂這樣寫：「湯米不太聰明……但他的慧眼絕對能一眼看穿真偽。」不只如此，克莉絲蒂還形容他「有張（看得過去）的醜臉」。到底什麼樣的長相是「醜但看得過去」？克莉絲蒂只說這種長相是「很難歸類」，而且是「綜合紳士與運動員的臉孔」。這種先踹後捧的寫法我是不會買單的，湯米擺明就是個不會被稱為男神的樸拙男性。

而陶品絲與湯米完全相反，下面這段克莉絲蒂的形容，會不會讓你腦中浮現一個二〇年代的黃蓉模樣？

陶品絲稱不上漂亮，可是那張小臉蛋上有著精靈般的線條、堅毅的下巴，還有一雙隔得很開、從平直的黑眉毛下望去迷迷濛濛的灰色大眼，在在表現出個性和魅力……她的外表散發著一股敢作敢為、精明能幹的味道。

「精靈般」、「個性魅力」、「敢作敢為精明能幹」，這是一位充滿行動力又特立獨行的女性，剛好補足了湯米謹慎緩行的保守個性。當久違重逢的湯米與陶品絲一起討論該如何賺錢，他們在排除繼承遺產（沒有任何親戚有遺產）與為錢結婚（兩人的異性緣都少得可憐）兩個途徑後，決定還是親力親為白手起家。但是誰先提出一起合夥開公司的點子呢？當然是即知即行的陶品絲！他們決定開一家「青年冒險家企業」，名稱響噹噹，事實上，他們開的是《銀魂》裡的「萬事屋」生意：有錢，什麼活我們都幹。

這種歡快的氣氛，引領湯米與陶品絲穿梭一個又一個謎團，大到《密碼》裡追捕兩名納粹間諜，小到《顫刺的預兆》裡的養老院祕密。即便他們沒有在解謎，光是看湯米與陶品絲鬥嘴聊天就很有趣，而這是有別於白羅系列或瑪波小姐系列的獨特樂趣。

這種創作上的玩心有時不是那麼容易發現，例如在《鴛鴦神探》這本短篇小說集裡，每個小短篇不但都是貝里福夫妻的探險歷程，同時也是克莉絲蒂的諧仿之作——每一篇內容都隱射推理黃金年代的名作家或名角色。例如〈女士失蹤了〉致敬了福爾摩斯的〈法蘭西斯・卡法克小姐的失蹤〉（*The Disappearance of Lady Frances Carfax*）；〈霧中人〉則諧仿了史上最厲害的「神父偵探」布朗神父……克莉絲蒂甚至諧仿自己，在《鴛鴦神探》的最後一個故事〈代號十六的人〉裡，湯米自稱是「沒長鬍鬚但智力過人」的白羅！

湯米與陶品絲系列的五本小說，自《隱身魔鬼》到最後的《死亡暗道》，克莉絲蒂創作的時間橫跨五十年，我們可以看著貝里福夫妻逐漸變老。福爾摩斯也會老，白羅也會老到糊塗，但是湯米與陶品絲卻老得很愉快。他們始終愉快，不管是年輕或蒼老，這讓閱讀五本湯米與陶品絲系列的體驗，宛如身處春風之中一樣愉快，值得推薦給長期與雨劍風刀相伴的推理粉絲。

當然，除了湯米與陶品絲系列之外，克莉絲蒂還有不少經典：《一個都不留》自然不用多提；《無辜者的試煉》是我個人特別喜愛的一本小說，我在遠流的App「謀殺天后密室」裡的「密室之聲」Podcast第十六集裡，談過這本講述家庭內情勒暴力的小說；此外還有曾與白羅合作過的雷斯上校探案《褐衣男子》與《魂縈舊恨》，以及性格沒那麼出彩的穩重蘇格蘭警場刑事主任巴鬥，他的幾本小說包括《煙囪的祕密》、《七鐘面》、《殺人不難》與《本末倒置》也包含在內，特別值得一提的是，《本末倒置》是克莉絲蒂本人最喜歡的十部作品之一。而《謎樣的鬼豔先生》中的哈利・鬼豔，是唯一獲得克莉絲蒂獻詞的偵探。

獻詞

阿嘉莎・克莉絲蒂是世界讀者最眾，也最廣受喜愛的女作家。
身為克莉絲蒂的孫兒，我相信奶奶會非常樂見這次出版，
因為她極以自己作品中的趣味與娛樂為豪。
歡迎所有喜歡本系列的台灣新讀者參與這場饗宴！

——馬修・培察（Mathew Prichard）

01 安東尼・凱德入夥

「喬大公子！」

「咦，這不是吉米・麥格拉思嗎？」

城堡觀光團的人三三兩兩站在一邊，渾身是汗，滿面疲憊，但仍然頗有興味地注視著這一幕。很顯然，他們的凱德先生碰到了一個老朋友。團裡的人都很喜歡凱德先生，他身材頎長，面孔黝黑，全身上下流露著紳士風度，幫他們解決爭議的時候，能把每個人都哄得高高興興。他那位朋友可真是面目怪異，身高和凱德先生差不多，但體格胖多了，長相也差多了，就像書裡經常描寫的那種酒吧老闆。不管怎麼說，人們出國觀光不就是為了親眼看看書中寫的那些稀奇古怪的東西嗎？直到現在，他們絲毫也不覺得布拉瓦約[1]有什麼好玩的。

1　布拉瓦約（Bulawayo），辛巴威的第二大城市，位於西南部。

整天日頭曝曬，旅館一點也不舒服。剛開始也不知道要去什麼地方，接著忽然就把車開到了馬托波斯。幸虧凱德先生建議他們收集明信片，各式各樣到處都有，這回他們可開了眼界。

安東尼．凱德和他的朋友走開兩步。

「跟這群娘們在一起幹嘛？」麥格拉思問道，「要開花樓啊？」

「這些人還不行，」安東尼咧嘴笑了笑。「你沒有好好看看他們啊？」

「看了，還以為你的眼光出了問題呢。」

「我的眼光一點也沒變。他們是城堡觀光團的遊客，來參觀本地的城堡。」

「你怎麼居然幹了這種差事？」

「急需錢花，無可奈何囉。我向你保證這不合我的口味。」

吉米會意地笑了。

「從來就不是幹正經工作的料，對吧？」

安東尼對他的譏諷不以為然。

「不過，但願很快就會有點事可做。」他充滿希望地說，「事情總是這樣。」

吉米呵呵地笑了起來。

「如果有什麼地方要出事，安東尼．凱德遲早會捲進去。我知道，」他說，「你對各種風波有絕對的直覺……而且從來不會給逮著。我們什麼時候一塊聊聊？」

安東尼嘆了口氣。

「我還得帶著這群饒舌的母雞去看看羅得斯墓地。」

「唉，那才是正事。」吉米點頭說道，「路上坑坑洞洞，他們回來時一定渾身青一塊紫一塊，哭著喊著上床療傷。然後我們就可以湊在一塊好好聊聊了。」

「好吧，回頭見，吉米。」

安東尼重新回到他的羊群。團裡最年輕也最尖刻的泰勒小姐馬上向他發起了攻擊。

「嘿，凱德先生，那人是不是你的老友啊？」

「是的，泰勒小姐。是我年少純真時代的一個老友。」

泰勒小姐咯咯咯地笑了起來。

「我覺得他好有趣。」

「我會轉告他。」

「哈，凱德先生，你怎麼這麼頑皮，虧你想得出來！他叫你什麼來著？」

「喬大公子！」

「是的，你的名字叫喬嗎？」

「泰勒小姐，我以為你知道我叫安東尼。」

「哼，快走吧！」泰勒小姐賣弄地叫了一聲。

到現在為止，安東尼把自己的工作做得很好。除了做好遊覽的必要安排，他還得照顧好每個人：哪位老先生給惹惱了，他得去安慰幾聲；上了年紀的女士要買風景明信片，他得安排足夠的機會；至於那些四十歲以下的女士呢，他還得不時地調笑幾句。這後一項任務要簡單一些，因為那些女士總是有辦法從他最純潔的話語裡聽出柔情蜜意。

泰勒小姐接著發問：「他為什麼叫你喬呢？」

「哦，就是因為我不叫喬。」

「那為什麼要叫喬大公子？」

「還是那個理由。」

「噢，凱德先生，」泰勒小姐滿臉失望地抗議道，「你不該那麼說。爸爸昨天晚上還對我說你多有紳士風度呢。」

「你父親真是太好了，泰勒小姐。」

「我們大家也都覺得你的確很帥。」

「我簡直受寵若驚了。」

「真的，我可不是隨便說說。」

「善良的心靈勝過漂亮的冠冕。」

安東尼信口拈來，根本沒想到要表達什麼意思，只是熱切盼望午飯時間快些到來。

「這首詩我一直覺得很美。你很懂詩歌嗎，凱德先生？」

「真的要我背，也許能背出『少年站在燃燒的甲板上』。『少年站在燃燒的甲板上，除了他，別人都已逃生。』我就知道這些，但如果你願意，我可以邊演邊背。『少年站在燃燒的甲板上』，呼，呼，呼——你看，火苗！『除了他，別人都已逃生』——這句嘛，我可以像條狗似地來回跑。」

泰勒小姐尖聲笑著，都快喘不過氣來了。

「哎，看看凱德先生！他多有趣呀！」

「喝早茶了，」安東尼抖擻精神喊道，「這邊走。下條街有家非常好的咖啡館。」

「我猜，」柯迪卡夫人用她那低沉的聲音說道，「早茶的開銷包括在觀光費裡頭吧？」

「說到早茶，柯迪卡夫人，」安東尼端起職業派頭說道，「需要另外花錢。」

「真不像話。」

「人生充滿了考驗，對吧？」安東尼高興地說道。

柯迪卡夫人眼光一閃，就像起爆了一顆地雷似地說道：「我早就料到了，而且做好了準備，今天早飯時我預先泡了些茶！現在可以用酒精爐熱一下。來吧，老爹。」

柯迪卡先生和夫人得勝般地向旅館走去，那女人為自己的深謀遠慮得意洋洋。

「上帝啊，」安東尼嘟囔著，「這就叫作一樣米養百樣人。」

他帶著其餘的人向咖啡館走去。泰勒小姐一直跟在旁邊，又開始她的快速問答。

「你好長時間沒見到你的朋友了吧？」

「七年多了。」

「你是在非洲認識他的嗎？」

「嗯，不過不是在這裡。我第一次遇到吉米．麥格拉思的時候，他正被五花大綁，馬上就要被煮來吃了。我們剛好趕上。你知道，非洲內陸有些部落是吃人的。」

「後來怎麼了？」

「大打出手。我們殺死了幾個，剩下的都抱頭鼠竄了。」

「噢，凱德先生，你的生活多刺激呀！」

「一點都不驚險，我向你保證。」

很顯然這位女士並不相信他。

§

當晚安東尼．凱德來到吉米．麥格拉思的小屋時已經十點了，吉米正擺上幾個酒瓶。

「要烈一點的，詹姆斯。」他帶著央求的聲調說，「告訴你，趕緊給我烈一點的玩意兒。」

「我就知道你會要，兄弟。我是無論如何也不會幹你那份差事的。」

「要是有別的工作，我馬上就跳槽。」

麥格拉思給自己倒了一杯，熟練地搖了幾下又摻上另外一種，接著慢條斯理說道：「是不是想找點特別的事做，老弟？」

「什麼事？」

「如果有別的工作，就不幹現在的差事了？」

「喂，你不會是說現在就有吧？那你自己幹嘛不搶來做呢？」

「我已經搶到手了……但不怎麼喜歡，所以想讓給你。」

安東尼有些懷疑。

「怎麼回事？不會是讓你在主日學校教書吧？」

「你覺得會有人挑上我到主日學校教書嗎？」

「如果知道你的底細當然不會。」

「這個工作很不錯，本身沒有任何問題。」

「不會恰好是在南美吧？那兒的情況我還真知道一些。那些芝麻大的共和國，好像最近又會發生一場靜悄悄的革命。」

吉米抿嘴笑了笑。

「你對革命總是那麼熱心，一革命，什麼事就都亂成一團。」

「我覺得我的能力正好發揮。跟你說，吉米，發生革命的時候我這人特別有用……不管對哪一方來說。要比老老實實過日子強多了。」

「我記得以前聽你說過你的興趣，老弟。不過，這個工作不在南美……在英國。」

「英國？你要衣錦還鄉了？過了七年，他們不能再向你討債了，是不是，吉米？」

「應該不能。好吧，想不想多聽幾句？」

「想，但我不明白你為什麼自己不來幹呢？」

「告訴你吧，我在淘金，安東尼，在內陸很遠的地方。」

安東尼吹了聲口哨，盯著他看。

「從我認識你開始，吉米，你總是在淘金。這就是你的弱點……你那特別的小癖好。走了那麼多的路，在追蹤痕跡方面，你可算是首屈一指了。」

「你等著瞧吧，總有一天我會發大財的。」

「唉，每個人都有自己的癖好，你是淘金，我是做好事。」

「我要把全部情況都告訴你。你該知道黑楚斯洛克吧？」

安東尼突然抬起頭來。

「黑楚斯洛克？」他聲調古怪地問道。

「對，知道嗎？」

安東尼停了好一會兒才吭聲。他緩緩說道：「只知道別人都知道的。是巴爾幹地區的一個國家，對吧？主要河流未知；主要山脈也未知，但為數眾多。首都俄卡雷特。居民以盜賊為主，愛好弒君和革命。最後一位國王尼古拉斯四世，大約七年前被刺。從那以後就變成了共和國。總之，政局變數多多。你該早點告訴我這差事和黑楚斯洛克有關。」

「只是間接有些關聯。」

安東尼凝視著他，與其說是生氣還不如說是悲傷。

「你該想辦法解決解決這個問題了，詹姆斯，」他說，「修一門文書課程或是別的什麼。你如果是在古老的東正教時代講這個故事，保證會被倒吊起來挨一頓拳打腳踢，把你的五臟六腑踢到全走了位。」

吉米接著自己的話頭繼續講，絲毫沒被唬住。

「聽過史泰畢伯爵嗎？」

「即使沒聽說過黑楚斯洛克，」安東尼說道，「但是一提起史泰畢伯爵，大家必定會想起來。巴爾幹的顯赫大老，背景大有來頭，當代最偉大的政治家，絕對會流芳千古；也是最大的惡棍，應該被吊死。到底如何定論，取決於你讀的是什麼報紙。但可以確信的是，詹姆斯，即使你我都化成灰燼，史泰畢伯爵也不會被人們忘掉。最近二十年，當地的每一著棋都能嗅出史泰畢伯爵的氣息。他是獨裁者、愛國者、政治家——沒人清楚他到底屬於哪一類人，只有一點——他是徹頭徹尾的陰謀家。好吧，他怎麼樣？」

「他當過黑楚斯洛克的首相……這就是為何我先提到黑楚斯洛克。」

「吉米，你昏了頭啦。和史泰畢比起來，黑楚斯洛克根本無足輕重。它只不過給他提供了出生地和安身立命的職位罷了。咦，我記得他已經死了？」

「他是死了。兩個月前死於巴黎。我要告訴你的是幾年前的事。」

「問題是，」安東尼問道，「你到底要告訴我什麼？」

吉米感覺到他的責難，於是趕緊講了起來。

「是這樣的，我那時在巴黎……確切地說是在剛好四年前。某天晚上我正在一個偏僻的地方走著，忽然看見六、七個當地惡棍在毆打一位很有風度的老人。我最看不慣這種沒出息的做法，就趕上去把那些惡棍打跑了。我猜他們以前一定沒真正挨打過，簡直是嚇得屁滾尿流！」

「你可威風了，詹姆斯，」安東尼輕聲說道，「要是能看到那場打鬥會多刺激啊。」

「噢，沒什麼。」吉米謙虛地說，「倒是那老傢伙感激涕零，謝個不停。他被打得好慘，一看就知道，但他還夠清醒，問了我的名字和地址，第二天還專程上門道謝。做得非常得體。那時我才知道我救的是史泰畢伯爵。他在布瓦附近有棟宅邸。」

安東尼點點頭。

「對，史泰畢在尼古拉斯國王遇刺後住到巴黎。後來有人希望他回去當總統，但他嚴辭拒絕。他仍堅持君主政體，雖然盛傳他染指巴爾幹的所有祕密傾軋。一言以蔽之，死去的史泰畢伯爵城府很深。」

「尼古拉斯四世這個人對女人特別感興趣，對吧？」吉米忽然問道。

「沒錯。」安東尼答道，「生於此亦亡於此，可憐的傢伙。她是個微不足道的小人物，巴黎小歌廳的歌女……就連贊成貴賤通婚的人也不會看上她。但尼古拉斯難以自拔地迷上了她，她則沖昏了頭想要當王后。聽起來多不可思議呀，但他們居然成功了。她偽稱是波波夫斯基女伯爵或什麼東東，假裝是羅曼諾夫家族的後裔。尼古拉斯和她在俄卡雷特的教堂結了婚，她被加冕為瓦拉加王后。大主教儘管不情願，也只好順其自然。尼古拉斯搞定了他的大臣們——我判斷他認為這樣就算搞定了——但他沒能認真對付他的臣民。黑楚斯洛克人都非常講究貴族譜系，而且很難接受新事物。他們希望擁有貨真價實的國王和王后，於是開始產生牢騷不滿，接著就是政府順理成章的無情鎮壓，最後發生暴動。人們攻進王宮，殺死國王和王后，然後宣布共和。以後那兒就成為一個共和國……但情況一直很微妙，我是這麼聽說的。為了能插手內政，他們刺殺了一兩位總統。不過言歸正傳，你救了史泰畢伯爵，成了他的救命恩人。」

「噢，好了，這件事就此了結。回到非洲後我再也沒想起這件事，不過在兩週前，我收到一個怪模怪樣的包裹。我四處遊歷，結果這包裹竟一直追著我跑，最後還真的到了我手上，天曉得花了多少時間呀。我在報紙上得知史泰畢伯爵不久前在巴黎死了，而包裹裡裝的就是他的回憶錄……或是叫懷舊錄什麼的吧。裡面附的便條說，如果我在十月十三日當天或之前把手稿交給倫敦的某個出版商，我就會得到一千英鎊。」

「一千英鎊？你是說一千英鎊嗎，吉米？」

「對，老弟。我希望上帝保佑這不是惡作劇。俗話說，防人之心不可無。好，就是這些了。由於包裹過了那麼久才轉到我手裡，剩下的時間已經不多。不過，魚與熊掌難以兼顧，我剛好要去內陸，而且非去不可，再也不會有這麼好的機會了。」

「你沒救了，吉米。貨真價實的一千英鎊比你那些虛無縹緲的黃金要強多了。」

「但如果是一場惡作劇呢？不管怎麼說，我人已到這裡，船票買好了，一切都已辦妥，就要去開普敦……你卻冒了出來！」

安東尼站起身來點了根菸。

「我開始明白你的意思了，詹姆斯。你計畫不變，還是去淘金，我去幫你收那一千英鎊。那麼，我能分多少？」

「四分之一怎麼樣？」

「二百五十英鎊，免稅，像人們常說的那樣？」

「好吧。」

「成交。告訴你吧，只要一百英鎊我就會去的，就想看看你後悔而咬牙切齒的樣子。我還要告訴你，詹姆斯．麥格拉思，你歸天時絕對不會有多少錢讓你躺在床上數。」

「總之，我們說定了？」

「說定了，沒問題。放心吧。不過，城堡觀光團就麻煩大了。」

他們嚴肅地乾了一杯。

02 苦惱的女人

「好吧，就這樣，」安東尼說道，把酒一口喝光，將杯子放回桌子上。「你要坐什麼船？」

「格拉納城堡號。」

「我猜是用你的名字訂的票，那我最好以詹姆斯．麥格拉思的身分上路。製作護照的手藝都有點忘了，對吧？」

「差也差不到哪兒去。你我二人雖毫無相似之處，但大致上應該混得過去。身高六英尺，褐色頭髮，藍眼睛，鼻子平常，下顎一般……」

「別老用『一般』這個字眼來搪塞。告訴你吧，城堡旅行社在這麼多應徵者裡頭選我當導遊，全是因為我外表出眾、風度不凡。」

吉米抿嘴笑笑。

「今天早晨我注意到你的風度了。」

「你當然會了。」

安東尼站起身來在房間裡踱步，眉頭微蹙。過了好幾分鐘他才開口。

「吉米，」他開始說道，「史泰畢既然死在巴黎，他為什麼要把手稿從巴黎轉經非洲送到倫敦呢？」

吉米茫然地搖了搖頭。

「不清楚。」

「為何不把它裝在小包裹裡透過郵局寄送呢？」

「我同意，那樣做是更明智些。」

「當然。」安東尼接著說道，「我知道國王、王后和政府大員受禮儀的約束，什麼事情都不能簡簡單單、直截了當去做，所以才會有國王的信使以及那麼多的故事。在中世紀時代，你把圖章戒指交給某人當作一種通關祕碼。『國王的戒指！你可以過去了，先生！』但總會有人偷走戒指。我一直在想，為何沒有聰明人想到複製戒指……做個十幾個，然後每個一百金幣賣掉。中世紀的人好像不會動腦筋。」

吉米打了個哈欠。安東尼又說：「我對中世紀所做的評論似乎沒有把你逗笑。讓我們回到史泰畢伯爵這頭。從法國轉入非洲到英國，即使對外交官員來說也有點過分了。如果他只想確保你能得到一千英鎊，其實可以在遺囑裡寫明。感謝上帝，我們倆的自尊心還沒強到不接受遺贈的地步！史泰畢一定是老糊塗了。」

「你是這麼想的嗎？」

安東尼皺皺眉繼續踱步。

「你讀過這東西嗎？」他突然問道。

「讀什麼？」

「手稿。」

「上帝，沒有。我為什麼要讀那種東西？」

安東尼微微笑了笑。

「我只是想了解一下而已。你知道，有很多麻煩都是由輕率洩漏祕聞軼事的回憶錄所引起的。那些一生守口如瓶的人，在自己安逸死去之前，好像特別喜歡惹些麻煩。這樣做替他們帶來了惡意的快感。吉米，史泰畢伯爵是怎樣的人呢？你見過他還和他說過話，而且你對人的本性能夠做出很好的判斷。在你的印象中，他是一個懷恨在心的老魔頭嗎？」

吉米搖了搖頭。

「很難講。你知道，第一個晚上他顯然被打暈了，什麼也沒說。第二天他就是一個高談闊論的老傢伙，風度翩翩，灌了我一大碗迷湯，我簡直都不知道東南西北了。」

「他喝醉的時候，沒說些有趣的事嗎？」

吉米皺起眉頭努力回想。

「他說他知道科依諾鑽石在哪兒。」他遲疑地說。

「哦，是嗎？」安東尼說道，「我們都知道。他們把它放在石塔裡，不是嗎？圍著厚厚的玻璃鐵柵欄，還有好多身穿新奇服裝的先生站在旁邊守護著，確保沒人能拿走任何東西。」

「沒錯。」吉米附和道。

「史泰畢伯爵說了些其他類似的東西嗎？例如他知道華萊士收藏品放在哪個城市？」

吉米搖了搖頭。

「哼！」安東尼不再言語。

他又點了一根菸，接著又開始在房間裡踱起步來。

「我猜，你這個大老粗從來不看報吧？」他突然迸出一句話來。

「不太常看。」麥格拉思坦白地說，「一般來講，報紙上沒有引起我興趣的東西。」

「感謝老天，我比你文明一些。報紙上最近幾次提到黑楚斯洛克，暗示保王黨要復辟。」

「尼古拉斯四世沒兒子，」吉米說道，「但我不信奧博洛維奇王朝會斷了血脈。也許某個地方就有一大群小傢伙，表親啦，或是第二表親，還有遠房表親，到處都是。」

「所以再找個國王不會有什麼困難？」

「應該說一點困難都沒有。」吉米答道，「你知道，他們厭煩共和體制，這我根本不覺得奇怪。一個精神旺盛、氣魄雄壯的民族已經習慣君王政權後，就會覺得射殺幾個總統根本不算什麼。嗯，說到國王，讓我想起那天晚上老史泰畢說的某件事。他說他知道追殺他的是哪些人。他們是維克托國王的人，他是這麼說的。」

「什麼？」安東尼突然轉過來。

麥格拉思的臉上露出笑容。

「多少有點興奮，是不是，喬大公子？」他故意慢慢地說。

「別鬧了，吉米。你剛才說的事很重要。」

他走到窗口，站在那兒朝外看。

「維克托國王到底是什麼人？」吉米問道，「是不是巴爾幹的另外一個國王？」

「不是。」安東尼慢慢地說道，「他不是那種國王。」

「那他是哪種國王？」

停頓了一下，安東尼又開口說道：「他是個惡棍，吉米。全世界最惡名昭彰的珠寶大盜。非常少見，膽大無比，什麼事都嚇不倒他。『維克托國王』是他的外號，在巴黎叫得很響亮。他那幫人的老窩在巴黎。前幾年他被逮捕了，找一個小罪名把他關了幾年。他們無法用更大的罪名來指控他。他就要出來了……也許他已經出來了。」

「你覺得史泰畢伯爵和他被關之事有關？那幫人是不是因此要殺他？是為了報復？」

「不清楚。」安東尼說道，「表面上好像不是。就我所知，維克托國王從來沒偷過黑楚斯洛克王室珠寶。但整件事看起來相當有意思，對吧？史泰畢的死、回憶錄，還有報紙上的謠言……一片混沌但非常有趣。還有謠言說，有人在黑楚斯洛克發現了石油。我有一種直覺，詹姆斯，人們該對那個彈丸小國大感興趣了。」

「他們是什麼人？」

「希伯來人。生活在都市華廈裡的黃臉金融家。」

「說了這麼多，你到底想告訴我什麼呀？」

「只不過想把簡單的工作變得難一點而已。」

「把手稿轉交給出版社這麼點簡單小事，該不會有什麼困難吧？」

「不。」安東尼抱歉地說，「我不認為那差事會有什麼困難。但我不知道該不該告訴你，詹姆斯，我那二百五十英鎊要花到什麼地方去？」

「南美？」

「不，老弟，是黑楚斯洛克。我想我要去支援共和派。很有可能最後我成了總統。」

「為什麼不乾脆宣布你是奧博洛維奇的族人，然後混進去當國王呢？」

「不，吉米。國王要當一輩子。總統只要當四年。花四年時間統治黑楚斯洛克這樣的國家，會讓我覺得有趣得多。」

「我說啊，平均起來，國王在位的時間甚至還要短一些。」吉米插話道。

「挪用你那七百五十英鎊倒是很有吸引力呀。你知道，當你全身揣滿金塊，風塵僕僕回來的時候，那七百五十英鎊你不會想要的。我會幫你投資購買黑楚斯洛克的石油股份。你知道，詹姆斯，我愈考慮就愈覺得你的主意高明。如果你沒提起黑楚斯洛克，我永遠也不會想到它。我要在倫敦待一天，收齊佣金，然後坐巴爾幹快車離開！」

「你不能這麼快就走。有件事我還沒說，還有一個小任務給你。」

安東尼坐進椅子裡狠狠地瞪著他。

「我就覺得你有什麼事沒告訴我。現在是你手到擒來的時候了。」

「不是那麼回事。只不過是要幫助一位女士。」

「只此一次，詹姆斯，我拒絕和你那些無恥的風流韻事攪和。」

「不是風流韻事。我從來沒見過這個女人。讓我把整個故事告訴你吧。」

「如果我必須聽你那冗長繁瑣的故事，就還得再來一杯。」

他的東道主非常熱情地替他添了一杯酒，接著開始講了起來。

「事情是我在烏干達的時候發生的。我在那兒救了一個義大利人的命……」

「如果我是你，詹姆斯，我就寫一本小冊子，書名叫《我所救過的人》。這是今晚我聽到第二個受你恩惠的人。」

「哦，好吧，這次我什麼也沒做，只不過把那個達戈人[2]從河裡撈了出來。像所有的達戈人一樣，他不會游泳。」

2 達戈人（Dago），對葡萄牙人、西班牙人或義大利人的貶稱。

「等等，這個故事和剛才那件事有關嗎？」

「沒什麼關聯，但是非常奇怪，現在我想起來了，那個人是黑楚斯洛克人。不過我們一直叫他荷蘭人佩德羅。」

安東尼淡然地點點頭。

「對義大利人來說什麼名字都行。」他說道，「繼續講，詹姆斯。」

「好吧。那傢伙好像非常感激，像條哈巴狗似的跑來跑去。六個月後他發燒死了。那時我在場。他快要嚥氣前幹的最後一件事，是把我叫過去，含混不清地告訴我一個金礦的祕密，我想他是這麼說的。他把一個貼身帶著的油布包塞到我手裡。嗯，那時我沒怎麼在意，一週以後我才打開那個油包。我必須承認那時我有些好奇。我不認為荷蘭人佩德羅真知道金礦所在，即使他看見了……但我還是想碰碰運氣……」

「一想到金子，你的心就又撲通撲通地跳起來。」安東尼打斷他的話。

「我這一生沒感到這麼噁心過。金礦個屁！我敢說，對他來講可以算是金礦了，臭王八蛋。你知道那是什麼嗎？全是一個女人的信……對，女人的信，是一個英國女人。那個臭王八蛋在敲詐她，他還厚顏無恥地把他那裝著醜惡伎倆的油包傳給我。」

「很高興看到你有顆正直的心，詹姆斯。但讓我告訴你，義大利人就是義大利人。他是出於好意，你救了他的命，他留給你一個能夠賺錢的財源，只是你那高尚的不列顛思想無法參透他的好意。」

「嗯，我他媽的和這些事有什麼關係？我第一個想法是把它燒掉。接著我突然想到，那個可憐的夫人並不知道信已經毀了，所以還會生活在戰慄與恐懼之中，擔心那個義大利人哪天會再次出現。」

「簡直難以相信你想像力這麼豐富，吉米。」安東尼點上一根菸評論道，「我承認這件事比一開始看起來難度變高了。把信寄過去給她怎麼樣？」

「像所有的女人一樣，她的信大都沒有寫上日期和地址。但有封信上有個地址……只有一個名詞，『煙囪屋』。」

安東尼把火柴吹滅時停頓了一下，在火燒到他手指的一剎那，手腕一抖才把火柴丟開。

「煙囪屋？」他說，「那可太不尋常了。」

「怎麼，你知道這個地方？」

「是英國一座莊嚴堂皇的莊園，我親愛的詹姆斯，是國王和王后會去度週末、外交家聚會交際的地方。」

「這就是我很樂意讓你替我去英國的原因之一。你對這些事瞭若指掌。」吉米直截了當地說，「像我這個從加拿大窮鄉僻壤來的呆瓜一定會到處出錯。但像你這樣曾經讀過伊頓公學和哈羅公學的人……」

「並不少。」安東尼謙虛地說。

「你來做這事是易如反掌。你問我為何不寄過去給她，因為對我來說，那樣做有風險。

我猜她有個愛吃醋的丈夫。假設他誤拆了信，那麼這位可憐的夫人會怎麼樣呢？或許她已經死了……這些信看起來寫了有一段時間了。所以我思前想後，覺得唯一的辦法是找人把信帶到英國，並交到她手裡。」

安東尼把菸扔掉，走到他的朋友身旁，親熱地拍了拍他的背。

「你是真正的中世紀騎士，吉米。」他說，「加拿大的窮鄉僻壤應該以你為豪。我做這件事還不如你一半好。」

「這麼說，你願意幫了？」

「當然。」

麥格拉思站起來走到一個抽屜旁，拿出一捆信扔到桌上。

「就是這些。你最好看看它們。」

「有必要嗎？其實我並不想看。」

「好吧。她可能一直住在你說的煙囪屋這個地方。我們最好查查這些信，看看有沒有線索告訴我們她的確切地址。」

「你說得對。」

他們仔細地讀起信來，但是沒有找到可用的線索。安東尼意味深長地把信重新收起來。

「可憐的小傢伙，」他說道，「她真的是嚇壞了。」

吉米點點頭。

「你覺得你有把握找到她嗎？」他焦急地問。

「不找到她，我就不離開英國。你很關心這位素不相識的女士，詹姆斯？」

吉米若有所思地以手指掠過簽名。

「名字取得不錯，」他辯解道，「芃吉妮·雷維爾。」

03 高層人士的苦惱

「的確如此，我親愛的朋友，的確如此。」卡特漢爵士說道。

同樣的話他已經說過三遍，每一遍都希望能夠結束會晤盡早離開。他最不喜歡被拉去聽喬治・洛馬士爵士永無休止的長篇大論，尤其是站在排外的倫敦俱樂部台階上，儘管他是其中一份子。

克萊門・愛德華・亞拉斯泰・布蘭特，第九位卡特漢侯爵，是個矮小的男士，衣著破舊，完全不符合人們腦袋中對侯爵的普遍觀念。他有雙深陷的藍眼睛、瘦長悲傷的鼻子和態度曖昧但彬彬有禮的風度。

卡特漢爵士生活中最大的不幸，是在四年前從第八位侯爵——也就是他哥哥——那裡繼承了爵位。前一位卡特漢爵士亨利是個名聲顯赫的人，在整個英國家喻戶曉。他曾任主管外交事務的大臣，在國家決策上相當舉足輕重。他的農莊煙囪屋向以好客而聞名。在他的夫人——珀思公爵的女兒瑪西雅——的得力協助下，煙囪屋的休閒週末晚宴已創造或改變了歷史。英國乃至整個歐洲，幾乎沒有哪個名人沒在那兒待過。

諸事順利。由於兄長的緣故，第九位卡特漢侯爵也深受敬重。亨利把場面上的事做得非常漂亮。只是，現任的卡特漢爵士不甚樂意人們把煙囪屋想當然耳地視為國家財產而不是私人農莊。沒有什麼比政治更讓卡特漢爵士厭煩的了……當然，政治家更討厭。因此在喬治．洛馬士滔滔不絕的話語面前他顯得很不耐煩。喬治．洛馬士是個非常強壯的人，體格稍稍有些發福，紅紅的臉龐，突出的眼睛，渾身流露出不可一世的樣子。

「你明白這點嗎，卡特漢？我們不能……我們絕對不能承受任何形式的醜聞。現在的情勢非常微妙。」

「情勢總是這樣。」卡特漢爵士帶著嘲諷的口吻說道。

「我親愛的朋友，我有必要知道！」

「哦，當然，當然。」卡特漢爵士說道，又回到他一貫用來搪塞的老調。

「黑楚斯洛克事件處理稍有不慎，我們就全完了。石油特許權一定要授權給英國的公司，這一點非常重要。你一定要搞清楚啊！」

「當然，當然。」

「邁克．奧博洛維奇王子本週末到，整件事可以在遊獵聚會的掩護下在煙囪屋完成。」

「我原打算這禮拜出國。」卡特漢爵士說。

「荒唐。親愛的卡特漢，沒有人在十月初出國。」

「我的醫生覺得我的情況很不好。」卡特漢爵士說，渴望地看了一眼慢慢經過的計程車。不過他無法快速離去，因為洛馬士和別人進行重要談話時有個讓人討厭的習慣，就是抓著對方不放……結果無疑是漫長的折磨。這次，他使勁抓著卡特漢爵士大衣的翻領。

「親愛的先生，我非常鄭重地對你說。在民族危亡的時刻，正如馬上就要到來的這一次……」

卡特漢爵士不自在地扭動著。他突然覺得，要他舉辦多少次莊園聚會都行，但他再也無法忍受喬治．洛馬士不斷引用自己的演講內容。根據經驗，他知道洛馬士連續講二十分鐘都沒有問題。

「好吧，」他趕緊說，「我願意。我想你會安排這件事。」

「我親愛的朋友，不需做任何安排。煙囪屋歷史悠久，位置也很理想。我將住在小艾碧莊區，那相隔不到七英里遠。當然我不會真正成為莊園聚會的參加者，那樣行不通。」

「當然。」卡特漢爵士附和道。

他並不知道為何行不通，也沒興趣追問。

「但也許你不介意邀請比爾．奧維里。他對交流訊息很在行。」

「很樂意。」卡特漢爵士說，稍微興奮了些。「比爾是個很不錯的射擊手，而且疾如風也挺喜歡他。」

「射擊？噢，當然，那並不重要，只不過是個掩護罷了。」
卡特漢爵士的情緒看起來又低沉下去了。
「那麼，就是這樣了。王子，他的隨員，比爾．奧維里，赫曼．艾薩斯坦……」
「誰？」
「赫曼．艾薩斯坦，我跟你談過的理事會代表。」
「是全英理事會嗎？」
「是的。怎麼啦？」
「沒什麼，沒什麼，我只是問問，僅此而已。這些人的名字很奇怪。」
「那當然，還應該有一兩個不相干的人，讓這件事顯得更真實一些。艾玲小姐可以負責去找……年輕人，那種性格普通、不懂政治。」
「疾如風會辦好的，我保證。」
「現在我想知道……」洛馬士好像突然想起來似地說，「你記得我剛才講的事情吧？」
「你講了好幾件事。」
「不，不，我指的是這個不幸的意外。」他降低聲調神祕地耳語道，「那份回憶錄，史泰畢伯爵的回憶錄。」
「我覺得你是多心了。」卡特漢爵士強抑住一個哈欠說道，「人們喜歡醜聞。去他媽的，我自己就看回憶錄，也喜歡看。」

「關鍵不是人們是否願意看……他們會很快就看完，而是在這個時候出版會把一切都搞砸。黑楚斯洛克的人希望恢復君主制，而且準備好把王冠獻給邁克王子，而他也得到我們政府的支持和鼓勵。」

「更何況，他已準備好要把特許權授予艾基・赫曼斯坦公司，以回報他們提供他幾百萬貸款幫助他復辟……」

「卡特漢，卡特漢，」洛馬士用痛苦的語調小聲懇求著。「慎重，求求你。慎重行事方為上策。」

「問題是，」卡特漢爵士繼續說道，雖然應對方的請求降低了聲音，但興味不減。「史泰畢回憶錄的內容會把這事搞砸。奧博洛維奇家族的殘酷統治和行為不端，喔，議院會發難：『為何用一個廢棄的暴政來代替現行的開明民主政體』、『政策由吸血的資本家制定』、『打倒政府』這一類的事情，不是嗎？」

洛馬士點點頭。

「事情可能會更糟。」他大口喘氣。「假設……只是假設，有些傳聞涉及到……涉及到那個不幸的失竊案……你知道我指的是什麼。」

卡特漢爵士瞪著他。

「不，我不知道。什麼失竊案？」

「你一定聽說過，事情是亨利還在煙囪屋的時候發生的。亨利對此很頭痛，這件事幾乎毀了他的事業。」
「這我倒是挺感興趣，」卡特漢爵士說，「是誰，還是什麼不見了？」
洛馬士把身子靠近卡特漢爵士，把嘴貼到他的耳朵上，後者快速移開耳朵。
「看在上帝的份上，別向我噓氣。」
「你聽到我說的了嗎？」
「嗯，聽見了，」卡特漢爵士不情願地說，「現在我想起來了，那時的確是聽到一些風聲，非常奇怪，不知道是誰幹的。再也沒找回來嗎？」
「沒有。當然我們必須極其謹慎地處理好這件事，絕對不能讓外界知道它失竊的任何消息。但史泰畢那時在場，對此略有所知。關於土耳其的問題，我們曾和他有些不睦。假設他純粹出於敵意把這一切都寫了出來大曝其光，那麼想想這件醜聞……想想它的可怕後果吧。所有人都會說，他們為什麼把這件事隱瞞起來？」
「他們當然會。」卡特漢爵士顯得很高興。
洛馬士用力抱緊雙臂，聲音慷慨激昂。
「我必須保持鎮靜。」他壓低嗓門說，「我必須保持鎮靜。但我要問你，親愛的朋友，如果他不是想找麻煩，為什麼要繞一個大圈子把手稿送到倫敦呢？」
「當然有些奇怪。這一點你確定無誤嗎？」
「絕對無誤，我們……呃，在巴黎有密探。回憶錄是在他死前幾週祕密轉走的。」

「對，好像的確有些問題。」卡特漢爵士依舊興味不減地說道。

「我們發現回憶錄被送到一個叫吉米，或詹姆斯．麥格拉思的加拿大人那裡。他現在人在非洲。」

「問題相當嚴重啊，對吧？」卡特漢爵士樂呵呵地說道。

「詹姆斯．麥格拉思將乘坐格拉納城堡號於明天……星期四到達。」

「你們怎麼辦？」

「我們當然應該立刻找到他，向他指出可能出現的嚴重後果，並請求他把回憶錄的出版日期延遲至少一個月，而且無論如何，應該要完成適當的……呃，修改。」

「假如他說『不，先生』、『我就是要看你跳樓』，或者直截了當跟你攤牌呢？」卡特漢爵士暗示道。

「我就是怕這樣。」洛馬士坦白地說，「因此我突然想到，如果把他也請到煙囪屋，也許是個不錯的主意。一般來講，有機會拜見邁克王子，他會覺得受寵若驚，這樣我們就更容易對付他。」

「我不會邀請他。」卡特漢爵士毫不遲疑地說，「我一直和加拿大人處不來，特別是那些在非洲待很久的。」

「你也許會覺得他這個人不錯，是一顆未經琢磨的鑽石。」

「不，洛馬士。絕對不行，對付他得找別人幫忙。」

「我突然想到，」洛馬士說，「這事也許女人最在行。告訴她一些情況，但不是全部內幕，你懂吧。女人處理這種事非常小心，而且手法老到……把情況攤開來，將全部的事實都告訴他，而且不需觸怒他。並不是我喜歡把女人扯到政治裡來……如今聖斯德望[3]之類的人都絕種了，完全絕種了，但女人在自己的圈子裡還是能創造奇蹟。看看亨利的夫人，她做得多棒呀。瑪西雅是一個高尚、獨特、完美的政治聚會女主人。」

「你不會想把瑪西雅請來，對吧？」卡特漢爵士含糊地問道，提到他那位著名的大嫂，他臉色都有點發白。

「不，不，你誤會了。我是談論女人在整體上的影響。不，我想的是年輕的小姐，一個美麗迷人而且聰明的女人。」

「不是疾如風吧？她可派不上用場。要算是個人物的話，她也只能算是死硬的社會主義者。聽到這個主意她會笑掉大牙的。」

「我想的不是艾玲小姐。卡特漢，你的女兒很有吸引力，絕對夠迷人，不過還只是個孩子。我們需要的是有手段、鎮定自若、經驗豐富的女人……啊，當然了，最好的人選是我的表妹芃吉妮。」

3 聖斯德望（Saint Stephen），第一位基督教殉教者，十二月二十六日為其紀念日。

「雷維爾夫人？」卡特漢爵士眼睛一亮。他開始覺得自己也許會喜歡這次的聚會了。

「這主意不錯，洛馬士。她是全倫敦最有吸引力的女人。」

「她對黑楚斯洛克的事情再清楚不過。她的丈夫在那兒的大使館工作過，你還記得吧。對，正如你所說，她是個非常具有魅力的女人。」

「人見人愛的尤物。」卡特漢爵士低聲說道。

「那麼，就說定了。」

洛馬士先生鬆開卡特漢爵士的翻領，後者迅速逮到機會。

「再見，洛馬士。你會把一切安排好，對吧？」

他鑽進一輛計程車。如果說一位正直的基督徒可以不喜歡另一位正直的基督徒，那麼卡特漢爵士絕對不喜歡喬治．洛馬士。他不喜歡他肥碩的紅臉、喘個不停的粗氣，以及那雙突出而令人緊張的藍眼睛。想到馬上就要來臨的週末，他嘆了口氣。煩人，真他媽的煩人。

接著他想到了芃吉妮．雷維爾，又有了一些興致。

「天生尤物，」他自言自語道，「人見人愛。」

04 大美女出場

喬治・洛馬士直接回到白廳。當他走進處理國務的華麗辦公室，裡面響起一陣譁然的聲音。比爾・奧維里先生正非常勤快地整理信件，窗旁剛有人坐過的大扶手椅上還留著餘溫。

比爾・奧維里是一個非常可愛的年輕人。年紀約莫二十五歲，個子很高，走起路來搖搖晃晃，長得不好看但總是笑容滿面，牙齒雪白整齊，一雙褐色眼睛誠實可靠。

「理查森把報告送來了嗎？」

「沒有，先生。需要我去找他拿嗎？」

「不用了。有人打電話來嗎？」

「奧斯卡小姐接了大部分的電話。艾薩斯坦先生想知道你明天能否和他在薩伏飯店共進午餐。」

「讓奧斯卡小姐查查我的日程表，如果有空，可以回電話接受邀請。」

「是，先生。」

「另外，奧維里，你現在幫我打個電話。在電話簿裡查一下，雷維爾夫人，蓬特街四八七號。」

「是，先生。」

比爾拿起電話簿，裝模作樣地順著一串M開頭的名字瀏覽了一遍，然後唰地一聲闔上電話簿，走到電話機旁。把手放到上面後停住，好像突然想起什麼似的。

「噢，我說，先生，我剛想起來了，她的線路出現故障。我是說雷維爾夫人。剛才我還試著打電話給她呢。」

喬治．洛馬士的眉頭皺了皺。

「可惡，」他說道，「真是可惡。」他猶豫不定地拍著桌子。

「若有什麼要事，先生，也許我可以坐計程車去一趟。上午這時候她一定在家。」

喬治．洛馬士遲疑著，考慮著全盤計畫。比爾充滿期望地等待著，準備好只要回答是肯定的就奪門而出。

「也許只能這樣了。」洛馬士最後說道，「很好，那你坐計程車去，問問雷維爾夫人，她今天下午四點是否在家，我急著要見她，跟她講一件重要的事。」

「好，先生。」

比爾抓起帽子跑了出去。

十分鐘後，計程車把他送到了蓬特街四八七號。他按了門鈴，又用力砰砰砰地叩了幾下門環，門被一個面色嚴肅的傭人打開了，比爾朝她點點頭，一副滿熟悉的樣子。

「早安，齊福斯，雷維爾夫人在嗎？」

「先生，我確定她馬上就要出門了。」

「是你嗎，比爾？」樓梯上響起一個聲音。「我聽到你那有力的敲門聲了。來吧，和我聊聊。」

比爾仰頭看那張朝他巧笑倩兮的臉龐，這張臉每每都會使他——而且不只他一個——張口結舌、不知所措。他三步併作兩步走上樓，緊緊抓住雷維爾夫人伸出的雙手。

「你好，芃吉妮！」

「你好，比爾！」

魅力是一種奇怪的東西，成百上千的年輕女人，有些甚至比芃吉妮·雷維爾要漂亮得多，都用一模一樣的聲調對他說過「你好，比爾」，卻從來不曾引發什麼效果。但是出於芃吉妮口中的這四個字，簡直把比爾迷倒了。

芃吉妮·雷維爾剛滿二十七歲。她個子高䠷，身材輕巧苗條，勻稱得難以言表，甚至該專門為她的苗條寫一首詩。她的頭髮是道地的青銅色，金黃之中閃著綠色光澤。她下巴窄小，透著果斷意味；可愛的鼻子；晶瑩剔透、湛藍的眼眸，在半閉的眼瞼中發出深深的瞿麥色光芒；一張線條優美的櫻桃小口，令人無法用語言描述，而且一邊的嘴角總是微微翹起，形成眾所周知的「維納斯的標誌」。她表情豐富，渾身散發著一種活力，使人無不駐足留意。芃吉妮．雷維爾根本不可能被人忽視。

她把比爾引到小客廳，房間裡點綴著淡紫、綠、黃等顏色，就像草地裡盛開的番紅花。

「比爾，親愛的，」芃吉妮說，「你是不是離開了外交部？我覺得沒了你，他們根本就動不了。」

「『老鱈魚』要我給你帶來一個消息。」

比爾就這樣不恭敬地提到他上司的外號。

「對了，芃吉妮，如果他問起來，別忘了說今天上午你的電話故障了。」

「沒故障呀！」

「我知道，但我是這麼說的。」

「為什麼？能不能說得再明白些？」

比爾用責備的眼光瞥了她一眼。

「這樣我就能來看你了。」

「噢，親愛的比爾，我多笨呀！你真是太讓我開心啦！」

「齊福斯說你要出門。」

「是的……我正要去史隆街。那兒有個地方賣最新潮的臀帶。」

「臀帶？」

「是的，比爾，臀部的臀，帶子的帶，勒緊臀部的帶子，貼身穿的。」

「我為你感到臉紅，芃吉妮，你不該向一個無親密關係的小夥子描述你的內衣。這太不『淑女』了。」

「但是，比爾，親愛的，提到臀部沒什麼不『淑女』的呀。我們都有屁股……雖然我們可憐的女人裝作沒有。這種臀帶是用紅橡皮做的，剛好到膝蓋上那麼長，穿著它你根本就無法邁開大步。」

「那太可怕了！」比爾叫道，「你幹嘛穿它呢？」

「哦，因為它給人一種為身材苗條而受苦受難的神聖感覺。不過先別談論我的臀帶了，說說喬治的消息給我聽。」

「他想知道今天下午四點你是否在家。」

「我不在家，我該在雷尼拉。為何做這種正式的拜訪？你想他是不是要向我求婚？」

「我該關心嗎？」

「因為如果是這樣，你可以告訴他，我更喜歡一時衝動向我求婚的男人。」

「就像我？」

「你可不是一時的衝動，比爾，你是慣於此道。」

「芃吉妮，你不會永遠……」

「不，不，不，比爾，在午飯之前我是不會接受的。你最好把我看成一個即將中年的女人，一個善良的母親。我心裡完全清楚你的嗜好。」

「芃吉妮，我真的好愛你呀。」

「我知道，比爾，我知道，我就是喜歡被人愛。這是不是太邪惡可怕了？我就是喜歡全世界所有的男人都愛上我。」

「我想，絕大多數是的。」比爾沮喪地說道。

「但我不希望喬治愛上我。我不相信他會，他只鍾情他的事業。他還說了什麼？」

「還說事情很重要。」

「比爾，我開始有些動心了。喬治認為重要的事情太有限了。我想必須更動雷尼拉的行程，畢竟，我哪天去雷尼拉都可以。告訴喬治四點我會溫順地期待他來。」

比爾看了看手錶。

「看來，沒必要在午飯前趕回去了。一塊兒出去吃點什麼吧，芃吉妮。」

「我正要去哪兒吃個午飯呢。」

「我無所謂。陪我一天吧，把其他事情都推掉。」

「那太好了。」芃吉妮笑著對他說道。

「芃吉妮，你是個大美人，告訴我，你真的很喜歡我，沒人比得上我，對吧？」

「比爾，我喜歡你。如果我不得不嫁人——純粹是不得已的情況下——我的意思是，如果就像故事書一樣，有個邪惡的長辮子大漢對我說：『嫁出去，不然就慢慢把你折磨死。』

我會立刻選擇你……真的，我會的。我會說：『把小比爾給我。』」

「好吧，那麼……」

「但是，我不必嫁給什麼人。我喜歡當一個淘氣的寡婦。」

「嫁給我你可以一如既往，想怎麼樣就怎麼樣，你不會在房子周圍注意到我。」

「比爾，你不懂。我是那種即使嫁人也是因一時興起才出嫁的人。」

比爾乾澀地呻吟了一聲。

「這幾天內我大概會自殺吧。」他垂頭喪氣地嘟囔著。

「你不會的，親愛的比爾，你會帶個漂亮女孩去吃晚餐……就像前天晚上那樣。」

奧維里先生霎時愣住了。

「如果你指的是陶樂絲．柯柏翠，在『陷阱和眼睛』工作的那個女孩，我……好吧，她的確是個百分之百的好女孩，像人們說的那樣直率，但那也沒什麼妨礙呀。」

「親愛的比爾，當然沒什麼。我喜歡你能自娛，享受生活，但是別再假裝你會因傷心而死去，就這樣。」

奧維里先生恢復了他的尊嚴。

「你根本不懂，芃吉妮，」他狠狠地說道，「男人……」

「都是一夫多妻的！我知道，有時我也懷疑我是個只能一妻多夫的人，如果你真的愛我，比爾，那就馬上帶我去吃午飯。」

05 倫敦的第一夜

最好的計畫也會有漏洞。喬治．洛馬士犯了個錯誤，他的準備工作中有個漏洞……問題就出在比爾身上。

比爾．奧維里是個不錯的小夥子。他板球打得很好，還會打一點高爾夫球。風度翩翩，性情溫和，但他在外交部的職位是靠關係而不是靠智力得到的。就他所負責的工作而言，很適合他，他多少算是喬治的一隻狗。他不必擔責任或動腦筋，他的工作就是守在喬治的左右，替他見他不想見的小人物、跑跑腿，總之讓自己顯得有用。所有的工作比爾都能盡責地完成。當喬治不在時，他就舒舒服服地斜靠在最大的椅子裡看體育新聞，而且他這樣做，也只是在遵循長久以來的傳統罷了。

喬治習慣打發比爾東跑西跑，這次派他去聯合城堡公司查查格拉納城堡號什麼時候會到達。和大多數受過良好教育的英國年輕人一樣，比爾的嗓音歡娛但很不悅耳。任何一個語言學者都會挑出他讀格拉納這個詞的發音錯誤。反正他唸得不對，辦事員聽成了葛納內。

葛納內城堡號將在週四到港，他如是告知。比爾道了謝就走了。喬治．洛馬士得到了這個資訊，便相應制定了計畫。他對聯合城堡公司的輪船班次一無所知，也就理所當然地認定詹姆斯．麥格拉思將於星期四準時到達。

因此，星期三上午，他抓住卡特漢爵士在俱樂部台階上說個不停的時候，如果他知道格拉納城堡號在前一天下午已經停泊在南安普敦港的消息，一定會大吃一驚。那天下午兩點，以詹姆斯．麥格拉思名義旅行的安東尼．凱德跳下滑鐵盧的輪船聯運火車，叫了一輛計程車，稍微沉吟了一下，便命令司機向布里茨飯店駛去。

「還是舒服點好。」安東尼一邊饒有興致地往車窗外看，一邊自言自語。

他離開倫敦已經整整十四年了。

到達飯店後，他開了一個房間，然後沿著大堤散步。再次回到倫敦太讓人高興了。當然一切都變了。那兒原來有一家小飯館——就在布萊克弗賴斯大橋過去一點點——以前他和幾個哥們經常去那兒吃飯。那時的他是個社會主義者，繫著一條飄動的紅領帶，年輕氣盛，真的很年輕。

他邁步返回布里茨。就在他穿過馬路時，有個男人撞了他一下，差點把他撞倒。兩人穩住身體後，那個男人嘟囔著道了歉，眼睛卻快速在安東尼的臉上掃了一遍。他身材矮胖，穿著打扮像個工人，神情卻流露著些許外國人的氣質。

安東尼走進飯店，邊走邊想是什麼原因引來那搜索似的一瞥。可能沒什麼。他那曬得黑黑的臉，在這些蒼白的倫敦人當中畢竟少見，因此引起那個人的注意。他回到房間，突然間一陣衝動，走到鏡子前，站在那裡端詳自己的模樣。過去那幾個老朋友——就那少數幾個——如果現在和他打照面，有可能會認出他來嗎？他慢慢搖了搖頭。

他離開倫敦時才剛滿十八歲，是個胖乎乎的帥氣大男孩，有著一張令人迷惑的天使般臉孔。在這個瘦削、面孔黝黑、表情古怪的人身上，要想找出那個男孩的影子幾乎不可能。

床頭的電話響了起來，安東尼抓起話筒。

「你好！」

話筒裡傳來前廳服務員的聲音。

「詹姆斯．麥格拉思先生嗎？」

「我是。」

「有位先生前來拜訪你。」

安東尼吃了一驚。

「來見我？」

「是的，先生，一個外國人。」

「他叫什麼名字？」

稍稍停頓了一下，接著服務員說道：「我讓服務生把他的名片給你送上去。」

安東尼放下話筒等著。幾分鐘後有人敲門，一個男孩用盤子舉著一張名片出現在門口。

安東尼拿起來。上面寫著一個很長的名字——洛洛普賴奇男爵。

他現在完全理解前廳服務員為什麼會遲疑了。

他站在那裡盯著名片琢磨了一兩分鐘，然後下了決心。

「把這位先生帶上來。」

「好的，先生。」

幾分鐘後，那位洛洛普賴奇男爵被引進房間。他身材高大，前額又高又禿，下巴留著扇子狀的濃密黑鬍子。

他把兩個腳後跟啪地一碰，鞠了個躬。

「麥格拉思先生。」他說道。

安東尼盡可能惟妙惟肖地模仿他的動作。

「男爵，」他回應道，拉出一把椅子。「請坐。我想以前可能沒有榮幸和你見過面？」

「是這樣的。」男爵邊坐下邊答道，「這是我的不幸。」他有禮貌地加上一句。

「也是我的。」安東尼用同樣的聲調答道。

「我們談正事吧。」男爵說道，「我是黑楚斯洛克保皇黨在倫敦的代表。」

「而且我相信，是很稱職的代表。」安東尼嘟囔了一句。

男爵鞠躬，對安東尼的恭維表示感謝。

「你太好了。」他僵硬地說道，「麥格拉思先生，我不會對你隱瞞任何事。自從我們美好記憶中最偉大的尼古拉斯四世國王陛下殉難後，君主制中止已久，現在該是恢復的時候。」

「阿們，」安東尼低聲說道，「我的意思是聽到了。」

「我們將請邁克王子殿下登基，而且得到了英國政府的支持。」他的英語似通非通。

「了不起。」安東尼說道，「感謝你告訴我這一切。」

「一切都安排好了……但是，你給我們帶來了麻煩。」

男爵用嚴厲的目光盯著他。

「親愛的男爵……」安東尼爭辯道。

「對，對，我知道我在說些什麼。你把已故史泰畢伯爵的回憶錄帶在身上了吧。」

他用責難的眼光盯著安東尼。

「就算我有好了，但史泰畢伯爵的回憶錄和邁克王子有什麼關係呢？」

「會帶來醜聞。」

「大部分的回憶錄都會帶來醜聞。」安東尼帶著寬慰的口氣說道。

「許多祕密他都知道。只要他洩漏其中一小部分，歐洲就可能會陷入戰爭。」

「哎呀，」安東尼說道，「沒你說的那麼可怕啦。」

「對奧博洛維奇不利的評價將傳播到世界各地，這樣英國就會支持民主派。」

「我的確認為，」安東尼說，「奧博洛維奇家族是有點粗暴。但英國人覺得巴爾幹人就是這樣。我不知道他們為何這麼想，但他們就是如此。」

「你不懂，」男爵說道，「你根本就不懂。不過我也只能三緘其口。」他嘆了口氣。

「你到底在擔心什麼呢？」安東尼問道。

「我不知道，除非我讀了回憶錄。」男爵坦率地解釋道，「但是裡面必定有些什麼。這些大外交家總是不夠慎重。就像俗話說的，會打翻蘋果車。」

「你知道，」安東尼好意地說，「我真的覺得你對此事太悲觀。我太了解出版商了，他們坐在書稿上就像孵蛋似的。等到要出版的時候，說不定要到猴年馬月了。」

「你要嘛是十分單純，要嘛就是很會騙人。一切已蓄勢待發，回憶錄將在星期天的報紙上刊登出來。」

「噢！」安東尼有點吃驚。「但是你可以否認一切呀。」他鼓勵地說。

男爵悲哀地搖了搖頭。

「不，不，你說的行不通。我們言歸正傳。你將得到一千英鎊，是不是這樣？你看，這個好消息我知道了。」

「我衷心讚賞保皇黨的情報部門。」

「那麼我向你出價一千五百英鎊。」

安東尼驚愕地盯著他，然後悲傷地搖搖頭。

「恐怕不行。」他有點遺憾地說道。

「好吧，我出價兩千。」

「你在引誘我，男爵，你在引誘我。但我還是只能說不行。」

「說出你自己的報價吧。」

「恐怕你不了解情況。我百分之百相信你站在天使這一邊，而且這些回憶錄可能會損害你的事業。但我已經接受這個任務，我就必須完成。明白嗎？我不能允許自己被另一方收買，不能幹那種事。」

男爵認真地聽著。安東尼講完後，他點了點頭。

「我明白了。這是你身為英國人的榮譽，是嗎？」

「嗯，我們自己不這樣想。」安東尼說，「但是我敢說，辭彙雖然不同，但我們倆指的是同一件事。」

男爵站了起來。

「對英國式的榮譽感我必須尊重。」他聲明，「我們得使用另一種方式。日安。」

他腳後跟啪地一碰，鞠了個躬走了出去，渾身繃得僵硬。

「他指的是什麼呢？」安東尼沉思著。「是威脅嗎？我倒一點也不怕老洛洛葡萄糖。對他來說，這是再好不過的名字了。好吧，我就叫他洛洛葡萄糖男爵吧。」

他在房間裡轉了一會兒，難以決定下一步要做什麼。規定轉交書稿的日期還有一個多星期才到。今天是十月五日。安東尼不想在期限到達之前把書稿交出去。老實說，他現在忽然很想讀讀回憶錄。他本來想在船上看，但由於發燒病倒了，根本就沒情緒去猜解那字體模糊難辨的書稿，因為書稿不是用打字機打的。現在他比以往任何時候都想看看這些「大驚小怪」的東西是怎麼回事。

另外，還有那件任務。

心裡突然一動，他拿起電話簿查看以「雷維爾」開頭的名字。一共有六個雷維爾：愛德華．亨利．雷維爾，外科醫生，住哈利大街；詹姆斯．雷維爾公司，馬具商，住在漢普斯特；艾博伯瑞大樓的倫諾克斯．雷維爾；瑪麗．雷維爾小姐，住在伊靈；蓬特街四八七號的提姆．雷維爾貴夫人；還有卡多根廣場四十二號的威利斯．雷維爾夫人。排除掉馬具商和瑪麗．雷維爾小姐，還有四個名字需要調查……本來就沒什麼理由認為那位女士一定住在倫敦！他輕輕搖搖頭，闔上電話簿。

「現在只好先碰碰運氣。」他說，「船到橋頭自然直。」

世上像安東尼．凱德這種人之所以會碰上運氣，可能源於他們對運氣有一定程度的信念。還不到半小時，安東尼就在翻看畫報時找到了他要的東西。這是一份由珀思公爵成立的劇團所發出的劇照介紹。在主要人物中，一個穿著東方服裝的女人下面寫著：

提姆．雷維爾貴夫人扮演克麗奧佩特拉。雷維爾夫人婚前被稱作尊貴的芃吉妮．考索恩，她是艾傑巴頓爵士的女兒。

安東尼對著照片看了一會兒，慢慢嘛起嘴唇好像要吹口哨似的。然後他把那一整頁撕下來，摺好放到口袋裡。他返回樓上，打開手提箱，拿出那包信。他把那張摺好的畫報從口袋裡拿出來，插到捆信的繩子下，和信放在一塊。

突然他聽到身後有聲響，猛地轉過身來。有個人站在門口，面露凶光，扁圓的腦袋透著野蠻，嘴唇嘛起，邪惡地笑著。在安東尼的想像中，他是那種只會出現在滑稽劇裡的合唱團隊員。

「你他媽的在這兒幹嘛？」安東尼問道，「是誰讓你上來的？」

「我愛上哪就上哪兒。」陌生人說道。

雖然他的英語說得挺道地，但喉音很重，帶著外國人的口音。

又一個義大利人，安東尼暗忖。

「好吧，出去，你聽見沒有？」他大聲說道。

這個人的眼睛緊盯著安東尼剛拿起的裝信包裹。

「你把我要的東西交出來，我就出去。」

「我可不可以問你想要什麼？」

那個人向前邁了一步。

「史泰畢伯爵的回憶錄。」他噓聲說道。

「真拿你沒辦法。」安東尼說道，「你根本就是舞台上的惡棍。我很喜歡你的打扮。誰派你來的？洛洛葡萄糖男爵？」

「男爵……」那個人發出一串難聽的喉音。

「這個字是這樣唸的嗎？介於漱口和狗吠之間。我自己可發不出這種音……我的喉嚨不是那樣長出來的。我還是繼續叫他洛洛葡萄糖。是他派你來的，是嗎？」

但是對方強烈否認。他的客人甚至因為這個猜測而往地上重重啐了一口。接著，他從口袋裡拿出一張紙扔到桌子上。

「看吧，」他說，「看完之後顫抖害怕吧，可惡的英國人。」

安東尼略帶興趣地看了看，沒有費力去完成指令的後半部分。紙上潦草畫著一隻紅色的人手。

「看起來像隻手。」他說道，「但如果你堅持，我願意承認這是立體派大師筆下的北極落日。」

「這是紅手同志黨的標誌。我是一名紅手同志黨黨員。」

「少來了。」安東尼說道，頗有興致地看著他。「別人都像你這樣嗎？我不知道上流社會的人對此有何評論。」

那人憤怒地吼叫起來。

「臭狗，」他罵道，「比臭狗還臭，瀕死的君主制奴才。把回憶錄給我，你不會受到傷害的，我會以兄弟情誼來寬貸你。」

「我覺得，夠仁慈了。」安東尼說道，「但恐怕你和他們費了半天力都搞錯了。我得到的指令是把手稿交給某個出版商，不是給你們那個可愛的組織。」

「呸！」對方冷笑道，「你認為我們會允許你活著到那個地方嗎？別再閒扯了。交出手稿，不然我就開槍了。」

他從口袋裡掏出一把左輪手槍，然後在空中揮舞著。

然而，他誤判了對手。他還沒習慣那些行動和思想一樣迅速的人……甚至行動比思想更迅速的人。安東尼不等他瞄好，便在他剛把槍掏出來的那一刻飛快躍起，把槍打落在地上。這一擊的力量把對手打得轉了過去，後背完全暴露給攻擊者。

機會稍縱即逝，安東尼趁勢猛力一腳把對手從門口踢到走廊，踢得對方癱在地上動彈不得。

安東尼跨步向他追去，但這位勇敢的紅手黨同志已經受夠了。他敏捷地爬起來，沿著走廊逃走了。安東尼沒去追他，回到自己房間。

「紅手黨同志不過爾爾。」他說道，「獨特的外表，但是兩三下就給打發掉了。不知道那傢伙到底怎麼進來的？有一點是再清楚不過了……這差事比我原先想像的還要棘手。我已經和保皇派、革命黨發生了衝突。嗯，很快就輪到民族主義者和獨立自由主義者派一幫人來了。可見，今晚我就得開始看手稿。」

看看手錶，安東尼發現時間已將近九點了，於是決定就在那兒吃飯。他不認為會有什麼更奇怪的訪客，但覺得還是小心為上。他可不想在樓下烤肉廳用餐時，手提箱讓別人搶走。於是他按鈴要了菜單，挑了幾個菜，選了一瓶酒。服務生接過定單退了出去。

他等著送飯來的當下，拿出手稿包裹放到擱著信的桌上。

先是敲門聲，接著服務生端著一張小桌子和各種食具走了進來。安東尼這時正踱步到壁爐前，背朝房間站在那裡，他對著鏡子發呆時忽然注意到一件奇怪的事。

那個服務生的目光好像緊盯著手稿包裹，快速用眼睛餘光掃視安東尼那不動的後背，然後輕悄悄地挪到桌子旁。他的手顫動著，舌頭不停舔著乾燥的嘴唇。安東尼更仔細地觀察他。他個子高大，像一般侍者那樣恭順有禮，臉刮得乾淨，眼神游移不定。安東尼想，是個義大利人，不是法國人。

在關鍵時刻安東尼陡然轉過身來。服務生稍微受驚，但是裝作在處理鹽罐裡頭的東西。

「你叫什麼名字？」安東尼突然發問。

「吉塞普，先生。」

「義大利人，呃？」

「是的，先生。」

安東尼對他快語發問，而那個人回答也夠流利。最後安東尼點點頭讓他走了，但是當他吃著吉塞普端上來的上好飯菜時，卻一直在迅速思考。

他想錯了嗎？吉塞普對包裹的興趣只是一時的好奇？或許吧，但是回想起那人興奮的強烈程度，安東尼確定自己沒弄錯。他還是迷惑不解。

「不管怎麼說，」安東尼自言自語道，「不可能每個人都在打這份手稿的主意。也許我多疑了。」

晚飯吃完收拾乾淨後，他開始仔細讀起回憶錄。由於已故伯爵的手寫字體難以辨認，他看得很慢。安東尼一再打著哈欠，而且哈欠來得超快，這真令人覺得奇怪。在第四章末尾，他停了下來。

到此為止，他覺得這本回憶錄枯燥到了令人難以忍受的地步，裡面沒有任何關於醜聞的暗示。

他把堆在桌上的信件和收納手稿的包裹皮套一起鎖到手提箱裡，然後把門鎖上。為了以防萬一，又拿把椅子靠到門上。最後他從洗澡間拿了個水瓶放在椅子上，帶點自豪地審視這些準備。他脫下衣服上床，又看了看伯爵的回憶錄，然而他覺得眼皮直往下墜，便把手稿塞到枕頭下。一關燈他馬上就睡著了。

過了差不多四小時，他突然驚醒了過來。不知道是什麼東西驚醒了他……可能是什麼聲音，也可能只是過慣冒險生涯的人對危險意識特別敏感罷了。

他靜靜躺了片刻，努力集中意念。可以聽到些許偷偷摸摸的窸窣聲，接著他意識到在他和窗子之間有個黑影……在地上的手提箱旁。

安東尼突然一挺跳下床，同時把燈打開。原來跪在手提箱旁的身影立刻跳了起來。

是那個服務生吉塞普，他右手握著一把又細又長的刀，閃閃發光。他用力撲向安東尼，後者已經充分意識到自己的危險處境。他赤手空拳，而吉塞普顯然對自己的武器很在行。

安東尼向旁邊一躲，吉塞普的刀撲了個空。緊接著兩人互相抱住扭打在一起。安東尼用盡渾身力氣拚命扣住吉塞普的右臂，讓他無法施展刀法，並把他的手臂慢慢向後扳，同時，安東尼感覺到義大利人的另一隻手勒住自己的氣管，他不但無法喘氣，甚至都快要窒息了。儘管如此，他在絕望之中還是把對方的右臂彎到後邊。

刀子掉到地上發出叮噹響聲。此時，義大利人猛地一扭從安東尼的纏抱中掙脫出來。安東尼也迅速跳起來撲向房門，想要切斷對方的退路。這時才發現椅子和水瓶文風未動，還是和他睡前擺放的樣子相同！

吉塞普是從窗戶進來的，凶手現在想要逃逸的方向也是窗子。就在安東尼衝向房門的一瞬間，凶手鑽出窗戶跳到陽台上，一下子就翻到相鄰的陽台，消失在隔壁房間的窗口。

安東尼知道追也沒用了，他必定已經想好了退路，追他只會給自己添麻煩罷了。

他走到床邊，伸手到枕頭底下掏出回憶錄，幸好是把它放在枕頭下而不是手提箱裡。他走到手提箱旁向裡面看了看，想把信件拿出來。

他噓口氣輕輕地罵了一句。

信全沒了。

06 溫文爾雅的敲詐

芃吉妮．雷維爾出於好奇心，準時回到蓬特街住所時正好差五分就要四點。她用鑰匙打開門，剛邁進門廳就撞上了閒閒沒事的齊福斯。

「請原諒，夫人，但是一個……有個人前來看你……」

芃吉妮沒注意到齊福斯講話的措辭略微不同。

「洛馬士先生，他在哪兒？在會客室嗎？」

「哦，不，夫人，不是洛馬士先生。」齊福斯的聲調很急切，好像有點生氣。「有一個人……我本來不想讓他進來，但他說有最最要緊的事情……與上校有關，我想他是這麼說的，所以覺得你也許會想見他，就把他……呃，請到了書房。」

芃吉妮站在那裡想了一會兒。她已經守寡幾年了，平常很少提到丈夫。這件事被一些人用來證明在她隨隨便便的舉止下，隱藏著一顆傷口依舊沒有痊癒的心。另外一些人則正好相反，說芃吉妮從來就沒有真正關心過提姆．雷維爾，既然沒有真正傷心過，所以更不願裝模作樣了。

「我應該已經告訴你了，夫人，」齊福斯繼續說道，「那人看起來是個外國人。」芃吉妮的興趣提高了點。她的丈夫曾在外交部工作過，黑楚斯洛克國王和王后遭謀殺的劇變發生時，他們兩人正好都在那裡。也許這個人是黑楚斯洛克人，是他們以前的傭人，現在落魄倒楣了。

「你做得很對，齊福斯。」她輕輕點點頭讚許地說，「你說把他請到哪兒去了？書房是嗎？」

她邁著輕快的步子穿過門廳，打開飯廳旁小房間的門。

來訪者坐在壁爐旁的椅子上。看到女主人，他站起來注視著她。芃吉妮記憶力很強，見過面的人不會輕易忘掉，她立刻確定以前從未見過這個人。他又高又胖，膚色黝黑，一看就知道是外國人，但她能確定對方不是斯拉夫人，可能是義大利人，或者是西班牙人。

「你想見我？」她問道，「我是雷維爾夫人。」

那個男人停了半晌沒吭聲。他慢慢地審視著她，好像在仔細鑑定似的。她很快就感覺出他態度裡潛在的傲慢無禮。

「有什麼事？請說吧。」她稍微不耐煩地說。

「你是雷維爾夫人？提姆．雷維爾夫人？」

「是的，我剛才告訴過你了。」

「沒錯，你願意見我很好，雷維爾夫人。不然就像我對你傭人說的，逼不得已我只好和你丈夫談談。」

芃吉妮吃驚地看著對方，但某種原因使她抑制住快到嘴邊的反駁。她鎮定下來淡淡地說：「你可能會發現那樣做有些困難。」

「我不覺得，我很有耐心。好吧，讓我們言歸正傳。也許你認識這個？」

他用手揮了揮某樣東西。芃吉妮不感興趣地看著。

「你能告訴我這是什麼嗎，夫人？」

「好像是封信。」芃吉妮答道。

她現在確信自己在和一個精神不正常的人打交道。

「也許你注意到信是寫給誰的了。」那個男人把信遞給她，同時意味深長地說。

「我會看的。」芃吉妮愉快地告訴對方說，「是寫給巴黎葛乃爾大街十五號的奧尼爾上尉。」

那男人好像很想在她臉上找到些蛛絲馬跡，卻沒能如願。

「請你看一下，行嗎？」

芃吉妮接過信封，抽出信紙看了起來，但她幾乎立刻挺直身子把信遞還給對方。

「這是私人信件，當然不該讓我看。」

那男人嘲諷地笑了起來。

「為你可敬的舉止祝賀，雷維爾夫人。你表演得天衣無縫。不過，我想你無法否認信的簽名！」

「簽名？」

芃吉妮把信翻過來，驚訝得瞠目結舌。簽名是用工整的斜體字寫的，居然是芃吉妮‧雷維爾。她驚訝得差點叫出來，不過強忍住沒出聲。她又翻回信的開頭仔細讀了起來，接著她站在那裡陷入深思。信的內容使她對將要發生的一切再清楚不過了。

「怎麼樣，夫人？」那個男人說道，「那是你的名字，不是嗎？」

「嗯，是的。」芃吉妮說道，「是我的名字。」

她本來要加上一句，但不是我的字體。

她反而衝著來訪者嫵媚地笑了起來。

「可不可以坐下來好好談談呢？」她溫柔地說道。

他有點糊塗了。他並未料到她會這樣做。他的本能告訴自己，她並不怕他。

「首先，我想知道你是怎麼找到我的。」

「那很容易。」

他從口袋裡拿出畫報上撕下的一頁紙遞給她。安東尼‧凱德一定能認出來。

她眉頭微蹙，思索著把紙遞還給他。

「我明白了，」她說，「是很容易。」

「當然，你明白，雷維爾夫人。這並不是唯一的一封信。我這兒還有很多。」

「天哪，」芃吉妮說道，「看來我太不小心了。」

她又一次看見對方被她輕鬆的口吻弄糊塗了。她現在徹底佩服自己的表演天才。

「不管怎麼說，」她甜甜地笑著開口道，「你能把信拿來還我真是太好了。」

他清了清喉嚨，頓了片刻。

「我是個窮人，雷維爾夫人。」他意味深長地說。

「既然這樣，你絕對會比較容易進天國，我是這樣聽說的。」

「把這些信白白給你，我可辦不到。」

「我想你可能誤解了，那些信屬於寫信的人。」

「法律可能是那樣規定的，夫人。但在這個國家裡，人們都知道『所有權只是部分取決於法律』。而且不管怎麼說，你準備訴諸法律嗎？」

「法律對敲詐者的懲罰是很嚴厲的。」芃吉妮提醒他。

「嘿，雷維爾夫人，我可不是傻瓜。我讀過這些信了……一個女人寫給情夫的信，她擔驚受怕，唯恐被她的丈夫發現破綻。你想讓你的丈夫發現破綻嗎？」

「你忽視了一種可能性，那些信寫了好幾年了，假設那以後……我已經成了寡婦呢？」

他自信地搖搖頭。

「那樣的話……如果你不害怕，你就不會坐在這兒和我談判了。」

芃吉妮莞爾一笑。

「你開個價吧。」她頗像談生意似地說道。

「一千英鎊，我就把所有的信都給你。我開的價錢很低，但你知道，我不喜歡這種事。」

「我絕對不會給你一千英鎊。」芃吉妮堅決地說。

「夫人，我從來不講價。給我一千英鎊，我就把信交給你。」

芃吉妮略作沉思。

「你必須給我點時間想想。湊齊這麼一大筆錢，對我來講可不容易。」

「要不先預支一些，比如五十英鎊吧。我可以再來一趟。」

芃吉妮抬頭看看鐘，已經四點五分了，她好像聽到門鈴的聲音。

「很好。」她匆匆說道，「明天再來吧，但是晚點來，六點吧。」

她走到牆邊的桌子前，從抽屜裡拿出一把鈔票。

「差不多有四十英鎊，應該夠了。」

他急忙一把抓了過去。

「請走吧。」芃吉妮說道。

他倒是很順從地離開了房間。順著打開的屋門，芃吉妮瞥見了門廳裡的喬治・洛馬士，齊福斯正帶著他上樓。前門關上後，芃吉妮跟他打了個招呼。

「這邊請，喬治。齊福斯，能不能給我們端點茶來？」

她把兩扇窗子打開。喬治・洛馬士走進房間，看見她筆直地站在屋裡，眼光熠熠閃動，頭髮被風吹得飄了起來。

「待會兒我就關上，喬治，不過我覺得屋裡需要換換空氣，你在門廳裡碰見那個敲詐者了嗎？」

「那個什麼？」

「敲詐者，喬治，一個來敲詐的人。」

「我親愛的芃吉妮，你什麼時候才能認真！」

「噢，喬治，我是認真的。」

「但他來這兒敲詐誰呢？」

「我。」

「但是，我親愛的芃吉妮，你做過什麼嗎？」

「嗯，只此一次，事實上我什麼也沒做，那位可愛的先生把我當成別人了。」

「你報警了？」

「沒有，你是不是覺得我該報警？」

「嗯，」喬治忖度著，「不，不，也許不用……也許你做得很聰明。那樣做你就會變成不快樂的公眾人物，你甚至不得不出庭作證……」

「我倒是挺喜歡這種風光場面，」芃吉妮說，「我樂於被傳喚，我真想看看法官們是不是像人們說的那樣總是說些下流笑話，那該多刺激呀！前兩天我到瓦恩街查看我丟掉的一枚鑽石別針，那兒有個最最可愛的探長，他是我見過最好玩的人。」

像往常一樣，喬治忽視一切無關的枝節。

「但是你準備怎樣對付這個騙子呢？」

「嗯，喬治，我恐怕只好隨他便了。」

「隨他便？」

「讓他敲詐我。」

喬治的反應異常驚詫，以至於芃吉妮不得不咬緊下嘴唇。

「你的意思是──我是不是沒聽懂你的意思──他費盡心機想從你身上大撈一筆，你卻沒有告訴他搞錯人了？」

芃吉妮搖搖頭，斜著眼睛瞥了他一眼。

「天哪，芃吉妮，你一定是瘋了。」

「可能是吧，喬治。」

「為什麼呢？以上帝的名義，請你告訴我。」

「有幾個原因。第一，他做得太漂亮了──我是指敲詐我──我討厭打斷一位專心工作的藝術家。而且你知道，我還從未被敲詐過呢。」

「我絕不希望如此，真的。」

「而且我想嘗嘗被敲詐是什麼滋味。」

「我簡直搞不懂你，芃吉妮。」

「我就知道你搞不懂。」

「我希望你沒給他錢吧。」

「就給了一點。」芃吉妮遺憾地說道。

「多少？」

「四十英鎊。」

「芃吉妮！」

「親愛的喬治，這只是我買一身晚禮服的錢。花錢買一種新的經歷和買一件新衣服都一樣令人興奮，而且有過之而無不及。」

喬治．洛馬士茫然地搖搖頭。這時齊福斯端著茶壺上來了，他也就沒把震怒的心情表露出來。茶上來後，芃吉妮一邊用靈巧的手指擺好沉甸甸的銀茶具，一邊開口談起老話題。

「我還有另一個動機，喬治，一個更聰明、更有說服力的動機。我們女人總是被當成貓，但不管怎麼說，今天下午我替另一個女人做了件好事。這個男人不會再去找另一個芃吉妮．雷維爾了。他以為已經找到他的獵物。可憐的小傢伙，她寫那些信的時候心驚膽戰。那個上門敲詐的傢伙，在她那兒一定會輕易得手。現在他雖然並不知情，但事實上，他可是啃上了一塊硬骨頭。我潔身自好，生活中沒有什麼可指責的，有這樣的優勢，我該好好地和他玩玩，直到把他搞定……就像書裡寫的那樣。策略，喬治，這就叫作策略啊。」

喬治還是搖著頭。

「我不喜歡這種做法。」他強調道，「我不喜歡這種做法。」

「哦，沒關係，親愛的喬治。你不是來這兒談論敲詐者的吧。對了，你來這兒幹嘛？正確答案是：『來看你！』重音在『你』上，同時刻意拉住我的手。除非你剛好吃了加了好多牛油的鬆糕，那樣的話，就只好用眉目傳情了。」

「我就是來看你的。」喬治認真地答道，「而且我很高興看見你一個人在這兒。」

「哦，喬治，這太突然了。」她一邊吞下一粒葡萄乾一邊說道。

「我想讓你幫個忙。我一直認為，你，芃吉妮，是個魅力無窮的女人。」

「哦，喬治！」

「而且還是個有頭腦的女人！」

「不是真的吧？你太了解我了。」

「我親愛的芃吉妮，有個年輕人明天會到英國。我想讓你見見他。」

「好吧，喬治。但那是你的聚會……先把這點搞清楚。」

「我想，如果你願意的話，你可以施展你那無窮的魅力。」

芃吉妮微微把頭側了一下。

「喬治，親愛的，我可不是以『迷人』為職業，你知道。通常我喜歡別人，而且，嗯，他們也喜歡我。但我不認為我能精心布局去和一個無助的陌生人討歡心。這種事我做不來，喬治，真的不行。職業交際花會比我做得更好。」

「那絕對不行，芃吉妮。這個叫麥格拉思的年輕人，對了，他是個加拿大人……」

「加拿大的蘇格蘭人後裔。」她大膽地猜測。

「很可能不太適應英國上層社交圈。我想讓他欣賞一下真正英國淑女的超凡魅力。」

「是指我嗎？」

「沒錯。」

「為什麼？」

「對不起，你的意思是？」

「我說為什麼。你不會沒事找個在海濱迷路的加拿大人來討英國淑女的歡心吧？有什麼幕後交易嗎，喬治？老實說，你能從中獲得什麼？」

「我不明白你怎麼會關心這個，芃吉妮。」

「如果不了解事情的前因後果，我怎麼能貿然去參加晚宴，替你去迷倒眾生呢？」

「你可真是會說話，芃吉妮。任何人都會……」

「是嗎？喬治，說吧，多透露點資訊。」

「我親愛的芃吉妮，不久後，歐洲中部的某個國家很可能會陷入緊張局面。由於某些原因，我們必須使麥格拉思先生了解在黑楚斯洛克恢復君主制，對於歐洲的和平事關重大。」

「關於歐洲和平那部分全都是廢話。」芃吉妮鎮定地說道，「但無論何時，我都是支持君主制的，尤其是對於像黑楚斯洛克這樣一個獨特的民族。這麼說，你在為黑楚斯洛克國王的事忙著，對吧？他是誰？」

喬治打心眼裡不願回答，但又無法搪塞過去。這次談話完全出乎他的意料。他原以為芃吉妮是一隻溫柔順從的小貓，會乖巧地接受他的暗示而不問任何問題。但事與願違，她似乎一定要知道個所以然，而這一點，一向對女人的辨別力抱持懷疑態度的喬治是千方百計都要避免的。他犯了一個錯誤，芃吉妮不適合這個角色。甚至她還會帶來更嚴重的問題。關於她與敲詐者見面的描述，給他帶來了深深的憂慮。一個絕對無法信賴的精靈，根本就不知道應該認真對待嚴肅的事情。

「邁克．奧博洛維奇王子。」他答道。芃吉妮顯然在等他回答問題。他說：「但是，請不要再問了。」

「別傻了，喬治。報紙上已經有各種各樣的暗示了。有好多文章在吹捧奧博洛維奇王朝，它們談論起被謀殺的尼古拉斯四世，口氣好像他是一個聖徒和英雄的混合體，而不是一個被三流女演員給勾了魂的矮冬瓜。」

喬治有些退縮了。他越發確信找芃吉妮幫忙是個錯誤。他必須趕快把她打發掉。

「你說得沒錯，我親愛的芃吉妮。」他匆忙說著，一邊站起來向她道別。「我本不該向你提出這個要求。但我們迫切需要那個加拿大人對黑楚斯洛克的危機與我們看法一致，另外我相信麥格拉思對記者圈有影響。我覺得你既是一個君主主義者，又對黑楚斯洛克有所了解，出面見見他是個好主意。」

「這就是解釋，是嗎？」

「是的。我敢說你應付他一定駕輕就熟。」

芃吉妮盯了他一眼，然後笑了。

「喬治，」她說道，「你說謊的水準太差了。」

「芃吉妮！」

「太差了，真是太差了！如果我跟你受過一樣的訓練，我會編一個更好的理由……一個令人信服的理由。但我會弄個水落石出的，可憐的喬治。這個週末我在煙囪屋應該能打探到一些些細枝末節。」

「在煙囪屋？你要去煙囪屋？」

喬治無法掩飾他的心慌。他原希望能夠及時告訴卡特漢爵士不要發出這份請柬。

「疾如風今早打電話邀請我。」

喬治做了最後一次努力。

「我相信，這個晚宴一點意思也沒有。」他說，「一點都不合你的口味，芃吉妮。」

「可憐的喬治，你為什麼不能把事實告訴我？現在還不太晚。」

喬治握住她的手又輕輕放下。

「我已經告訴你事實了。」他冷冷地說道，而且臉一點都不紅。

「這樣稍微好一點了，」芃吉妮讚許地說道，「但還不夠好。振作起來，喬治，我一定會到煙囪屋，施展我無窮的魅力……就像你說的那樣。生活突然變得這麼有趣。先是一個敲詐者，接著是喬治陷入外交困境。他會把一切都告訴那個苦苦求他信任的美麗女人嗎？不，不到最後一章，他不會洩漏任何事情。再見，喬治。臨走前再溫柔地看我一眼好嗎？不行？哦，喬治，親愛的，別那麼生氣嘛！」

喬治剛邁著沉重的步伐穿過前門離去，芃吉妮就跑向電話。

她撥通電話要和艾玲·布蘭特小姐說話。

「是你嗎？疾如風，我明天一定去煙囪屋。什麼？麻煩我？不，一點都不。疾如風，野馬不會讓我感到麻煩的！好，回頭見！」

07

麥格拉思先生回絕邀請

信都丟了！

當安東尼明白信確實弄丟時，只好接受這個事實。他當然知道自己不能沿著布里茨飯店走廊去追吉塞普，這樣做將會招致不必要的麻煩，而且很有可能依舊追不上。

他得出結論：吉塞普把裝在包裹裡的那包信當成了回憶錄。因此當他發現搞錯了時，很有可能會再試一次來找回憶錄。針對這種可能性，安東尼可不想再失於防範。

他想到的另一個方案是謹慎地提出一筆贖金，把那些信換回來。假設吉塞普是紅手黨同志派來的，或者安東尼覺得可能性更大的是吉塞普受雇於保皇黨，若是如此，這些信不管是哪個雇主都不會感興趣，這樣他們就有可能願意用這些信換一筆錢。

沉思半晌，安東尼轉身上床睡了個好覺，一直睡到早晨。他判斷吉塞普不會在當晚就來跟他會第二次面。

安東尼起床時，整個戰役的周密計畫已經了然於胸。輕鬆吃了頓早點，隨意掃視通篇充斥著黑楚斯洛克發現石油消息的報紙，然後他要求見經理。安東尼・凱德一向以他那特殊的氣質通行無阻，這次他的要求也很快得到了滿足。

飯店經理是個舉止優雅的法國人，在他的私人辦公室會見了他。

「你想見我，麥格拉思先生？」

「是的。昨天下午我投宿貴飯店，晚上在自己房間吃晚飯，送飯到我房間的服務員叫吉塞普。」

他停頓了一下。

「我們是有個服務員叫這個名字。」飯店經理平靜地對答。

「送飯的時候，我注意到這個人的一些異常舉動，但當時並未多想。當天夜裡，我被房間裡輕手輕腳的走動聲驚醒，打開燈，發現這個吉塞普正在偷我的手提箱。」

經理的臉色變得有些不自然了。

「我對此事一無所知。」他強調道，「為什麼不早點讓我知道？」

「我和那個人相持了一會兒……順便提一下，他的手裡拿著刀。最後他成功地從窗子跑掉了。」

「你後來做了什麼，麥格拉思先生？」

「我查看了我的手提箱。」

「丟了什麼東西嗎?」

「沒丟什麼……重要的東西。」安東尼慢慢說道。

經理舒了口氣向後靠在椅背上。

「這樣就好。」他說道,「但是恕我直言,麥格拉思先生,我不大明白你對此事的態度。你沒有想過讓飯店的人幫你一起抓賊?」

安東尼聳了聳肩。

「我剛才說了,我沒丟掉什麼貴重的東西。當然我知道,嚴格來說,這個案子是該報警……」

他頓了頓,經理不大自然地嘟囔著。

「該報警,當然……」

「不管怎麼說,我相當確定那個人一定準備了退路。」

經理的臉上露出了笑容。

「你知道的,麥格拉思先生,我並不急於把警方牽扯進來。我一直都認為這樣做會帶來災難性的後果,如果報界抓到我們這種大飯店的任何辮子,他們才不管真正的問題多麼無足輕重,也會沸沸揚揚大加渲染。」

「可不是嗎?」安東尼點頭稱是。「剛才我對你說沒丟什麼貴重的東西,某種程度上是這樣……沒丟掉對賊來說值錢的東西,但他偷了一些對我來說價值連城的東西。」

「啊？」

「是一些信件，你明白吧。」

一種超乎尋常的謹慎表情出現在經理的臉上……也只有法國人才做得出來。

「我理解。」他低聲說道，「但無疑地，也很理所當然地，這件事不宜讓警方插手。」

「這點我們的意見完全一致。但是你應該能理解為何我一定要把這些信找回來。在我以前待的那個世界裡，人們習慣於自己的問題自己解決。因此我希望你盡可能提供這個服務員吉塞普的詳細資料。」

「我看沒什麼問題。」經理頓了頓說道，「當然，我無法立刻給你資料，但如果你半小時後再來的話，我會把一切都給你準備好。」

「太感謝了，這樣就好。」

半小時後，安東尼回到辦公室，經理如約把一切都準備好了。他在一頁紙上記下了所有與吉塞普．馬納利有關的情況。

「你看，他大概三個月前來到我們飯店，是個有技術、有經驗的服務生。工作能力很好，是五年前到英國來的。」

安東尼和經理一起查看這份表單，那上面列著這個義大利人曾經工作過的飯店和餐館。安東尼注意到一個情況，覺得可能有所幫助。裡面有兩家飯店在吉塞普就職期間發生過重大搶劫案件，雖然兩個案子都看不出和他有所牽連。不過，這個情況還是挺重要的。

吉塞普只是一個聰明的飯店強盜嗎？他搜查安東尼的手提箱只不過是出於職業本能？他只不過是在安東尼開燈的一剎那剛好拿著那包信，而且下意識地把信揣到口袋裡好騰出手來。這麼說來，這只是一起一般搶案罷了。

話又說回來，他那天晚上看到桌子上的手稿後那股興奮還是不對勁，桌上並沒有錢或能引起一般小偷貪欲的值錢物品。

不，安東尼確信吉塞普一定是為某個第三者服務的工具。依據經理提供給他的資料，有可能追查到吉塞普的私人生活，甚至最後可以找到他。他收起那張紙站起來。

「真的非常感謝你。我想，應該無需多此一問吧，吉塞普是不是還在飯店裡？」

經理露出了笑容。

「他的床上沒有睡過的痕跡，別的東西也沒動過。他從你那兒出來後，一定是直接跑掉了。我想不會再有和他碰面的機會了。」

「我也這麼想。好吧，非常感謝你。我目前還要留在這裡。」

「希望你能順利完成任務，不過我得承認你的困難不小。」

「我從來都希望能功德圓滿。」

安東尼接下來要做的第一件事，是向幾個和吉塞普關係不錯的服務員詢問，不過他沒得到什麼有用的資訊。他按照預想的文字寫了篇廣告，然後讓人送到五家讀者群最大的報紙。正要出發去吉塞普工作過的餐館時，電話鈴聲突然響了起來，安東尼拿起話筒。

「喂，找誰？」

一個淡漠的聲音答道：「請問是麥格拉思先生嗎？」

「是，你是哪位？」

「這裡是『鮑德森暨霍金斯出版社』。請稍等，我給你接通鮑德森先生。」

「咱們高貴的出版商。」安東尼想道，「這麼說，他們也著急了，對吧？他們不用急，還有一個星期呢。」

突然一個熱情的聲音響了起來。

「喂，是麥格拉思先生嗎？」

「我是。」

「我是鮑德森暨霍金斯出版社的鮑德森先生。麥格拉思先生，那份手稿怎麼樣了？」

「嗯，」安東尼說，「怎麼了？」

「麻煩可不少。我知道，麥格拉思先生，你剛從非洲來到這個國家。剛到的話，你不可能了解這兒的情況。那份手稿就要惹出不少麻煩，麥格拉思先生，是大麻煩啊。有時我都不知道我們能不能對付得了。」

「是嗎？」

「我向你保證的確如此。目前，我迫切地希望你能夠盡快把手稿複製幾份，這樣一來，即使原稿被毀……嗯，也不會有什麼損失。」

「天哪！」安東尼說道。

「是的，我知道，你聽起來會覺得很荒唐，麥格拉思先生。但我向你保證，你並不了解這裡的情況。有人決心不讓手稿落到我們手裡。我非常坦率地對你說，如果你想自己把手稿送來，十之八九到不了這裡。」

「這我倒有點兒懷疑。」安東尼說道，「我想去什麼地方一般都去得成。」

「你面對的是一群非常危險的敵人。一個月前，連我自己也不相信。我告訴你，麥格拉思先生，有人賄賂我們，威脅我們，千方百計哄騙我們，我們都有點分不清東南西北了。我建議你不要把手稿送過來，我們會派一個人去你那裡拿。」

「如果壞蛋把他幹掉呢？」安東尼問道。

「那麼責任歸屬將在我們這一方……而不是你。你把手稿交給我們的代表，同時得到書面履約證明。伯爵指示我們交給你的一千英鎊……呃，那張支票，根據我們與遺囑執行人達成的協定，到下個星期三才能生效。但是如果你堅持的話，我會讓代表給你帶一張我簽字的等額支票。」

安東尼略微沉吟了一下。他原本想到期限的最後一天才交出手稿，因為他急於看看這份讓那麼多人牽腸掛肚的書稿到底講了些什麼。不過，他還是明白了出版商剛才那番話的重要性。

「好吧。」他輕嘆一聲說道，「就照你說的辦，派人來吧。如果你不介意把那張支票帶過來，我倒寧可早點拿到，因為我有可能下星期三之前就離開英國。」

「當然，麥格拉思先生。我們的代表明天一早就去你那兒。小心點，我們的人不會從辦公室直接去。我們的霍姆斯先生住在倫敦南區。他會在上班途中去你那裡，還會給你一份包裹的收據。我建議你今晚把一個偽裝的包裹放在經理的保險箱中。你的敵人會聽到這件事，如此一來，今晚你的房間就不會再有什麼麻煩了。」

「很好，我會照你說的來辦。」

安東尼滿面沉思地放下話筒。

接著他完成被打斷的計畫，繼續尋找和失蹤的吉塞普相關的訊息，不過一無所獲。吉塞普的確在那家餐館工作過，但好像沒人對他的私生活或交際圈有任何了解。

「我會抓到你的，臭小子。」安東尼咬牙切齒地嘟囔著，「我會抓到你的，只是時間早晚而已。」

他在倫敦的第二夜安然度過了。

第三天早晨九點，鮑德森暨霍金斯出版社的霍姆斯先生的名片被送了進來，接著他也走了進來。他是個膚色白皙、舉止文靜的矮個子。安東尼把書稿交給對方，同時接過一張面值一千英鎊的支票。霍姆斯先生把書稿裝在隨身帶來的小包裡，向安東尼道了早安便離開了。整個過程看起來很平和。

「不過，他也許在回去的路上會被刺殺。」安東尼向窗外隨便看了一眼，然後大聲嘟囔著，「我現在很懷疑……非常懷疑。」

他把支票放到信封裡，又拿筆寫了幾行字，然後仔細封好。吉米和安東尼在布拉瓦約遇見時手頭多少寬裕了些，他給了安東尼一筆不小的數目，這錢目前一點都還沒動用到。

「完成了一樁，另一樁還沒完呢。」安東尼自言自語道，「到現在為止，我還無法收工，不過仍有希望。看來，得改扮一下到蓬特街四八七號去摸摸底。」

他把自己的東西收拾妥當，下樓結了帳，讓人把行李放到計程車上，不斷給碰到的人發些小費，而這些人基本上沒有提供他什麼服務。就在剛要上車離開的時候，有個小孩跑下台階遞給他一封信。

「先生，你的信，剛好趕上。」

安東尼嘆了口氣，又掏出一先令，計程車痛苦地呻吟了幾聲，猛烈地抖動幾下向前衝去。安東尼把信打開。

這封信非常奇怪。他讀了四遍才慢慢弄懂講了什麼。簡而言之（這封信措詞煩冗，好像是政府官員簽發公文時所使用的那種特別複雜辭令），信中假設麥格拉思先生今天……星期四從南非到達英國，信中間接提及史泰畢伯爵的回憶錄，並請求麥格拉思先生在與喬治．洛馬士先生進行祕密會談之前不要採取任何行動，參與會談的似乎還有其他幾位重要人物。信中還明確邀請他在第二天……亦即星期五，到卡特漢爵士的煙囪屋去作客。

一封神祕而語焉不詳的信。安東尼對此反覆玩味。

「親愛的英國古堡，」他動情地低聲道，「和往常一樣，遲了兩天。太遺憾了。而且，我不能以假身分前往煙囪屋。不過，不知道附近有沒有酒吧，安東尼先生倒是可以神不知鬼不覺地躲到裡面。」

他探頭向車窗外看了看，對計程車司機發出新指令，對方則輕蔑地哼了一聲算是回答。計程車在倫敦市一家不算大的旅館前停了下來，不過車費是按出發地點的標準來計收。安東尼用自己的名字訂了一個房間，然後走進一間髒亂的寫字間，從口袋裡拿出一張印著「布里茨飯店」字樣的留言條，這才迅速寫了起來。

他解釋說自己兩天前的星期二就到了，已經把書稿交給了鮑德森暨霍金斯出版社，而且馬上就要離開英國，不得不遺憾地謝絕卡特漢爵士善意的邀請。最後他簽上名字「你忠實的詹姆斯・麥格拉思」。

「現在嘛，」安東尼一邊在信封上貼郵票一邊說，「開始幹正事。卸下詹姆斯・麥格拉思的妝，改當安東尼・凱德。」

08 一個死人

星期四下午，芃吉妮．雷維爾在雷尼拉打網球。乘坐豪華轎車返回蓬特街的路上，她想像即將到來的會面及自己的機智對答時，唇邊露出一絲微笑。當然敲詐者有可能不來，但她相當有把握他會來。她一直把自己裝成一個很容易到手的獵物。哼，這次可要給他好看。

車在屋子外停穩後，她走出轎車，在上台階之前轉身對司機說道：「你妻子好些了嗎，沃爾頓？我忘了問了。」

「我想好多了，夫人。醫生說他六點半左右來幫她檢查。你還用車嗎？」

芃吉妮沉吟了半晌。

「這個週末我要出門，在派汀頓坐六點四十分的車，不過我不用你來載我……搭計程車就可以了。我寧願你見見醫生，如果他認為週末出去走走對你妻子有好處，就帶她出去逛逛吧，沃爾頓。我出錢。」

芃吉妮一邊不耐煩地點頭打斷司機不停的道謝，一邊跑上台階，把手伸進手提包裡拿大門鑰匙，但又突然想到沒帶鑰匙，便急速地按了門鈴。

當下並沒有人來開門，但她站在那兒等待的時候，一個年輕人走上台階。他穿著土氣，手裡拿著一捆傳單。他抽出一張遞給芃吉妮，紙上的文字一目了然：「為什麼我要為國家服務？」他的左手拿著一個收錢的盒子。

「我不能一天內買兩回這種蹩腳的詩吧。」芃吉妮用懇求的語氣說道，「我今早買了一張。買過了，真的，用名譽擔保。」

年輕人仰頭笑了起來，芃吉妮也和他一起笑。眼光在他身上掃過一遍，她覺得這個年輕人比起倫敦一般失業者要可愛多了。她喜歡他褐色的臉，結實的身體，甚至希望自己能有個工作給他。

此時門開了，芃吉妮立刻把失業者的問題拋到腦後，因為開門的是她的女僕伊莉絲，這讓她大吃一驚。

「齊福斯哪兒去了？」她一邊走進門廳一邊嚴厲地問道。

「夫人，他和別人一起走了。」

「別人？什麼別人？去哪兒了？」

「去達切特了，夫人，去小別墅，依照你在電報上吩咐的那樣。」

「電報？」芃吉妮茫然問道。

「夫人沒發電報來嗎？怎麼會弄錯呢？就是一小時前發的啊。」

「我根本就沒發過什麼電報。上面說些什麼？」

「我相信電報還在桌上。」

伊莉絲轉過身去把電報抓起來，帶著勝利者的神情遞給自己的主人。

「在這兒，夫人！」

電報是寄給齊福斯的，上面寫道：

馬上帶所有的人去小別墅，在那兒做好週末聚會的準備。要趕上五點四十九分的火車。

電報看起來沒什麼奇怪的，正是她以前一時衝動要在河濱小屋召開聚會時經常發出的那種命令。她總是把全家人都帶過去，只留下一個老婦看家。齊福斯當然看不出這個命令有什麼問題，必定會像個好僕人一樣認真照她的吩咐去做。

「我留下來的原因，」伊莉絲解釋道，「是知道夫人會希望我打理行裝。」

「這是一個愚蠢的惡作劇。」芃吉妮叫道，生氣地把電報扔到地上。「你很清楚，伊莉絲，我要去煙囪屋。今天早上我告訴過你。」

「我想夫人可能改變主意了。有時的確是這樣，不是嗎，夫人？」

芃吉妮笑了笑，承認確有此事。她努力想要釐清為何會有這個特別的惡作劇。伊莉絲提出一個看法。

「上帝啊！」伊莉絲兩手一拍叫道，「會不會是壞人呀！竊賊！他們發來假電報把家裡的人全支開，然後就洗劫一空。是的，是的，夫人，一定是這樣沒錯。每天報紙上都寫著這種事。夫人，快報警吧，快，在他們來割斷我們的喉嚨之前！」

「別這麼激動，伊莉絲。他們不會下午六點的時候來割斷我們的喉嚨。」

「夫人，我求求你，我出去叫警察，我馬上就去。」

「別發神經了，伊莉絲，上樓去把我要帶去煙囪屋的東西準備好。新的暖絨晚禮服、白色的綢外套，還有，對，黑天鵝絨禮服。黑天鵝絨別有政治意味，對吧？」

「夫人要是穿上淡綠色華緞禮服，簡直就飄然若仙了。」伊莉絲說道，她那種職業本能又出來了。

「不，我不會穿那件。快點，伊莉絲，好女孩，我們沒時間了。我得發個電報到達切特給齊福斯，出門的時候我會請巡邏警察留心一下這個地方。別又開始走來走去，伊莉絲，什麼事都還沒發生你就嚇成這樣，那萬一有人從暗處跳出來砍你一刀，你該怎麼辦呢？」

伊莉絲尖叫一聲趕緊向樓上跑去，邊跑邊向後驚恐地張望。

芃吉妮向伊莉絲遠去的身影做了個鬼臉，然後穿過門廳向放電話的小書房走去。伊莉絲提出的報警建議還不壞，她也不想再多耽擱。

她打開書房門走到電話機旁。接著，就在她的手握住話筒的一剎那，她停住了。有個男人坐在大扶手椅子上，非常奇怪地縮成一團。剛才一陣緊張，她把一直期待的來訪者忘了。很顯然，他一定是等她等到睡著了。

她徑直走向椅子，臉上露出淘氣的微笑。接著笑容突然消失了。

那個人並沒睡覺，而是死了。

她一下子就看出來了，甚至在她眼睛注意到地板上的光亮手槍之前。對方心臟稍稍偏上部位有個黑色的焦洞，下巴垂落，她本能地知道出了什麼事。

她一動不動地站在那裡，手放在身體兩側。寂靜中她聽到伊莉絲匆匆跑下樓來。

「夫人！夫人！」

「說吧，什麼事？」

她迅速走到門口，直覺想要瞞住剛剛發生的事。至少現在不能讓伊莉絲知道，伊莉絲一定會立刻歇斯底里起來，這點她很清楚。而且她覺得特別需要鎮定下來把事情理出頭緒。

「夫人，我用鏈子把大門鎖住是不是更好些？這些壞人，什麼時候都可能來。」

「好吧，如果你高興的話，你想怎麼辦都行。」

她聽到鏈子清脆的響聲，還聽到伊莉絲又跑上樓去，才長長地舒了一口氣。

她看看椅子上的男人，又看了看電話。她應該做的事情很清楚，必須立刻報警。

但她還是沒這樣做，只是靜靜站著，好像被恐懼攫住似地渾身無力，頭腦裡旋轉著各種互相衝突的想法。那份假電報和此事有沒有關係呢？假設伊莉絲沒有留下，那她就會自己進來——當然，假設她像往常一樣自己帶著鑰匙，並且發現自己單獨和一個被謀殺的人待在房間裡——一個她允許對自己進行敲詐的人。當然她可以解釋之前的事情，但是要想出一個站得住腳的理由還真不容易。她還記得她說給喬治聽的時候，他露出難以置信的神情。

別人是不是也會這樣想？還有那些信……當然，並不是她寫的，但似乎也不是那麼容易證明。

她把兩手放在前額，用力揉搓著。

「我必須好好想想，」芃吉妮道，「我必須想出個辦法。」

她伸手拿起電話，接著突然想起喬治。一個男人，這是她需要的，一個頭腦正常冷靜、不動感情的男人，他可以正確地衡量現況，然後告訴她應該怎麼做。

接著她搖搖頭。喬治不行。喬治首先想到的一定是他自己的處境。他不會高興被捲入這種事。喬治根本不行。

接著她的面容柔和起來。比爾，當然！一點都不能再耽誤了，她撥通了比爾的電話。

她被告知比爾半小時前出發去煙囪屋了。

「哦，真他媽的！」芃吉妮罵道，啪的一聲把電話甩下。和死屍關在一起還無法跟任何人說話真是太難受了。

就在這時，大門的鈴聲響了。

芃吉妮嚇了一大跳。過了一會兒，門鈴又響了起來。她知道伊莉絲正在樓上收拾東西，不會聽到鈴聲。

芃吉妮走出房間，來到門廳，解開鏈子，拔開伊莉絲剛才插上的所有插銷。然後，她呼出一口氣把門拽開。台階上站著那個失業的年輕人。

芃吉妮揪緊的心一下子放鬆了下來。

「進來，」她說道，「我想也許可以給你一份工作。」

她把他帶到飯廳，拉出一把椅子給他坐，自己和他面對面坐好，非常專注地盯著他。

「對不起，」她開口道，「不過你……我指的是……」

「得有伊頓公學和牛津大學的學歷，」年輕人說道，「這就是你想問我的，是不是？」

「差不多。」芃吉妮承認道。

「落到這種地步，全是因為我無法堅持一般性的工作。你要給我的不是一般性的工作吧，我希望？」

她的唇角閃過一絲微笑。

「絕對不是。」

「那就好。」年輕人用滿意的口吻說道。

芃吉妮用讚許的目光注意他那古銅色的臉和頎長的身材。

「你知道，」她解釋道，「我陷入了困境，我所有的朋友都……嗯，幫不上忙，他們都鞭長莫及。」

「我一個人吃飽全家就不餓。說吧，什麼麻煩？」

「隔壁房間裡有個死人，」芃吉妮說道，「他是被殺死的，我不知道該如何是好。」

她朗朗道來，就像個孩子在講故事似的。年輕人聽完她的講述，精神一下子就來了。也許他已經習慣聽到這樣的故事。

「太好了。」他興奮地說道，「我一直想幹點類似探長的工作。我們是不是先去看看屍體，還是你先告訴我一些情況？」

「我想最好先說給你聽。」她略作沉吟，考慮怎樣把她的故事講得簡潔一些，然後就開始娓娓道來：「昨天這個男人第一次來這兒見我。他帶著一些信件……情書，簽的是我的名字……」

「但不是你寫的。」年輕人輕輕插進了一句話。

芃吉妮吃驚地看著他。

「你怎麼知道？」

「哦，我猜的。請接著說。」

「他想敲詐我，而我……嗯，我不知道你能不能明白，但是我……沒有阻止他。」

她動情地看著他，竭力想說明白，而他則令她安心地點了點頭。

「我當然明白。你想知道被敲詐是什麼樣的感覺。」

「你真是太聰明了！我就是這樣想的。」

「我不是聰明，」年輕人謙虛地說道，「但是要知道，很少有人能明白你的想法。大多數人一點想像力也沒有。」

「我也這樣想。我讓這個人今天再來……下午六點。我從雷尼拉回到家時，發現除了我的女僕外，家裡所有人都被一封假電報叫走了。接著我走進書房，看見這個人被殺死了。」

「誰放他進來的？」

「不知道。我想如果是我的女僕，她會告訴我。」

「她知道這件事嗎？」

「我沒告訴她。」

年輕人點點頭站起身來。

「現在去看看屍體。」他乾脆地說道，「不過，我要告訴你……整體來說，講實話是最好的應變之道。撒一次謊會使你必須撒更多的謊，而老是在撒謊就太無趣了。」

「你是勸我報警囉？」

「也許。不過我們還是先看看那個傢伙再說。」

芃吉妮帶著他走出飯廳。她在門口停住，轉身看著他說道：「對了，你還沒告訴我你的名字呢！」

「我的名字？我叫安東尼・凱德。」

09 安東尼處理屍體

安東尼隨著芃吉妮走出房間，臉上滿是笑容。事情的變化有些出乎意料。但是當他彎腰查看椅子上的屍體時，又變得嚴肅起來。

「還暖和著呢，」他肯定地說道，「他是不到半小時前被殺的。」

「剛好在我進來前？」

「沒錯。」

他筆直地站著，兩道眉毛擰成了一團。然後他問了一個芃吉妮沒能立刻領會的問題。

「你的女僕沒有進過這個房間吧？」

「對。」

「她知道你已經進過這個房間嗎？」

「怎麼……是的，我走到門口跟她說的。」

「在你發現屍體後？」
「對。」
「你什麼也沒說？」
「如果我對她說了是不是會比較好？我擔心她會過於激動。她是法國人，你知道，很容易激動，而且我需要好好理清思路。」
安東尼點點頭但什麼也沒說。芃吉妮說：「我能看出來，你覺得挺遺憾的。」
「是的，很不幸，雷維爾夫人。如果你回來後和你的女僕一起發現屍體，事情就會簡單得多。所以，這個男人一定是在你回來之前被殺的。」
「而現在人們會說他是在我回來之後……我明白了。」
看她逐漸明白自己的意思，他進一步確定了她在門外台階上和他說話時所給他的最初印象……她不僅美麗，而且有勇氣、有頭腦。
芃吉妮深深地陷入眼前的難題中，以至於這個陌生男子隨意叫出她的名字時，並沒有讓她吃驚。
「不知道為何伊莉絲沒聽到槍聲？」她嘟囔道。
安東尼指向打開的窗子，外邊傳來一輛汽車經過時所發出的震耳引擎聲。
「聽到了吧，在倫敦人們不會注意到槍聲。」
芃吉妮輕微地打了個寒噤，轉向椅子上的屍體。

「像是個義大利人。」她好奇地說道。

「他是個義大利人。」安東尼說道，「應該說，他的正當職業是服務生，只是在業餘時間幹點敲詐的勾當。他很可能叫吉塞普。」

「老天爺！」芃吉妮叫道，「這不是夏洛克．福爾摩斯探案嗎？」

「不是。」安東尼遺憾地說道，「恐怕只是一般或普通的敲詐而已。我把一切都告訴你吧。剛才你說這個男人給你看了一些信，還跟你要錢。你給他錢了嗎？」

「給了。」

「多少？」

「四十英鎊。」

「這可不太好。」安東尼說道，不過沒有露出過分的驚訝。「現在讓我們看看那份電報吧。」

芃吉妮從桌上拿起電報遞給他。他接過電報看了起來，臉色不由得嚴肅起來。

「怎麼樣？」

他拿起電報，默默地指向發電報的地方。

「巴恩斯，」他說道，「而你今天下午在雷尼拉。如果是你自己發出來的話，有什麼用意呢？」

芃吉妮聽得入了迷。彷彿有一張網愈來愈緊地套住了她。他使她逐漸看清潛意識中模糊感覺到的一切。

安東尼拿出自己的手帕包在手上，然後拾起手槍。

「做這行必須十分小心。」他解釋道，「指紋，你知道的。」

她發現他突然渾身繃緊了，說話的聲音也變了，變得相當簡明扼要。

「雷維爾夫人，」他說道，「你以前見過這把手槍嗎？」

「沒有。」芃吉妮莫名其妙地答道。

「你確定嗎？」

「非常確定。」

「你自己有手槍嗎？」

「沒有。」

「你以前有過嗎？」

「沒有，從來沒有過。」

「你肯定嗎？」

「非常肯定。」

他靜靜地注視著她好一會兒。芃吉妮則一頭霧水地盯著他，對他的語調不明所以。

接著，他嘆了一口氣放鬆下來。

「這就奇怪了。」他說道，「你怎麼解釋這個呢？」

他把手槍舉了起來。槍身不大，做工考究，簡直就像個玩具，雖然殺起人來一點都不馬虎。槍身上赫然刻著芃吉妮的名字。

「哦，不可能！」芃吉妮叫道。

她吃驚的樣子根本就不像作假，安東尼只好相信她。

「坐下。」他靜靜地說道，「看來比最初設想的還要複雜許多。首先，我們有什麼假設?只有兩個。當然，有寫那些信的真芃吉妮。她有可能設法找到他並殺了他，扔下槍，偷了信，然後溜之大吉。很有可能，不是嗎？」

「我想是這樣的。」芃吉妮不情願地說。

「另外一個假設要有趣得多。想殺吉塞普的人還想陷害你……實際上，這可能是他們真正的目的。他們可以在任何地方幹掉他，但他們千方百計把他弄到這兒來。不管他們是什麼人，他們對你的一切瞭如指掌，例如你在達切特的別墅、你通常的作息安排，以及你今天下午待在雷尼拉的行動。問題可能有些荒唐，不過你有沒有敵人，雷維爾夫人？」

「當然沒有，至少那種的沒有。」

「問題是，」安東尼說道，「我們現在該做些什麼?有兩條路。方案一，報警，說出全部實情，明人不做暗事，讓他們去調查。方案二，我試著把屍體給處理掉。我個人傾向於方案二。我一直想試試看能不能靠自己的腦袋神不知鬼不覺地做案，但我又不願意殺人放火。大致上來說，我覺得第一個方案最合理。但還有一種修正過的第一方案。報警，不過手槍和敲詐信的情況瞞住不說……也就是說，如果信還在他身上的話。」

安東尼快速地檢查屍體的衣服口袋。

「已經被搜個精光，」他宣布道，「什麼都沒有。還會有人用那些信去做壞事。嘿，這是什麼？襯套上有個洞……裡邊有些東西被粗暴地撕走了，還剩下一小片紙。」

他邊說邊把紙片掏出來，拿到亮處。芃吉妮也跟了過來。

「可惜我們沒有其餘部分，」他抱怨道，「煙囪屋星期四，十一點四十五分……聽起來像是個約會。」

「煙囪屋？」芃吉妮叫道，「真怪！」

「怎麼個怪法？這個傢伙不配到這種高雅地方？」

「今天晚上我要到煙囪屋去……本來要去。」

安東尼轉身面對她。

「你說什麼？再說一遍。」

「我今晚本來要到煙囪屋去。」芃吉妮重複道。

安東尼盯著她。

「我開始明白了。也許不對，但至少是個想法：有人急於阻止你去煙囪屋？」

「我的表哥喬治．洛馬士不想讓我去。」芃吉妮笑著說道，「但我絕不會懷疑喬治參與了謀殺。」

安東尼沒笑。他陷入了深思。

「如果你報警的話，今天就再也別想去煙囪屋了……甚至明天也不可能。而我希望你去煙囪屋。我想我們未謀面的朋友會非常意外。雷維爾夫人，你可不可以讓我放手一搏？」

「那麼，要選方案二？」

「對，選方案二。第一件事是把你那個女僕調開。你能做到嗎？」

「很簡單。」

芃吉妮走到門廳朝樓上喊道：「伊莉絲！伊莉絲！」

「夫人？」

安東尼聽到一陣快速的對答，然後大門開了又關上。芃吉妮返回房間。

「她走了。我讓她去買些特殊的香料，還告訴她那家商店到晚上八點才關門。當然，我只是隨便說說。她將搭下一班火車和我會合，不必再回這裡。」

「很好。」安東尼讚許道，「現在我們可以開始處理屍體了。方法很古老，但我恐怕必須得問你，家裡有沒有大一點的箱子？」

「當然有。你可以去地下室挑一個。」

地下室裡還真有不少箱子。安東尼按照自己的需要挑了一個大小合適的箱子。

「我負責裝箱。」他老練地說道，「你上樓去準備出發。」

芃吉妮聽話地上了樓。她匆忙脫下網球服裝，穿上一件淺褐色的旅行服，戴上一頂漂亮的橘黃色小帽，走下樓來。這時安東尼已經把箱子捆好，在門廳裡等她了。

「我很樂意把我的故事講給你聽，」他說道，「但是今天晚上會很緊張。現在你照我說的去做。叫一輛計程車，把行李……包括這個箱子，裝到車上。開到派汀頓。到那兒以後，把箱子放到左側的行李室。我那時會在月台上。你走過我身邊的時候，把衣帽間的票交給我。我會替你把衣服取出來，但實際上我要把票留在自己手上。你接著去煙囪屋，剩下的由我來完成。」

「你太好了。」芃吉妮說道，「我真不該把這具屍體交給一個完完全全的陌生人。」

「我喜歡這份差事。」安東尼平淡地說道，「如果我的朋友吉米．麥格拉思在這兒的話，他會對你說，這種事最適合我。」

芃吉妮吃驚地注視著他。

「你說的是誰？吉米．麥格拉思？」

安東尼迎著她的目光不假思索地答道：「對，怎麼了？你聽過這個名字？」

「是的……就在最近。」她遲疑了一下，然後接著說道：「凱德先生，我必須和你好好談談。你能不能去一趟煙囪屋？」

「你不久就會看到我，雷維爾夫人……相信我。現在，同謀者甲偷偷地從後門出去；同謀者乙堂而皇之從前門出去叫一輛計程車。」

方案二進行得很順利。安東尼叫了第二輛計程車，很快就在月台上拿到了衣帽間的票。

接下來他又開了一輛有點破舊的二手莫里斯考利，這輛車是他今天早些時候弄來的，以備不時之需。

他開著這輛車回到派汀頓，把票交給衣帽間的服務員。後者把箱子從衣帽間搬了出來，勉強擠進車子的後車廂中。安東尼一溜煙開走了。

現在他的目標是倫敦郊外。穿過諾丁山、雪佛布希，然後沿著戈霍路穿過布倫福和豪斯洛，最後來到豪斯洛和史泰恩之間那段長長的道路上。這條路經常是車水馬龍、熙熙攘攘，根本就別想找出腳印或車轍。安東尼在一處停了下來。下車後，他首先用泥巴把車牌號碼弄髒。然後等了一會兒，直到兩邊都沒車開過來時，他打開箱子，把吉塞普的屍體拖了出來放在路邊。這裡是一段彎路，屍體放在彎路的內側，這樣就不會被來往的車燈照到。

然後他又鑽進汽車開走了。全程用了一分半鐘。他向右繞了一段路，通過伯罕山毛櫸國家自然保護區回到了倫敦。在山毛櫸林中，他曾停下來在林中選了一棵高大的樹，小心翼翼地爬了上去。這可不是件容易的事，即使對安東尼來說也是如此。他把一個褐色小紙包放到最高的樹枝上，然後塞到離樹幹很近的一個小樹洞裡。

「把手槍放在這兒再聰明不過了。」安東尼對自己這個主意甚是得意。「誰都會在地上找，朝水裡撈。但英國沒有幾個人能爬上這棵樹。」

接下來，他回到倫敦派汀頓火車站。這次他把箱子放在專供到站者使用的衣帽間裡頭。他迫切地想要吃一些上好的牛排、薑汁排骨和大塊的炸馬鈴薯。但是當他瞄一眼手錶後，只得傷心地搖搖頭。他為莫里斯加滿了油就又上路了。這回是往北。

在整十一點半的時候，他把車停在靠近煙囪屋莊園的路旁。從車裡出來後，他很輕鬆地翻過院牆，向房子走去。路上的時間花得比預計還要多，不久他開始跑了起來。一棟巨大的灰色建築物在夜色裡影影綽綽地浮現出來……這就是莊嚴的煙囪屋莊園。遠處傳來了報時的鐘聲，已經是十一點四十五分了。

十一點四十五分……紙片上提到的那個時間。現在安東尼站到露台上，向上望著高大的房屋。一切都是那麼模糊，那麼安靜。

「他們這些政治家上床倒是挺早。」他自言自語道。

突然他聽到了一聲爆響，是槍聲。安東尼飛快地轉過身來。槍聲來自房子裡面……他對此很肯定。他等了一會兒，但一切還是那麼安靜。最後他走到一扇長長的法式落地窗前，他判斷槍聲就是從這裡傳出來的。他試了試把手，鎖著呢。他又試了試別的窗子，同時細心地聽著。仍是一片寂靜。

最後他告訴自己，聲音一定是自己想像出來的，要不然就是林子裡偷獵者走火的槍聲。他轉過身來，循著自己的腳印穿過院落，心裡有些莫名的失落和不安。

他回頭看看樓房，就在這時，某一層有個房間的燈亮了。過了一會兒，燈又滅了。於是整個莊園又一次陷入黑暗之中。

10 煙囪屋

巴沃西警官在他的辦公室裡，時間是上午八點三十分。他個子高高的，身材魁梧，邁著訓練有素的步子，一到工作緊張時老是喘著大氣。強森巡佐也在場，他剛剛當上警察，像剛出殼的小雞似的好奇地四處張望。

桌上的電話刺耳地響了起來，巴沃西警官像往常一樣自以為是地把電話拿了起來。

「是的，貝辛市場警察局。我是巴沃西警官。什麼？」

警官的態度發生了變化。正如他比強森職位高一階，也有人比他的職位還高。

「請說，爵士。對不起，爵士，我沒聽清楚你說什麼。」

很長一段時間，警官只是靜靜地聽著，一向漠然的臉上也不時地表情多變了起來。最後在放下話筒之前，他簡單地說了一句：「馬上處理，爵士。」

他轉向強森，渾身透著一股頤指氣使的氣勢。

「爵士來電。煙囪屋發生了謀殺案。」

「謀殺！」強森重複了一遍，語調頗為震撼。

「是謀殺。」警官非常滿意地說道。

「為什麼？這兒從來沒發生過謀殺……我從來沒聽說過，除了湯姆開槍打死他情人那次之外。」

「而且那次，準確地說，根本就不是謀殺，只不過是喝醉罷了。」警官嘲弄地說道。

「反正他不會因此被絞死。」強森垂頭喪氣地附和道，「不過這事真的發生了，是吧，長官？」

「是的，強森。爵士的一位客人，一個外國人，被人開槍打死了。窗子開著，外面有腳印。」

「我很難過是個外國人。」強森有點遺憾地說道。

這使得這次的謀殺案有些失真。強森覺得外國人遲早都會被殺。

「爵士處境很困難。」警官繼續說道，「我們馬上去找卡特萊醫生，帶他一起去。但願那些腳印沒給人破壞掉。」

在巴沃西的想像中，他就要飛黃騰達了。一場謀殺！發生在煙囪屋！巴沃西先生負責這個案子。警方有了線索。震驚社會的逮捕行動。最後升官和榮譽都降臨在警官身上。

「就是這樣。」巴沃西警官自言自語道，「如果蘇格蘭警場不插一腳的話。」

這個想法有點讓他喪氣，因為在這種情況下，蘇格蘭警場很有可能插手。

他們在卡特萊醫生的診所停下。醫生是個年輕許多的男人，對此事也表露出極大興趣。他的態度幾乎和強森一模一樣。

「怎麼，天呀！」他叫道，「自湯姆．皮爾斯那次以後，我們這兒好久沒有謀殺案了。」

他們三個人都鑽進醫生的小轎車，急速地向煙囪屋開去。當車經過當地一個叫「快樂板球手」的旅館時，醫生注意到門廊裡站著一個人。

「是個陌生人，」他叫道，「很帥。不知道他到這裡多久了，他在快樂板球手做什麼？我從來沒見過他。他一定是昨天晚上來的。」

「他不是坐火車來的。」強森說道。

強森的兄弟在當地火車站當搬運工，所以他對火車到站、離站的了解很清楚。

「昨天有誰到煙囪屋來了？」警官問道。

「艾玲小姐，她坐的是三點四十分的火車，一起來的有兩位先生，一位是美國紳士，另一位是個軍官……他們兩人都沒帶隨從。爵士和一個外國人是坐五點四十分的火車來的，很可能被殺的就是這個人，一起來的還有那個外國人的隨從。奧維里先生坐的是同一列車。雷維爾夫人坐的是七點二十五分的班車，還有另一個禿頭、鷹勾鼻的外國人也坐那班車。雷維爾夫人的女僕坐的是八點五十六分的車。」

強森停住，深吸了一口氣。

「沒有人到快樂板球手嗎？」

強森搖搖頭。

「那他一定是坐汽車來的。」警官說道，「強森，記住，回去的時候到快樂板球手問問。我們應該掌握所有陌生人的情況。那個人曬得很黑。說不定他也是從國外來的。」

警官非常精明地點著頭，以顯示他是那種極其警覺的人，從來不會忽視任何可能性。

轎車穿過煙囪屋的大門到達目的地。關於這個歷史名勝的描述，可以在任何導遊手冊中找到。它還在書價二十一先令的《英國歷史家庭》中被排在第三位。每到星期四，遊覽車從米德林罕開來，讓遊客參觀莊園裡對外開放的部分。鑑於所有上面提到的資料，這裡就沒有必要再細述煙囪屋了。

他們在門口被一個頭髮花白的僕役長請了進去，老人的舉止非常得體。他的舉動好像在說：「我們家的圍牆內還從未發生過謀殺案。但我們正在承受魔法的詛咒。讓我們鎮靜地面對災難，盡力裝作一切都很正常吧。」

「爵士在等你。」僕役長說道，「請走這邊。」

僕役長把他們帶到一間爵士當作避難所的舒適小房間前說道：「爵士，警察和卡特萊醫生來了。」

卡特漢爵士正在房間裡來回踱步，顯得很著急。

「哈！警官，你終於來了。我很感激。你好，卡特萊。你瞧，這件事太可惡了，太可惡了。」

一邊說著，卡特漢爵士一邊用手快速從前到後梳著頭髮，梳到頭髮都一綹一綹地立了起來，這下看來比平常更不像個貴族了。

「屍體在哪兒？」醫生像平常那樣簡潔地問道。

卡特漢爵士轉過身來看著他，好像總算被問到一個直接的問題而得到解脫似的。

「在會議室裡。就是在那兒發現的，我不會讓別人動它。我想……呃，這麼做沒錯。」

「很好，爵士。」警官附和道。

他拿出一個本子和一支筆。

「是誰發現屍體的？你嗎？」

「天哪，不。」卡特漢爵士說道，「你不會以為我都這麼早起床吧？不，一個女僕發現的。她尖叫了好一會兒，我想。我沒親耳聽到。然後有人來告訴我，所以我當然起床來到現場……就看到了，你知道。」

「你認出屍體是你的一位客人？」

「沒錯，警官。」

「名字是？」

這個簡單到家的問題似乎難倒了卡特漢爵士。他開了一兩次口，接著又閉上了。最後他費力地問道：「你是說……你是說，他叫什麼名字嗎？」

「是的，爵士。」

「嗯，」卡特漢爵士慢慢地環視著房間，好像要找尋一些靈感似的。「他叫……我想是叫……對，一定是叫……史坦尼斯勞公爵。」

卡特漢爵士的態度頗為奇怪，警官停下筆盯著他。就在這時，出現了一個轉機，對房間裡的人來說不失為救命仙丹。

門開了，一個女孩走了進來。她個子高高的，身材苗條，膚色偏黑，男孩子般的臉龐，果斷的風格煞是引人注目。這就是艾玲·布蘭特小姐，平常被稱作疾如風，卡特漢爵士的大女兒。她向其他人點點頭後就直接對父親說道：「我找到他了。」

當下警官衝動得差點跳起來，還以為這位女士當場抓住了刺客呢，但幾乎馬上就意識到她指的是別人。

卡特漢爵士鬆了口氣。

「幹得好。他說什麼？」

「他馬上就來，我們應該小心謹慎。」

他父親不耐煩地哼了一聲。

「喬治·洛馬士就只會說些傻話。不過他來了以後，我就可以脫身了。」

想到這點，他好像輕鬆了些。

「那麼，被殺的人是史坦尼斯勞公爵了？」醫生問道。

父女二人飛快地對視了一眼，然後父親堅定地說道：「是的，我剛才說過了。」

「我問你是因為你剛才好像不太確定。」卡特萊解釋道。

爵士的眼睛閃動了一下，不快地看著他。

「我帶你們去會議室。」他急匆匆地說道。

他們跟著他走去，警官走在最後，一邊走一邊不時地向四處觀看，好像要在畫框裡或閘門後找到什麼線索似的。

卡特漢爵士拿出鑰匙打開一扇門。他們魚貫走進一間鑲著橡木護牆板的大房間，正對面是一面有三扇法式窗子的露台，中間有一張長長的會議桌，靠牆有很多橡木箱子和一些漂亮的老式椅子，牆上掛著很多卡特漢家族已故先輩的畫像。

在左邊牆面附近，也就是門和窗子之間，有個男人仰面躺著，兩隻手臂攤平展開。

卡特萊醫生走過去半跪在屍體旁邊。警官則走到窗子前逐個檢查起來。中間的一扇關著但沒鎖上，在外邊的台階上有朝窗子走來和離去的腳印。

「相當清楚。」警官點點頭說道，「屋裡也應該有腳印。在木地板上應該能清楚地看出來。」

「我想我可以解釋這點。」疾如風插話道，「今天早上女僕在發現屍體之前已經擦了一半地板。你知道，她進來的時候天還很黑。她直接走到窗子前，打開窗簾，就開始擦起來，很自然沒看到房間那側被桌子擋住的屍體。她一直擦到屍體旁邊才發現它。」

警官點點頭。

「好吧。」卡特漢爵士急切地想離開，說道，「你就留在這，警官。如果你……呃，需要我，你會找到我的。喬治．洛馬士正從艾碧莊向這兒趕來，他可以告訴你從我這兒無法了解的東西。這其實是他的事。我無法解釋，但他過來之後會給你答案。」

卡特漢爵士不等警官答話就匆匆走了。

「洛馬士真是的，」他抱怨道，「把我扯了進來。什麼事，崔威爾？」

那個白髮僕役長一直謙恭地守在他的身邊。

「爵士，看你起得這麼早，我沒經過你的允許就把早飯時間提前了。現在飯廳裡一切都準備好了。」

「怎麼可能吃得下呢，」卡特漢爵士情緒低落地朝那個方向走去。「根本就吃不下。」

疾如風把手插到他的臂彎裡，和他一起走進飯廳。在食具櫃上放著十來個沉甸甸的盛菜銀碟子，用專門的精密技術保持著溫度。

「煎蛋，」卡特漢爵士逐個打開蓋子說道，「雞蛋燻肉、腰子、炸鳥、鱈魚、冷火腿、冷野雞。這些我都不喜歡，崔威爾，讓廚子給我煮個荷包蛋怎麼樣？」

「好的，爵士。」

崔威爾退了出去。卡特漢爵士好像記性太差似的給自己挑了好多腰子和燻肉，又倒了一杯咖啡，在長桌旁坐了下來。疾如風已經開始吃起一滿盤雞蛋燻肉。

「我簡直餓壞了。」疾如風嘴裡填得滿滿地說道，「一定是太過激動的緣故。」

「你沒事的。」她父親抱怨道，「你們年輕人都好激動。但我的身體太脆弱了。要避免任何煩惱……這是阿布納．威利斯說的，避免任何煩惱。在哈利大街他的診所裡隨便說說容易得很。那個笨蛋洛馬士把我拉進這件事裡來，我怎能避免掉煩惱呢？當時我就應該強硬點，我應該立場更堅定一些。」

卡特漢爵士悲傷地搖搖頭，站起來又給自己切了一盤火腿。

「老鱈魚這次完了。」疾如風高興地評論道，「打電話候他都亂了方寸。說什麼他馬上就來，還一遍又一遍地說什麼一定要謹慎，不要走漏風聲。」

卡特漢爵士望著前方嘆起氣來。

「他起床了嗎？」他問道。

「他告訴我，」疾如風答道，「他早就起來了，從七點起就開始對祕書口述信函和備忘錄。」

「還挺自豪哪，」她父親說道，「真是自私，這些政客。他們把那些可憐的祕書一大早就挖起來，讓他們記錄那些廢話。如果有法律強迫他們十一點之前不准起床，那對國家來說該是多大的福音呀！如果不是他們老愛說些廢話，我才不管他們呢。洛馬士總是對我說什麼我的『地位』，好像我真有什麼地位似的。現在誰還希望當什麼貴族？」

「沒人。」疾如風說道，「他們寧可保住一棟豪華的公寓房子。」

崔威爾又走了進來，手裡端著盛裝兩個荷包蛋的小銀碟，他把碟子放到卡特漢爵士面前的桌子上。

「崔威爾，這是什麼？」後者問道，帶點不合口味的意思。

「荷包蛋，爵士。」

「我討厭荷包蛋，」卡特漢爵士暴躁地說道，「一點味道都沒有。我連看都不想看。崔威爾，把它們拿走，好嗎？」

「好的，爵士。」

荷包蛋怎麼端來的，又怎麼給端走了，全由崔威爾負責。

「感謝上帝，這屋子裡沒有人早起。」卡特漢爵士虔誠地說道，「等他們起來時，我們還得告訴他們那件事。」

他嘆了口氣。

「不知道凶手是誰。」疾如風說道，「動機是什麼呢？」

「幸虧這事不用我們管。」卡特漢爵士說道，「有警方去辦就行啦。倒不是說那個巴沃西一定能破案。說起來，我倒希望是那個艾薩斯坦。」

「你的意思是……」

「全英企業理事會。」

「為什麼艾薩斯坦先生要刺殺他呢？他來這兒不就是為了見他嗎？」

「金融界高層，」卡特漢爵士含含糊糊地說道，「這倒提醒我，說艾薩斯坦先生不是個早起的人，其實並不奇怪。他什麼時候都有可能進來。這是城裡的習慣。我相信這點，不管你多富有，你都得趕九點十七分的車。」

一陣快速行駛的汽車聲從打開的窗子傳了進來。

「老鱈魚！」疾如風叫道。

父女二人從窗子探出身去，向已開到門口的汽車主人打招呼。

「快進來，老傢伙，在這兒。」

卡特漢爵士嚷道，一邊快速把滿嘴的火腿嚥下去。喬治倒不曾想到要從窗子爬進來。他消失在門口，然後由崔威爾引領上來，後者很快又走了出去。

「吃點早餐，」卡特漢爵士跟他握握手說道，「來個腰子怎麼樣？」

喬治不耐煩地把腰子推到一邊。

「這簡直是一場災難。太可怕了，太可怕了。」

「的確是。來點鱈魚？」

「不，不。一定不能走漏風聲……無論如何都不能洩漏出去。」

正像疾如風預言的那樣，喬治開始嘮叨起來。

「我理解你的感覺。」卡特漢爵士同情地說道，「吃點雞蛋燻肉或鱈魚吧。」

「完全無法預料的事情，國家的災難，特許權受到了損害……」

「別著急。」卡特漢爵士說道，「吃點東西。你需要吃點東西，這樣才能思考。荷包蛋怎麼樣？剛才還有些荷包蛋呢。」

「我不想吃任何東西。」喬治說道，「我吃過早點了，而且就算我還沒吃，我也不想吃。我們必須想一下該做些什麼。你還沒告訴任何人吧？」

「嗯，除了疾如風、我、警方和卡特萊，當然還有所有僕人。」

喬治呻吟了起來。

「打起精神來，老傢伙。」卡特漢爵士善意地說道，「我希望你吃點早餐。看起來你還沒有意識到紙是包不住火的。應該把屍體埋了或是怎麼處理掉呢？真是不幸，屍體就在那兒呢。」

喬治突然鎮定下來。

「你說得沒錯，卡特漢。你說你已經叫了本地的警察？這樣還不夠，我們必須把巴鬥找來。」

「戰鬥[4]，謀殺和暴斃。」卡特漢爵士不解地說道。

「不，不，你誤會了，我指的是蘇格蘭警場的巴鬥刑事主任，一個非常謹慎的人。他在保守黨籌資的案子裡和我們合作過。」

「那是什麼案子？」卡特漢爵士頗有興趣地問道。

不過，喬治的目光落在跨坐在窗台上的疾如風身上，他及時想到要謹慎。他站起身來。

「我們不能浪費任何時間。我必須立刻發一些電報。」
「如果你寫出來，疾如風可以打電話去發出去。」
喬治抽出一枝鋼筆飛速地寫了起來，他把第一張遞給疾如風，後者非常感興趣地讀了起來。
「天哪，多怪的名字！」疾如風叫了起來。「什麼男爵？」
「洛洛普賴奇男爵。」
疾如風眨眨眼。
「我知道了，不過要對郵局說清楚得費點時間。」
喬治接著寫，然後又遞給疾如風，並對莊園的主人說道：「卡特漢，你最好是……」
「是……」卡特漢爵士憂慮地說。
「把一切都交給我處理。」
「當然，」卡特漢爵士馬上說道，「我剛才就是這麼想的。你會在會議室找到警察和卡特萊醫生。至於，呃，至於屍體，你知道，我親愛的洛馬士，我把煙囪屋毫無保留地交給你。你高興做什麼都行。」
「謝謝你。」喬治說道，「如果我想和你商量什麼事……」

4 戰鬥的英文是 Battle，亦為巴鬥的名字。

但是，卡特漢爵士已經客氣地從遠處的門口消失了。疾如風看著他遠去的身影偷偷地笑了。

「我馬上就去發電報。」她說道，「你知道怎麼去會議室吧？」

「謝謝你，艾玲小姐。」

喬治匆忙走出房間。

11 巴門主任出場

卡特漢爵士非常擔心喬治．洛馬士會找他問話，所以乾脆在園子裡轉了一天，直到餓得受不了才回家。進門時，他暗自慶幸最糟糕的情況現在也應該過去了。

他從一個小側門偷偷走進院子，從那兒他直接潛進自己的聖地。他對自己神不知鬼不覺地走進門來煞是洋洋自得。不過他錯了。警醒的崔威爾可沒讓任何事情逃過自己的眼睛。

他來到門前。

「請原諒，爵士……」

「崔威爾，什麼事？」

「爵士，洛馬士先生說，等你一回來就要你到圖書室去。」

崔威爾用這種說法給卡特漢爵士多了一種選擇，如果他不想去的話，就當作還沒回來。

卡特漢爵士嘆口氣站了起來。

「看來早晚也得見他。你說在圖書室？」

「是的，爵士。」

又嘆了口氣，卡特漢爵士穿過祖厝的寬大庭院來到圖書室門口。門鎖著。正當他把門把弄得嘎嘎作響時，門從裡邊打開了。接著喬治．洛馬士的臉從門縫露了出來，向外面懷疑地看著。

看清來者是誰後，他的臉色緩和了下來。

「啊，卡特漢，進來。我們正奇怪你是怎麼了。」

卡特漢嘟囔了幾句什麼照管祖產、給房客修繕房屋之類的話，抱歉地側身走了進去。房間裡還有兩個人，一個是警政署梅羅上校，另一個是個肩寬腰圓的中年人，臉上沒有任何表情，這點頗引人注目。

「巴鬥主任是半小時前來的，」喬治解釋道，「他已經與巴沃西警官談過了，也見了卡特萊醫生。他現在想問我們倆幾個問題。」

卡特漢爵士向梅羅打了招呼，又和巴鬥主任寒暄了幾句，然後大家都坐了下來。

「不用我說你也應該知道，巴鬥，」喬治說道，「我們處理這個案子一定要特別謹慎。」

主任隨意點點頭，這點倒是挺討卡特漢爵士的歡心。

「沒問題，洛馬士先生。但不要對我們有任何隱瞞。我知道這位死去的先生是史坦尼斯勞公爵……至少莊園的主人是這樣稱呼他的。這是他的真名嗎？」

「不。」

「他的真名叫什麼？」

「黑楚斯洛克的邁克王子。」

巴鬥只是眼睛稍稍睜大了點，沒有任何其他表示。

「如果允許我發問，他來這裡的目的是什麼呢？只為了度假？」

「還有一個目的，巴鬥。當然，這所有的一切都是極為機密。」

「是，是，洛馬士先生。」

「梅羅上校？」

「我當然了解。」

「好吧，邁克王子來這裡是專門會見赫曼．艾薩斯坦先生，是為了商定一筆貸款的條件。」

「有什麼條款？」

「我對具體的條款並不清楚。實際上，還沒有達成什麼協議。但是邁克王子保證，登基後會把某些石油特許權授予艾薩斯坦先生代表的公司。鑑於邁克王子對英國的友好態度，我國政府準備協助他登基。」

「嗯，」巴鬥主任插話道，「我想我不必知道太多。邁克王子想要錢，艾薩斯坦先生想要石油，英國政府想暗地操縱。那麼我有一個問題：有沒有別人也想要那些特許權？」

「我知道有個美國金融集團也向王子殿下提出建議。」

「已經被拒絕了嗎？」

喬治不願被他牽著走。

「邁克王子的意向，完全是傾向於英國。」他重複道。

巴鬥主任沒再繼續問下去。

「卡特漢爵士，我想這事發生在昨天。你在城裡會見了邁克王子，然後陪他一起到這裡。和王子來的還有他的隨從，一個叫鮑黎世·安喬科夫的黑楚斯洛克人，但他的侍從武官安德拉上尉還留在城裡。王子到了之後說自己很累，就去了為他準備的房間休息。他在那兒吃晚飯，也一直沒見過這次聚會的其他來賓。這些都對嗎？」

「完全正確。」

「今天上午大約七點四十五分，一名女僕發現了他的屍體。卡特萊醫生檢查了屍體，斷定王子是死於左輪手槍射出的子彈。沒人找到左輪手槍，好像也沒人聽到槍聲。另外，王子摔倒的時候把手錶撞碎了，我們從手錶判斷罪行正好發生在十一點四十五分。請問昨天你是幾點上床的？」

「我們睡得很早。因為聚會似乎難以為繼，如果你明白我的意思，主任。應該說我們大概十點半上床。」

「謝謝你。現在我想問你，卡特漢爵士，能不能描述一下屋子裡所有的人？」

「不過，請原諒，我認為凶手是從外面來的。」

巴鬥主任笑了笑。

「他是從外面來的，我敢這麼說。但不管怎麼樣，我要知道家裡都有些什麼人。這是例行公事，你知道的。」

「好吧，有邁克王子、他的隨從和赫曼．艾薩斯坦。這些你都知道。然後還有奧維里先生……」

「他在我旗下工作。」喬治謙虛地說。

「他也清楚邁克王子到這裡來的真正原因？」

「不，也不能這麼說。」喬治粗聲粗氣地答道，「他絕對知道幕後有交易，但我不認為有必要讓他知情。」

「我明白了，你能繼續嗎，卡特漢爵士？」

「讓我想想，還有海勒姆．費許先生。」

「海勒姆．費許先生是什麼人？」

「費許先生是個美國人。他帶來一封盧修斯．戈特先生的介紹信……你聽說過盧修斯．戈特吧？」

巴鬥主任笑著點點頭。誰沒聽說過百萬富翁盧修斯．C．戈特呀？

「他很想看看我的收藏。戈特先生的收藏我們當然是比不上，但我自己也有幾件寶貝。

費許先生也是熱中此道。洛馬士先生曾經建議我這個週末邀請一兩個不相干的人，好讓整件事顯得更自然些。所以我就邀請了費許先生……這回可給他找麻煩了。至於女士嘛，只有雷維爾夫人……她好像還帶了個女僕或別的什麼人。然後就是我的女兒，當然還有孩子們和他們的保母、家庭教師和所有僕人。」

卡特漢爵士停下來喘了口氣。

「謝謝你。」主任說道，「只不過是例行公事，但也是必要的。」

「我想，」喬治深思熟慮地問道，「凶手從窗子進來這點沒什麼疑問吧？」

巴鬥考慮了一會兒才慢慢答道：「有向窗子走來和從窗子離開的腳印。昨天晚上十一點四十分，有輛車在庭院外停過。十二點時有個年輕人開車到了快樂板球手旅館，他訂了房間，把長筒靴放在外邊讓人清洗……靴子又溼又髒，沾滿了泥巴，就好像在庭院的草地上走過似的。」

喬治．洛馬士激動地向前探身。

「能把靴子和腳印比較一下嗎？」

「比較過了。」

「怎麼樣？」

「正好符合。」

「那就解決了。」喬治嚷道，「我們抓到凶手了。這個年輕人……對了，他叫什麼名字？」

「在旅館登記的名字叫安東尼．凱德。」

「必須馬上找到這個安東尼．凱德，把他抓起來。」

「不必去找他。」巴鬥主任說道。

「為什麼？」

「因為他還在那兒。」

「什麼？」

「有點奇怪，對吧？」

梅羅上校瞄了他一眼說道：「你有什麼想法，巴鬥？說來聽聽。」

「我只是說有點奇怪，僅此而已。有個年輕人應該趕緊逃走，但他沒逃。他留在這裡，還讓我們順利地比對腳印。」

「那你怎麼想？」

「我不知道要想些什麼。現在腦子裡亂成一團。」

「你是不是以為……」梅羅上校剛一開口，就被謹慎的敲門聲打斷了。

喬治站起來走了過去。崔威爾靜靜地站在門口，對不得不在這種情況下敲門感到尷尬。他很快回過神對主人說道：「對不起，爵士，有位先生有要緊事想見你，我聽那意思和今天早上的悲劇有關。」

「他叫什麼名字？」巴門突然問道。

「先生，他叫安東尼．凱德。但他說他的名字應該沒人認識。」

不過這個名字正對在場的四個人有些特別意義。他們不約而同地站了起來，多少都有點吃驚。

卡特漢爵士呵呵呵笑了起來。

「我真的開始覺得有意思了。把他帶進來，崔威爾，立刻把他帶進來。」

12 安東尼自述故事

「安東尼．凱德先生。」崔威爾說道。

「鄉村旅館裡的可疑陌生人來了。」安東尼說道。

他以一種陌生人罕見的本能直接向卡特漢爵士走去。同時他也很快猜出其他三人的身分：一個是蘇格蘭警場警探，一個是本地官員，很可能是警政署長，另一個面色就像中風的人，可能與政府有關。

「我必須道歉，」安東尼繼續對著卡特漢爵士說道，「我的意思是，因為用這種方式闖進來而道歉。但是快樂板球手旅館——不管你們叫它什麼——有謠言說你們這裡發生了謀殺案。我想我說不定能幫點忙，所以就來了。」

停了好一會兒沒人說話。巴鬥主任不說話是因為他經驗豐富，非常了解讓別人先攤牌會有莫大好處。梅羅上校不說話是因為他生性沉默。喬治不說話是因為他習慣別人先給他一些提示。而卡特漢爵士不說話則是因為他根本不知道該說些什麼。不過，既然其他三人都緘默不語，而且安東尼是在對他說話，最後他也只好開口了。

「呃，確實如此，確實如此。」他著急地說道，「你能不能……呃，坐下？」

「謝謝。」安東尼說道。

喬治做作地清了清喉嚨。

「嗯，你說你能幫點忙是什麼意思？」

「我的意思是，」安東尼說道，「昨天晚上大約十一點四十五分，我未經允許踏上了卡特漢爵士的私人土地——為此，我希望能得到他的原諒——並且聽到開槍的聲音。不管怎樣，我能幫助確定罪行發生的時間。」

他依次看了其他三人，目光在巴鬥主任的臉上停留最久，看來他比較欣賞主任那種泰然自若的表情。

「不過，我確信你已經知道這點了。」他輕聲補充道。

「凱德先生，你的意思是……」巴鬥問道。

「你是知道的。今天早上我起來後就穿上鞋。後來，我跟他們要我的長筒靴，卻沒有要到。有個瀟灑的年輕警官已經把靴子拿走了。於是我很快地理清思路，急忙趕到這裡來洗脫自己的嫌疑……如果可能的話。」

「非常明智。」巴鬥含糊其辭地說道。

安東尼的眼光一閃。

「我很欣賞你的謹慎，主任。你是刑事主任，對吧？」

卡特漢爵士這時插話進來，他開始有些喜歡安東尼了。

「他是蘇格蘭警場的巴鬥主任。這是梅羅上校，我們的警政署長，還有洛馬士先生。」

安東尼緊緊盯住喬治。

「喬治．洛馬士先生？」

「是的。」

「我想，洛馬士先生，」安東尼說道，「我昨天有幸收到一封你寫給我的信。」

喬治莫名其妙地看著對方。

「不會吧。」他冷冷地說道。

但他倒寧願奧斯卡小姐在場。因為所有的信都是她寫的，只有她記得信是寫給誰以及寫了些什麼。像喬治這樣的大人物，怎麼會去記這些煩人的細節呢。

「我覺得，凱德先生，」他暗示道，「你要給我們解釋解釋……呃，昨天晚上十一點四十五分，你在這裡做什麼。」

他的語氣分明是在說：「不管你說什麼，我們都不會相信。」

「對，凱德先生，你在做什麼？」卡特漢爵士極感興趣地問道。

「好吧。」安東尼略顯遺憾地說道，「說起來，恐怕一兩句話也交代不完。」

他拿出自己的菸盒。

「可以嗎？」

卡特漢爵士點點頭。安東尼點上菸，開始講了起來。

他對自己的危險處境再清楚不過了。在短短的二十四小時內，他被牽連進兩起命案。他在第一個案子裡的所作所為，就無法經受任何審查。好不容易精心處置好屍體，逃避了司法的公正，卻在第二個案子發生當下趕到犯罪現場。即使是那些專門惹事生非的愣小子，恐怕也比不上他了。

「南美洲，」安東尼心裡琢磨著。「可不會有這麼多的刺激。」

他已經決定如何應付眼前的困境。他要把實話講出來，只不過需要稍做處理……那件事可不能說。

「事情是在……」安東尼說道，「大約三週前發生的，在布拉瓦約。當然，洛馬士先生一定知道這個地方，在帝國的邊緣。『如果只知道英格蘭，我們怎麼能算是了解大英帝國呢？』那天我和朋友詹姆斯．麥格拉思先生碰巧遇上，談了起來……」

他慢慢說出這個名字，特意看了喬治一眼。喬治差點從座位上跳起來，勉強壓抑才沒叫出聲。

「我們談話的結果是，我來英國幫麥格拉思先生做件事，他本人來不了。因為船票是按他的名字訂的，我就以詹姆斯．麥格拉思的身分來英國。我不知道這樣做觸犯哪些法律……

主任可以告訴我。如果有必要，還可以把我關幾個月。」

「我們想繼續聽你講下去，如果你願意，先生。」巴門說道，眼睛裡突然閃爍了一下。

「到了倫敦後，我就住進了布里茨飯店，還是以詹姆斯・麥格拉思的身分。我到倫敦是要把一份手稿交給一家出版公司，但幾乎才剛到，就來了某國兩派政黨的代表，其中一方使用的方式是完全合法的，而另一方則不然。我把雙方都以適當的方式打發走，但我的麻煩還沒完。那天夜裡，飯店的一個服務生摸進我的房間想要偷東西。」

「我想，你並沒有報警。」巴門主任說道。

「你說得沒錯，沒報警。我是沒採取什麼行動。但我有把這件事告訴飯店經理。他會證明我說的話，還會告訴你那個服務生半夜裡突然溜走了。第二天，出版商打電話給我，說他們會派一個代表來找我並取走書稿，我同意了。第二天上午我們如約交接。直到現在我也沒再聽說什麼狀況，我想手稿一定已經安全到達他們那裡了。昨天，我又收到一封洛馬士先生寫來給詹姆斯・麥格拉思的信……」

安東尼停了停，現在他開始有些陶陶然了。喬治・洛馬士不自在地挪了挪身子。

「我想起來了，」他嘟囔道，「這麼多的信。當然，名字都不一樣嘛，我怎麼會知道呢？而且，容我這麼說吧，」喬治的聲音提高了些，以保持自己在道義方面的無懈可擊，「我認為……偽裝成他人是極不合適的。毫無疑問，你應該受到嚴苛的法律制裁。」

「在這封信裡，」安東尼無動於衷地繼續說道，「洛馬士先生就我所受託的手稿提出各式各樣的建議。他還替卡特漢侯爵邀請我參加這裡的聚會。」

「見到你很高興，我親愛的朋友，」爵士說道，「晚點來總比沒來強，對吧？」

喬治銜著他皺了皺眉。

巴鬥主任用眼角餘光看著安東尼。

「這就是你昨天夜裡到這裡來的解釋嗎，先生？」他問道。

「當然不是。」安東尼爽朗地說道，「既然別人邀請我到鄉間別墅去，我就不會在深夜裡翻牆，在院子裡亂走或是推開某一層樓的窗子。我會走到大門前按門鈴，而且在墊子上拭去鞋上的汙泥。我會這樣做。我回信給洛馬士先生，解釋手稿已經不在我手上了，因此非常遺憾地無法接受卡特漢侯爵善意的邀請。但是當我發出信以後，我突然想到一件差點被遺忘的東西。」他停下來。成功與否就看接下來的表現了。「我必須告訴你們，我和那個叫吉塞普的服務生扭打在一起的時候，從他身上搶來一張小紙片，上面寫著字。當時我沒在意，但我一直把它帶在身上，洛馬士先生的信中提到煙囪屋的時候，我忽然想起它來。我把那張紙片拿出來一看，果然不出我所料。這就是那張紙片，先生們，你們可以自己看看。上面寫著『煙囪屋星期四，十一點四十五分』。」

巴鬥認真地查看紙片。

「當然，」安東尼接著說道，「所謂煙囪屋未必與這棟房子有關。但也可能有關。毫無疑問，那個吉塞普是個慣竊。於是昨天夜裡我決定開車到這裡來看看是否一切正常，在旅館裡住一宿，然後早晨起來拜訪卡特漢侯爵，請他多加小心，以防週末發生意外的事情。」

「的確，」卡特漢侯爵鼓勵地說道，「說的是。」

「我到這裡的時候太晚了，時間不夠用。於是我停下車，翻過牆，穿過庭院。我走到露台的時候，整個屋子一片黑暗和寂靜。就在我剛要轉身離去時，聽到了一聲槍響。我覺得槍聲來自房子裡面，就跑了回來，穿過露台，試著推開窗子。但窗子關得緊緊的，而且房子裡還是一片寂靜，我等了好一會兒，但整個房子像墓地一樣安靜。我懷疑是不是自己聽錯了，難道我聽到的竟是偷獵者的冷槍……我想，在那種情況下這樣推論是很合理的。」

「很合理。」巴鬥主任面無表情地說道。

「我接著回到旅館上床睡覺。今天早上聽到了這個消息。我發覺自己成了被懷疑的對象——在這種情況下是必然的——就趕到這裡來講清楚，希望等著我的不會是手銬。」

稍微停了片刻，梅羅上校扭頭看看巴鬥主任。

「我覺得講得挺清楚了。」他說道。

「對。」巴鬥說道，「今天早上誰都不會被戴上手銬。」

「還有問題嗎，巴鬥？」

「我還想知道這份手稿是什麼東西。」

他瞄了喬治一眼，對方有點不情願地答道：「已故史泰畢伯爵的回憶錄。你知道……」

「你不用再說什麼。」巴鬥說道，「我很清楚。」

他轉向安東尼。

「你知道誰被殺了嗎，凱德先生？」

「在快樂板球手旅館裡，人們說是個叫史坦尼斯勞公爵的人。」

「告訴他。」巴鬥簡潔地對喬治．洛馬士說道。

喬治顯然不願意說，但他不得不說出來。

「以史坦尼斯勞公爵名義住在這裡的人，實際上是黑楚斯洛克的邁克王子殿下。」

安東尼驚呼出聲。

「這可麻煩了。」他評論道。

巴鬥主任一直仔細盯著安東尼，這時低喃了一句什麼，好像表示很滿意似的，之後他突然站了起來。

「我還有一兩個問題要請教凱德先生，」他宣布道，「如果可以的話，我想讓他和我一起到會議室去。」

「當然，當然。」卡特漢爵士說道，「你想帶他去哪兒就去哪兒。」

安東尼和這位主任一起走了出去。

屍體已經從慘劇現場移走了。地板上留下一片暗黑的血漬，但除此以外，看不出來這裡曾經發生過一齣悲劇。陽光從三扇寬大的窗子射了進來，把房間照得分外明亮，使房間內鑲嵌的木板散發出陣陣醇香。安東尼讚許地望著周圍。

「非常好。」他評論道，「沒什麼能比得上歷史久遠的英國，對吧？」

「一開始，你是不是覺得槍聲是從這間屋子裡發出來的？」巴鬥主任問道，絲毫沒理會安東尼的稱讚。

「讓我想想。」

安東尼打開窗子，跨到露台上，向上看著整棟房子。

「對，就是這間，沒錯。」他說道，「這個房間向外突出，占據了整個拐角。如果槍聲是從別的地方發出來的，聽起來會像是從左邊傳來，但是這聲槍響是從我的後面或是右邊傳過來的，因此我才想到偷獵者。你知道，它在整個樓側翼的頭上。」

他從窗子又跨進來，好像突然想起什麼似地問道：「你為什麼會問這個問題？你知道他是在這兒被殺的，對吧？」

「啊！」巴鬥主任說道，「我們想知道的總是多過已經知道的。不過，是的，他就是在這兒被殺的。剛才你說試著開過窗子，對吧？」

「對，窗子從裡面關得緊緊的。」

「你試了幾扇？」

「三扇都試了。」

「肯定嗎，先生？」

「我非常肯定。你問這個幹嘛？」

「這就怪了。」主任說道。

「怎麼怪法？」

「今天早上有人發現中間那扇窗是開著的……也就是說，沒插著栓。」

「呵！」安東尼邊說邊坐到窗邊的椅子上，拿出菸盒，「這就難辦了。這樣情況就大不一樣了。有兩種可能性：要嘛他是被房子裡的某人殺死的，然後有人在我走後打開窗子，好讓人們覺得是外人幹的……這樣我碰巧就成了代罪羔羊；要嘛就是我在撒謊。我敢說你傾向於第二種可能，但是我以自身名譽向你擔保，你錯了。」

「我可以告訴你，在我調查結束之前，任何人都不能離開這棟宅子。」巴門主任繃著臉說道。

安東尼仔細看著他。

「你何時開始覺得有可能是房子裡面的人幹的？」他問道。

巴門笑了。

「可以說我一直這麼認為。你留下的腳印有點太……引人注目了，剛一確定你的靴子符合腳印時，我就起了懷疑。」

「我要恭喜蘇格蘭警場。」安東尼輕鬆地說道。

在這種情形下，雖然巴門完全排除安東尼涉案的可能，但安東尼越發覺得需要提高戒備。巴門主任是個非常精明的探長，在他眼前可不容許有任何閃失。

「我想，就是在這裡發生的？」安東尼朝地板上那塊血漬點頭說道。

「對。」

「是用什麼槍殺的？左輪槍？」

「對，不過在驗屍找到子彈之前還無法確定型號。」

「還沒找到槍？」

「還沒。」

「沒有任何線索嗎？」

「嗯，我們有這個。」

巴鬥主任就像魔術師一樣突然拿出半張紙。同時，他又一次暗地注視安東尼的表情。

不過，安東尼馬上就認出上面畫的東西，而且臉上不露聲色。

「啊哈！又是紅手黨同志。如果他們要把這種東西分發出去，應該製成石版大量印刷。單獨一張一張畫，一定會把人煩死。你在哪兒找到的？」

「在屍體下面。你以前看過這東西嗎，先生？」

安東尼向他詳述自己與那個愛國組織短暫會面的經過。

「這樣看來，我想，是紅手黨把他殺死的。」

「先生，你認為有此可能？」

「嗯，這和他們宣傳的差不多。但我一直認為那些總是談論流血的人，根本沒真正聞過血腥的味道，我不認為紅手黨有這種氣魄。而且他們的長相也很特別，我看不出他們能派什麼人冒充造訪鄉間別墅的客人。不過，誰知道呢？」

「沒錯，凱德先生，誰知道呢？」

安東尼突然覺得很有趣。

「現在我明白了。打開的窗子，留下的腳印，還有村子旅館裡的可疑陌生人。不過我可以向你保證，我親愛的主任，不管我是什麼人，我都不會是本地紅手黨的密探。」

巴鬥主任微微笑了笑，接著他打出了最後一張牌。

「你不反對看一看屍體吧？」他突然說道。

「不會。」安東尼答道。

巴鬥從口袋裡掏出一把鑰匙，帶著安東尼沿著走廊來到一個房間前，打開了門。這是一間小休息室。屍體被放在一張桌子上，上面蓋著一塊布。

巴鬥主任等安東尼走到他身旁時忽然揭開遮屍布。

當對方驚訝得差點叫出來時，他的眼睛激動地亮了起來。

「你認識他，凱德先生？」他問道，聲音裡盡量不露出那種勝利者的語氣。

「是的，我以前見過他。」安東尼說道，稍稍定定神。「但不是叫作邁克・奧博洛維奇王子。他自稱霍姆斯先生，說是鮑德森暨霍金斯出版社派來的。」

13 來訪的美國人

巴門主任慢慢把遮屍布重新蓋上，彷彿突然從頂峰跌到谷底似的垂頭喪氣。安東尼靜靜站在那裡，手插在口袋裡陷入深思。

「這就是老洛洛葡萄糖所提到的『別的手段』了。」最後他嘟囔道。

「你說什麼，凱德先生？」

「沒什麼，主任。請原諒我分神了。你知道，顯然我……或者說我的朋友吉米．麥格拉思，被詐騙了一回，丟掉了一千英鎊。」

「一千英鎊是一筆不小的數目。」巴門說道。

「一千英鎊倒不算什麼，」安東尼說道，「雖然我同意這筆錢不算少。但最讓我生氣的是被人倒打一耙。我就像一隻小綿羊乖乖把手稿交了出去。太讓人生氣了，主任，確實太讓人生氣了。」

主任什麼也沒說。

「好吧，好吧。」安東尼又說道，「後悔也沒用，況且還沒到走投無路的地步。只要我在下週四之前把老史泰畢的回憶錄找回來，一切都會照舊。」

「回會議室可以嗎，凱德先生？我還有一件事要向你請教。」

回到會議室後，主任馬上走到中間的窗子前。

「凱德先生，我一直在想，這扇窗子關得特別緊，真的特別緊。你有可能錯以為上鎖了，但它可能只是卡住了。我確信……對，我幾乎可以肯定，你一定是搞錯了。」

安東尼仔細地注視著他。

「假如我說，我非常肯定沒有搞錯呢？」

「你不認為你有可能出錯嗎？」巴鬥靜靜地盯著他說道。

「好吧，就照你說的，巴鬥主任，有可能吧。」

巴鬥滿意地笑了。

「你倒是理解得很快，先生。你不會反對在適當時候也這麼痛快地坦白吧？」

「當然不會，我……」

巴鬥突然抓住他的手臂，並停了下來。主任身體前傾，仔細聽著。

他示意安東尼不要講話，然後躡手躡腳地走到門口，忽然把門打開。

門口站著一個高個子男人，他有一張圓圓的大臉，黑色的頭髮從中間整齊分開，青藍色的眼睛露出一種特別的天真。

「請原諒，先生們，」他做作地緩緩說道，明顯地帶有美國口音。「不過，允許我看一下犯罪現場嗎？我想你們兩位都是蘇格蘭警場的警官？」

「很遺憾我不是。」安東尼說道，「不過這位先生是蘇格蘭警場的巴鬥主任。」

「是嗎？」那個美國人極感興趣地說道，「很高興見到你，先生。我是海勒姆．P．費許，紐約來的。」

「你想看些什麼，費許先生？」主任問道。

美國人緩緩走進屋來，興趣十足地看著地板上的暗色痕跡。

「我對犯罪感興趣，巴鬥先生，這是我的興趣之一。我幫我的週刊寫了〈墮落和犯罪〉的專題報導。」

他一邊說，一邊緩緩地掃視房間，好像對一切都很注意，只是在窗子上多停了片刻。

「屍體……」巴鬥主任補充道，「已經被移走了。」

「那當然。」費許先生說道，他的眼光繼續停在鑲木的牆壁上。「這些畫可真是不同凡響，兩位先生。這幅是霍爾班[5]，這兩幅是范戴克[6]；如果我沒有搞錯，那幅是維拉斯

5 霍爾班（Hans Holbein der Jüngere, 1497-1543），德裔宮廷畫家。

6 范戴克（Van Dyck, 1599-1641），中世紀國家法蘭德斯的巴洛克畫家。

奎茲[7]。我對畫作很感興趣……對第一版複製品也同樣感興趣。卡特漢爵士請我來，就是為了讓我看看他收藏的第一版，那真是太值錢了。」

他輕輕嘆了口氣。

「這回大概看不成了。為了表示一切正常，我們這些客人是不是最好馬上回城裡去？」

「恐怕不行，先生。」巴鬥主任說道，「在驗屍審訊之前誰也不能離開。」

「是嗎？什麼時候要驗屍審訊？」

「也許明天，說不定要到下週一。我們先要安排驗屍，必須和驗屍官談一談。」

「知道了。」費許先生說道，「在這種情況下。雖然對情緒影響很大。」

巴鬥帶頭走向門口。

「我們最好離開這裡，」他說道，「還得把門鎖上。」

他等另外兩個人走出房門後，便轉動鑰匙鎖上了門。

「我想，」費許先生說道，「你要蒐集指紋吧？」

「可能。」主任簡潔地答道。

「而且，我想昨晚凶手一定在硬木板上留下了腳印？」

「裡面沒有，外面倒有很多。」

「是我的。」安東尼樂呵呵地解釋道。

費許先生天真的眼睛盯到他身上。

「年輕人，」他說道，「你真讓我吃驚。」

他們轉過拐角來到一個寬敞的大廳。大廳裡面和會議室一樣鑲著橡木板，上面是個大畫廊。這時大廳的另一端出現了兩個人。

「啊哈！」費許先生說道，「我們親切的主人來了。」

他對卡特漢爵士這種滑稽的稱呼，讓安東尼幾乎忍俊不住，只好把頭轉開。

「和他在一起的那位女士，」美國人繼續說道，「昨晚我沒弄清楚她的名字。不過，她可真是讓人看了賞心悅目。」

和卡特漢爵士在一起的是芃吉妮．雷維爾。

安東尼一直在期待這次會面。他不知道該如何行動，這要看芃吉妮怎麼做了。雖然他對她的鎮定非常有信心，但他一點也不清楚她會說什麼開場白。不過他的疑問很快就解開了。

「嗨，這不是凱德先生嗎？」芃吉妮說道。她向他伸出雙臂。「這麼說來，你終於成行了？」

「親愛的雷維爾夫人，我不知道凱德先生是你的朋友。」卡特漢爵士說道。

「他是老朋友囉。」芃吉妮邊說邊衝著安東尼笑，眼睛裡露出淘氣的神情。「昨天我在

7 維拉斯奎茲（Diego Velázquez, 1599-1660），西班牙畫家。

倫敦和他不期而遇，還告訴他我要到這兒來。」

安東尼馬上向她發出暗示。

「我向雷維爾夫人解釋說，」他說道，「我被迫拒絕你善意的邀請……因為你邀請的實際上是另外一個人。而我不能假冒別人硬讓你接受一個全然的陌生人。」

「嗯，嗯，親愛的朋友，」卡特漢爵士說道，「一切都過去了，現在都弄清楚了。我馬上派人去快樂板球手取回你的行李。」

「你真是太好了，卡特漢爵士，不過……」

「什麼也別說了，當然你必須到煙囪屋來。快樂板球手是個可怕的地方……我是說，住起來太不舒服了。」

「這是當然了，你一定得來，凱德先生。」芃吉妮溫柔地說道。

安東尼覺察到周圍的氣氛已經與剛才大不相同了。芃吉妮幫他鋪了很多路，他不再是個身分不明的陌生人。她在這裡的地位非常牢固，不可動搖，她要是替誰說了話，這個人就被理所當然地接受了。他想到被他藏到伯罕山毛櫸樹上的那把手槍，心裡就笑了起來。

「我會派人去取你的東西。」卡特漢爵士對安東尼說道，「我想，在這種情況下，我們也打不了獵了。太遺憾了，不過能怎麼辦呢？而且我也不知道該怎麼對艾薩斯坦交代。這些事太不幸了。」

他情緒低落地嘆了口氣。

「就這麼說定了。」芃吉妮說道，「你馬上就可以派上用場，凱德先生。能不能帶我到湖上去，那裡遠離罪惡，寧靜祥和，我們可以放鬆一下。對可憐的卡特漢爵士來說，在自己家裡發生謀殺案真是太可怕了，對吧？但這是喬治的過錯。你知道，這個聚會是喬治安排的。」

「啊！」卡特漢爵士感慨道，「我根本就不該聽他的。」

他說話的語氣好像自己是個強人，這次只不過是一次偶然的紕漏罷了。

「誰能不聽喬治的？」芃吉妮說道，「他總是緊迫盯人，讓你無法脫身。我正想申請一種可拆式的翻領專利權。」

「我希望你能成功。」她的東道主呵呵笑道，「很高興你來，凱德。我需要支援。」

「非常感謝你的好意，卡特漢爵士。」安東尼說道，「特別是，」他補充道：「我還是一個可疑人物。不過我待在這裡可以讓巴鬥輕鬆點。」

「怎麼說，先生？」主任問道。

「這樣監視我就不用太費勁了。」安東尼輕輕解釋道。

從主任眼皮的瞬間顫動，他知道自己說對了。

14 政治和金融的考量

除了眼皮不由自主地抽搐之外，巴鬥主任的平靜絲毫不曾受到影響。即使對芃吉妮認識安東尼這點感到驚奇，他也沒有表露出來。他和卡特漢爵士站在一起看著他們倆並肩走出花園大門。費許先生也注視他們良久。

「多好的年輕人。」卡特漢爵士說道。

「雷維爾夫人遇上老朋友可真巧了。」美國人嘟囔著，「這麼說，他們已經認識有一段時間了？」

「看起來是的。」卡特漢爵士說道，「但我以前從未聽她提起過他。哦，對了，巴鬥，洛馬士先生剛才在找你。他正在藍天晨室。」

「好的，卡特漢爵士。我馬上就過去那兒。」

巴鬥沒費什麼力氣就找到了藍天晨室。他早已對這棟屋子的地理情況了然於胸。

「啊，你來了，巴鬥。」洛馬士說道。

他正在地毯上不耐煩地踱來踱去。屋裡另有一人，一個坐在壁爐邊椅子上的高個男人。他穿著一身道地的英國獵裝，不過這身衣服穿在他身上總覺得有點不大對勁。他臉色暗黃，臉龐肥大，眼睛黝黑，就像眼鏡蛇的眼珠一樣深不可測。他鼻梁高聳，朝鼻尖畫出一條明顯的曲線，再加上方正的下巴，顯得含威而不露。

「進來，巴鬥。」洛馬士先生著急地說，「關門。這位是赫曼．艾薩斯坦先生。」

巴鬥微微點頭以示敬意。

他對赫曼．艾薩斯坦先生了解得很清楚。雖然這位大金融家靜靜地坐在那裡，而洛馬士則是邊走邊說，但他明白這房間裡誰才是真正的老大。

「現在我們可以說得更隨性點。」洛馬士說道，「在卡特漢爵士和梅羅上校面前，我可不敢說太多。你懂吧，巴鬥？這些事一定不能傳出去。」

「啊！」巴鬥說道，「紙總是包不住火，這叫作欲蓋彌彰。」

在這一瞬間，他在那張胖臉上面看見一絲笑意。這絲微笑才剛出現，卻又突然消失了。

「說說看吧，你對這個年輕人有什麼想法……這個安東尼？」喬治問道，「你認為他是清白的嗎？」

巴鬥微微聳了聳肩膀。

「他講的是實話。至少我們可以查證其中一部分。表面上看來，他的話可以解釋清楚昨天晚上他為什麼來這裡。當然，我會發電報給南非，以證實他說的前一部分。」
「你認為他與此案毫無牽連？」
巴鬥把他那隻大手舉了起來。
「別急，先生，我可沒這麼說。」
「你對此案怎麼看呢，巴鬥主任？」艾薩斯坦開口問道。
他的嗓音深沉洪亮，帶著一種迫人就範的氣勢。這一優勢使他年輕時在董事會上占盡了上風。
「時間太短，不容易思考做判斷，艾薩斯坦先生。到現在為止，我還只停留在第一個問題上。」
「什麼問題？」
「哦，千篇一律。動機。誰能因邁克王子的死而受益呢？在回答這個問題之前，我們什麼事都動不了。」
「黑楚斯洛克的革命黨……」喬治插嘴道。
巴鬥主任馬上搖搖頭，失去了平時的那種莊重。
「絕不是紅手黨幹的，先生，如果你是這麼認為的話。」
「但是那張紙，那張畫著血手的紙又怎麼說呢？」
「擺在那兒只不過是當個幌子罷了。」

喬治的尊嚴受到了冒犯。

「真的，巴鬥，我看不出來你怎能如此肯定。」

「上帝保佑，洛馬士先生，我們對紅手黨的情況瞭如指掌。邁克王子一到英國，我們就對他們展開了監控。這種事是我們部門的基本工作。他們連王子的毛都沾不著。」

「我同意巴鬥主任的話。」艾薩斯坦說道，「我們的視野必須放寬些。」

「你看，先生，」巴鬥說道，好像得到了支持似的。「我們還是了解一點情況的。即使我們不知道誰會從王子的死受益，但我們至少知道誰會受損。」

「你的意思是？」艾薩斯坦說道。

他那雙黑眼睛盯在主任身上，這使巴鬥想起了高高翹起頭的眼鏡蛇。

「你和洛馬士先生，更不用提黑楚斯洛克的保皇黨——原諒我的用詞，先生——都陷入了困境。」

「說的也是，巴鬥。」喬治感觸頗深地插話道。

「接著說，巴鬥。」艾薩斯坦說道，「陷入困境形容得很精確。你是個聰明人。」

「你們需要一個國王。而目前這種情況下，你們等於失去了國王！」他手指響亮地啪噠一聲，「你們得趕快再找一個，但這不是一件容易的事。不，我不想知道你們計畫的細節，只要了解概況就夠了。不過就我來看，這該是個大買賣吧？」

艾薩斯坦輕輕點點頭。

「是個非常大的買賣。」

「這樣我就能問第二個問題了。黑楚斯洛克王位的下一個繼承人是誰？」

艾薩斯坦看看洛馬士，後者顯得有點不太情願，不過總算吞吞吐吐地說了出來。

「可能是……應該說……是的，尼古拉斯王子最有可能。」

「啊！」巴鬥說道，「那麼，尼古拉斯王子是誰呢？」

「邁克王子最親的堂兄弟。」

「噢！」巴鬥說道，「我想多了解一些尼古拉斯王子的情況，特別是他如今人在何方？」

「他的情況我們知道得不多。」洛馬士說道，「這個年輕人頭腦裡滿是奇怪的想法，同情社會主義者和共和黨人，所作所為和他的地位很不相稱。我記得他在牛津上大學的時候被開除了，主要是因為一些越軌行為。前兩年有傳聞說他死在剛果，但只是傳聞。幾個月前保皇黨開始運動時他又冒了出來。」

「確定嗎？」巴鬥說道，「他在哪兒出現的？」

「在美國。」

「美國！」

巴鬥轉向艾薩斯坦繼續問道：「石油？」

金融家點點頭繼續說：「他在那裡宣稱，如果黑楚斯洛克要選國王，人民會在他和邁克王子之間選擇他，因為他更能接受現代的開明思想，他還讓人們注意到他的民主觀點以及對共和理想的同情。作為對財務支援的回報，他準備把特許權授予某個美國金融財團。」

巴門主任此時完全失去了平時的鎮靜自如，長長地吹了聲口哨。

「這就很清楚了。」他小聲說道，「保皇黨支持邁克王子，而你們覺得必定會獲勝。然後，就忽然發生了這件事！」

「你真的不認為……」喬治插嘴道。

「這是件大買賣。」巴門繼續說道，「艾薩斯坦先生是這麼說的。應該說，既然他說是個大買賣，就一定是個大買賣。」

「總是有人使用不道德的手段。」艾薩斯坦靜靜地說道，「目前華爾街暫時占了上風，但我們也並非束手無策。找出是誰殺死了邁克王子，巴門主任，如果你想為你的國家盡點義務的話。」

「有件事我覺得很可疑。」喬治插話道，「為什麼侍從武官安德拉上尉昨天沒跟王子一起來？」

「我已經做了調查。」巴門說道，「很簡單，他留在城裡代表邁克王子和某位女士安排週末的約會。男爵很看不慣這種事，覺得現在做這種事太不明智，所以殿下只好偷偷摸摸地安排。他有點……容我冒犯，他有點過於，呃，沉迷於酒色。」

「恐怕是如此。」喬治沉重地說道，「是的，恐怕是這樣。」

「還有一點需要我們考慮，」巴門略顯遲疑地說，「維克托國王據說人在英國。」

「維克托國王？」

洛馬士皺起眉頭努力回想著。

「臭名遠播的法國流氓，先生。我們接到了法國保安局給我們的警告。」

「沒錯。」喬治說道，「我現在想起來了。珠寶大盜，對吧？他不是……」

他突然停了下來。艾薩斯坦一直在壁爐邊皺眉出神，等他抬頭的時候已經太遲了，沒看到巴鬥主任用眼神給喬治發出警告。不過他還是敏感地察覺到氣氛的微妙變化，感到一種緊張的氛圍。

「你不再需要我了吧，洛馬士？」他問道。

「不了，謝謝你，我親愛的朋友。」

「如果我返回倫敦，會不會影響你的計畫，巴鬥主任？」

「恐怕會，先生。」主任謙恭地說道，「如果你離開，別人也會想要離開，這樣當然不行。」

「的確是。」

大金融家走出房間，順手關上了門。

「了不起的傢伙，艾薩斯坦。」喬治．洛馬士敷衍地嘟囔著。

「個性很強。」巴鬥主任附和道。

喬治又開始來回踱起步來。

「你說的讓我很不安。」他開口道，「維克托國王！我原以為他還在監獄裡。」
「幾個月前剛放出來，法國警方本來對他實施監控，但他一出獄就設法金蟬脫殼。他當然辦得到，這世界上最難對付的傢伙。不知道是什麼原因，他們相信他在英國，因此就通知我們。」
「但他在英國幹什麼呢？」
「這就需要你來回答了，先生。」巴鬥意味深長地說道。
「你的意思是——你認為，你知道情況，當然——啊，對，我知道你的意思了。當然，那時候我還沒上任，但我從已故卡特漢爵士那裡聽說了事情的經過。那是一場空前的災難。」
「科依諾鑽石。」巴鬥深思熟慮地說道。
「小聲點，巴鬥！」喬治小心地向四周張望。「千萬小心，別提任何名字。如果你要提到它，就用K來代表。」
主任又露出了木然的神情。
「你不會把維克托國王和這個案子連接起來吧，巴鬥？」
「有這種可能性，僅此而已。如果你好好回憶一下，先生，你會想起那個……呃，某個王室來賓可能把珠寶藏在四個地方。煙囪屋是其中之一。維克托國王在——K失蹤後，如果我能用這個詞的話——K失蹤三天後就在巴黎遭到逮捕。我們一直期望有一天他會帶我們找到珠寶。」

「可是煙囪屋已經被整個翻過一遍，搜尋也有好幾次了。」

「是的。」巴鬥聰明地分析道，「不過方向不明確時，看得再多也沒用。現在姑且這麼假設好了，這個維克托國王來這裡找那個東西，結果被邁克王子撞見了，前者就開槍把他打死了。」

「有可能。」喬治說道，「這個案子很有可能是這麼回事。」

「我不會這麼快就下結論。有這個可能，但什麼都還不能說。」

「為什麼呢？」

「因為沒聽過維克托國王會殺人。」巴鬥嚴肅地說道。

「噢，不過這個人是一個危險的罪犯……」

巴鬥不以為然地搖搖頭。

「罪犯也是有分類型的，洛馬士先生。這次太讓人吃驚了。唉，不過……」

「哦？」

「我倒想向王子的僕人問問話。我故意把他放在最後。如果你不介意，我們可以把他叫到這兒來，先生。」

喬治點頭表示同意。主任按了電鈴。崔威爾走了進來，接受指令後又走了出去。過了一會兒，他帶著一個高個金髮男人走了回來。這個男人顴骨很高，藍色的眼睛，眼窩深陷，面無表情的程度不亞於巴鬥。

「鮑黎世・安喬科夫？」

「是。」

「你是邁克王子的隨從？」

「對，我是邁克王子的隨從。」

此人的英語說得很好，雖然帶著明顯的外國口音。

「你知道你的主人昨晚被人謀殺了嗎？」

一聲怒吼傳來，就像是野獸發出的，這就是這個男人的回答。那叫聲使喬治有些受驚，他謹慎地向窗子靠去。

「你最後一次見到你的主人是什麼時候？」

「殿下是十點半上床休息的。我像往常一樣，在他隔壁的接待室就寢。他一定是從另一個門出去到樓下房間，我指的是那扇通向走廊的門。我沒聽到他出去。可能有人給我下了迷藥。我成了一個不忠不義的僕人，在主人醒著的時候自己卻睡著了。我應該受到詛咒。」

喬治有些迷惑地盯著他。

「你很愛你的主人，呃？」巴鬥仔細觀察他，問道。

鮑黎世的身體痛苦地縮成一團。他哽咽了一陣子，接著又出了聲，聲音沙啞充滿感情。

「我可以對你說，英國警察先生，我寧願代他死去！現在既然他已經死了，而我還活著，在我為他復仇之前，我將不眠不休、不求安穩過活。我會像獵犬一樣嗅出凶手的下落，我找到他的時候……哈！」他眼露凶光。突然他從衣服裡面抽出一把閃亮的匕首在空中揮舞著。「我會立刻把他捅死……哦，不！我要先把他的鼻子割下來，把他的耳朵剁下來，把他的眼睛挖出來，然後……然後，把刀插入他的黑心，我要用刀把他大卸八塊。」

很快他又把刀收了回去，轉身走出屋去。喬治．洛馬士那雙突出的眼睛好像都要瞪出眼眶子了，他目不轉睛地盯在闔起來的門上面。

「純種的黑楚斯洛克人，當然，」他喃喃自語道，「最最沒教養的人。全都是土匪。」

巴鬥主任警覺地站了起來。

「他若不是出於忠誠，」他說道，「就是我見過最出色的騙子。我想是前者。上帝保佑殺死邁克王子的凶手，他要是被這頭猛犬逮住的話，哼！」

15 陌生的法國人

芃吉妮和安東尼並肩沿著小路向湖邊走去。剛離開房子的時候，兩個人都沒說話，最後芃吉妮微微一笑打破了沉默。

「哦，親愛的，」她說道，「多可怕呀。我有一肚子的話要對你說，還有好多事情想搞清楚，但我都不知道要從什麼地方開始說起。首先……」她壓低聲音。「你是怎麼處理屍體的？聽起來多可怕，是不是！我作夢都沒想到會涉入犯罪事件這麼深。」

「我想這種刺激對你算是比較新鮮。」安東尼表示同意。

「對你不是？」

「怎麼說呢？當然，我以前還從未處理過屍體。」

「說給我聽。」

安東尼盡可能簡單地把前一夜所做的事情說了一遍。芃吉妮認真地聽著。

「我覺得你很聰明。」他講完後，她讚許地說道，「我回到派汀頓後會把箱子取走。唯一困難的地方是，如果要你說明昨晚的行蹤，你得費點腦筋。」

「不用擔心。屍體要到昨晚後半夜或者今天早上才會被發現。不然的話，今天的早報就該有這條新聞了。而且，不管你在偵探小說裡看到了什麼樣的描寫，醫生絕對不是魔術師，他們無法準確判斷一個人到底死了多久。他死亡的確切時間會很模糊。如此一來，昨天晚上的不在場證明可能就派不上用場。」

「我知道。卡特漢爵士一直在跟我講這些事。不過那個蘇格蘭警場的人確實相信你是清白的，對吧？」

安東尼沒有馬上回答。

「他看起來並不十分精明。」芃吉妮繼續說道。

「我還不曉得。」安東尼慢慢說道，「我的印象是巴鬥主任沒什麼問題。他似乎相信我是清白的……但我不太肯定。目前從表象來看，我缺少謀殺的動機，這一點顯然難倒了他。」

「表象？」芃吉妮叫道，「你有什麼理由去謀殺素不相識的外國公爵？」

安東尼向她投去了銳利的目光。

「你曾經在黑楚斯洛克待過，對吧？」他問道。

「是的，我和丈夫在那裡的大使館待了兩年。」

「就在國王和王后被刺殺之前。你曾經見過邁克・奧博洛維奇王子嗎？」

「邁克？我當然見過。一個又可憐又可怕的傢伙！他曾經向我求婚，還說什麼貴賤可以通婚之類的。」

「真的嗎？那他建議你怎麼處置你的丈夫呢？」

「哦，他擬定了一套周瑜打黃蓋的方案。」

「你對這種和藹的提議做何反應呢？」

「嗯，」芃吉妮說道，「不幸的是，人說話不得不婉轉點，所以可憐的小邁克並沒有被我直截了當地拒絕。不過我真想痛快地罵他一頓。即使是這樣，也把他氣得吐血。你為什麼對邁克這麼感興趣？」

「我用我擅長的唐突方式做了一些調查。就我判斷，你還沒看到被謀殺的人吧？」

「沒有。用小說裡的說法，『他剛剛抵達，就回他自己的房間去了』。」

「所以你還沒見過屍體？」

芃吉妮頗感興趣地看著他搖頭。

「你覺得你有機會去看看他嗎？」

「利用高層人物的影響……我指的是卡特漢爵士，我敢說很有機會。怎麼？這是個命令嗎？」

「哦，上帝，不是。」安東尼有些受驚地說道，「我真有那麼專制嗎？不。是這麼回事：史坦尼斯勞公爵是個假名，那人其實是黑楚斯洛克的邁克王子。」

芃吉妮吃驚地睜大了眼睛。

「我明白了。」她突然綻開了笑臉。「你是不是在暗示我，邁克回到自己的房間是為了避開我？」

「多少有一點。」安東尼承認道，「你知道，如果我想得沒錯，有些人想阻止你來煙囪屋，原因可能就是你了解黑楚斯洛克。你注意到沒有，你是這裡唯一認識邁克王子的人？」

「你的意思是不是說，被謀殺的那個人是冒牌貨？」芃吉妮突然問道。

「我腦袋想的就是這個。如果你能讓卡特漢爵士帶你去看看屍體，就可以馬上解決這個問題。」

「他是在十一點四十五分被槍殺的。」芃吉妮深思熟慮地分析著。「那張紙條上提到的就是這個時間。這整件事看起來還挺神祕的。」

「噢，我突然想起來。那邊那扇窗子是不是你的房間？我說的是會議室那邊的倒數第二間。」

「不，我的房間在伊麗莎白的側翼，在那邊。怎麼了？」

「昨晚我聽到槍聲後往回走，那個房間的燈亮了。」

「真奇怪！我不知道那個房間裡住著誰。不過問一問疾如風就知道了。也許他們聽到了槍聲？」

「如果是這樣，他們並沒有站出來告訴大家。我從巴鬥那裡得知房子裡面沒有人聽到槍聲。這是我能抓住的唯一線索，而且我敢說，順著這條線索也查不出什麼，不過我還是想試試看。」

「當然，是有點奇怪。」艿吉妮想了想說道。

他們已經來到湖邊碼頭，說話時就靠在船碼頭的欄杆上。

「現在來做彙總，」安東尼說道，「我們在湖上慢慢划船，以免被那些蘇格蘭警場的人、美國客人和好奇的女僕偷聽到。」

「我從卡特漢爵士那裡知道了一些，」艿吉妮說道，「但還不夠。你先說，你到底是安東尼．凱德還是吉米．麥格拉思？」

於是安東尼在同一天上午再次把他最近六週的經歷講述一遍，只不過這次不用修改了。最後他講到了自己認出「霍姆斯先生」時的震驚。

「對了，雷維爾夫人，」他接著說道，「我貿然說是你的老朋友，這對你造成的危害，我還沒向你道歉呢。」

「你當然是我的老朋友！」艿吉妮叫道，「你不會以為我把一具屍體塞給你，然後再見面時就假裝是個普通朋友而已吧？不，怎麼會呢！」

她停了下來。

「你知道嗎？我一直都在想，」她繼續說道，「那些備忘錄後面必定還有一些神祕的地方我們沒想透。」

「我想你是對的。」安東尼表示贊同。「還有一件事想請你告訴我。」他繼續說道。

「什麼事？」

「我昨天在蓬特街對你提起吉米．麥格拉思的時候，你為何顯得那麼吃驚？你以前聽過這個名字嗎？」

「我是聽說過，夏洛克．福爾摩斯。喬治——我的表哥，喬治．洛馬士，前兩天來看我，跟我說了一大堆傻話。他想讓我到這兒來討好一個男人，就是麥格拉思，並設法用我的魅力把回憶錄搶到手。當然，他所說的原來版本並非如此。他大談什麼英國淑女之類的，但他真正的意思其實很清楚。也就只有這個糟老頭，才想得出這種餿主意。後來我想要知道的事太多了，他就用對付三歲孩子的瞎話來打發我。」

「嗯，不管怎麼說，他的計畫看來成功了。」安東尼評論道，「喏，我也來了，他腦子中的詹姆斯．麥格拉思，而你呢，正在這裡迷惑我啊。」

「不過，對可憐的老喬治來說，他並未得到回憶錄呀！現在我有個問題：我對你說那些信不是我寫的時候，你說你知道不是我寫的……你不可能知道這些呀？」

「哦，是的，我知道。」安東尼笑著說道，「我一直在研究心理學。」

「你的意思是說，你對我的人品相當信任……」

安東尼馬上用力地搖頭。

「不是這樣。我對你的人品一點都不了解。你可能有個情人，你也可能寫過信給他，但是你絕不會任憑人家敲詐。寫那些信的芃吉妮・雷維爾可能會嚇壞，你卻一定會去抗爭。」

「不知道誰是那個雷維爾。我的意思是，不知她在哪兒。這讓我覺得好像某個地方有另一個我。」

安東尼點燃一根菸。

「你知道嗎，有一封信是從煙囪屋發出的。」他最後問道。

「什麼？」芃吉妮顯然大吃一驚。「什麼時候寫的？」

「沒寫日期。不過很奇怪，對吧？」

「我相當確定沒有別的芃吉妮・雷維爾在煙囪屋待過，不然的話，疾如風和卡特漢爵士一定會提到名字上面的巧合。」

「是的，是挺奇怪。雷維爾夫人，你知道嗎，我開始懷疑是否真的存在另一個芃吉妮・雷維爾。」

「是挺難捉摸的。」芃吉妮也說道。

「相當難以捉摸。我開始懷疑那個寫信的人是故意冒用你的名字。」

「為什麼？」芃吉妮叫道，「他們為何這麼做？」

「啊，這正是癥結所在。我們需要查證的事情可不少。」

「你認為是誰殺死了邁克？」芃吉妮突然問道，「紅手黨的人？」

「我覺得有可能是他們幹的。」安東尼恨恨地說道，「毫無來由的殺戮倒是挺符合他們的作風。」

「我們開始行動吧。」芃吉妮說道，「我看到卡特漢爵士和疾如風在一起散步。我們的第一件任務是確定死人到底是不是邁克。」

安東尼向岸邊划去，過了一會兒，他們與卡特漢和他的女兒會合了。

「午飯遲了點。」爵士情緒低沉地說道。

「我想，是不是巴門對廚師無禮了？」

「這是我的朋友，疾如風。」芃吉妮介紹道，「對他好一點。」

疾如風熱情地盯著安東尼看了好一會兒，然後好像他不存在似的對芃吉妮說道：「你在哪兒找到這麼英俊的男人呀，芃吉妮？你是怎麼釣上的？」她露出羨慕的表情。

「我可以把他讓給你。」芃吉妮慷慨地說道，「我只要卡特漢爵士。」

她衝著大受奉承的同伴笑了笑，把自己的手從他臂彎裡抽出來，然後和爵士一起走開。

「你喜歡說話嗎？」疾如風問道，「或是剛毅木訥的那一型？」

「說話？」安東尼說道，「我會嘮叨、會耳語、會嘟囔，就像是涓涓流水；有的時候我還問問題呢。」

「比如？」

「誰住在左邊倒數第二個房間？」

他一邊說一邊指向那裡。

「多特別的問題！」疾如風說道，「你讓我很感興趣。讓我想想……對了，那是布隆小姐的房間，我們的法國家庭教師。她的任務是調教我兩個小妹，陶絲和黛西……你知道，就像歌裡唱的那樣。我敢說，如果再有一個妹妹，爸媽會叫她桃樂希．梅。但是媽媽厭倦了除了女兒一無所有的生活，結果辭世而去了，把生個繼承人的任務留給了別人。」

「布隆小姐，」安東尼沉思半晌說道，「她來這裡多久了？」

「兩個月了。我們在蘇格蘭的時候來的。」

「哈！」安東尼說道，「我聞到有腐鼠的味道了。」

「我倒希望能聞到飯的香味。」疾如風說道，「我需要邀請蘇格蘭警場的先生和我們一起吃飯嗎，凱德先生？你見多識廣，知道這方面的禮數。我們這裡以前從未發生過謀殺案呢。多刺激啊，是吧？我很遺憾今天上午你已經洗刷罪名了。我一直盼望能親眼看見殺人犯，看看他們是不是像那些週日報刊上寫的那樣和藹迷人。天啊！那是什麼人？」

「好像是一輛計程車向煙囪屋開來了。」

車裡頭坐著兩個人，一個是禿頂、黑鬍的高個子，另一個是留著小鬍子、稍微矮點的年輕人。安東尼一眼就認出了那個高個子，猜想一定是此人——而不是載著他的那輛車——讓他的同伴驚叫了起來。

「如果我沒弄錯，」他說道，「那是我的老朋友，洛洛葡萄糖男爵。」

「什麼男爵？」

「為了方便起見，我都他叫洛洛葡萄糖。要想拼出他真正的名字，一般人的嘴巴簡直是辦不到。」

「今天上午拼這個名字的時候，我差點弄壞了電話，」疾如風說道，「這麼說，這位就是男爵了？我猜今天下午他會落到我手上來……但我整個上午都在對付艾薩斯坦。哼，還是讓喬治自己去應付吧，讓政治見鬼去。請原諒我稍微走開一會兒，凱德先生，我得陪陪可憐的老爸。」

疾如風快步走回去。

安東尼站在那裡，盯著她的背影看了一會兒，然後若有所思地點上一根菸。就在這時，他聽到附近發出鬼鬼祟祟的聲音。他就站在船塢旁邊，聲音好像是從拐角處傳來的。聽起來好像是有人在努力忍住不打出噴嚏來。

「真奇怪，到底是什麼人在船塢後面呢？」安東尼尋思著，「最好去看看。」

他把剛剛吹滅的火柴扔到一旁，邊想邊向後方走去。他悄悄繞到船塢的另一側。

突然看到某人正要從地上爬起來，顯然他在地上跪了有一段時間了。這個人身材高大，穿著淺色大衣，戴著眼鏡，此外還留著一撮尖尖的黑鬍子，看起來有點紈褲子弟的味道。年紀大約在三十到四十之間，看起來還人模人樣的。

「你在這裡做什麼？」安東尼問道。

他相當確定這個人不是卡特漢爵士的客人。

「不好意思，」陌生人帶著明顯的外國口音，並且竭力擠出動人的笑臉。「是這樣的，我想回快樂板球手旅館，但是迷了路。先生能不能告訴我怎麼走？」

「當然可以。」安東尼說道，「不過你從水上是過不去的，你知道。」

「呃？」陌生人好像沒聽懂似的應了一聲。

「我說啊，」安東尼重複道，眼睛故意面向船塢看了看。「你從水上是過不去的。穿過庭院有一條路……離這裡有一段距離。不過這裡都是私人土地，你侵入了私人土地。」

「我萬分抱歉。」陌生人說道，「我完全搞不清方向了。我原本想到這裡來問一問。」

安東尼忍住沒有當場指出，對於想要問路的人來講，跪在船塢後面未免也太怪異了。他和藹地抓住陌生人的手臂。

「你走這條路，」他說，「繞過湖後一直向前走，一定能找到路，走到那條路上以後，向左拐，就可以走回村子了。你住在快樂板球手旅館？」

「是的，先生，今天上午住進去的。多謝你給我指路。」

「不客氣，」安東尼說，「希望你沒感冒。」

「呃？」陌生人應了聲。

「我的意思是，你在地上跪了這麼久。」安東尼解釋道，「我好像聽到你打噴嚏。」

「我是可能打噴嚏了。」對方承認道。

「的確。」安東尼說，「但你不應該忍住噴嚏，你知道。前兩天一個非常有名的醫生這麼說過。這樣做很危險。我記不清確切的說法……到底是抑制神經還是使動脈硬化，不過不要再這樣了。再見。」

「再見，謝謝你，先生，幫我走回了正路。」

「鄉村旅館裡的另一個可疑陌生人。」安東尼看著對方慢慢走遠後，自言自語地嘟囔著，「而且這個人我也搞不懂。看起來像是個旅行在外的法國商人，不像是紅手黨的人。難道他代表的是受盡磨難的黑楚斯洛克的另一方？那個法國家庭教師住在倒數第二間房，現在又發現一個在這裡鬼鬼祟祟打轉的法國人，偷聽人家的悄悄話。我敢打賭這裡面絕對有鬼。」

安東尼邊想邊回到屋前。他在露台上遇到無精打采的卡特漢爵士，還有兩個新來的人。看到安東尼，他一下子活躍了起來。

「啊，你來了。」他說道，「讓我給你介紹呃……男爵，呃，還有安德拉上尉。這位是安東尼·凱德先生。」

男爵瞪著安東尼，疑心頓生。

「凱德先生？」他僵硬地說，「我想不是吧。」

「讓我和你單獨說兩句話，男爵。」安東尼說道，「我可以把一切都解釋清楚。」

男爵向爵士鞠了一躬，兩人一起沿著露台走開。

「男爵，」安東尼說，「我必須請你原諒。我濫用了英國紳士的榮譽，頂著別人的名字來到這個國家。我對你說我是詹姆斯·麥格拉思……但你必須搞清楚，這種欺騙不是惡意的。你一定很熟悉莎士比亞的作品，也知道他認為『玫瑰』這個專有名詞根本不重要，因為不管叫什麼都是玫瑰，對吧？這件事也一樣。你想見的人是那個拿著回憶錄的人，而我就是這個人。正如你所知，回憶錄已經不在我這裡了。這招玩得挺漂亮，男爵，簡直是妙計絕倫。誰想出來的，你，還是你的委託人？」

「是殿下自己的主意。除了他自己以外，他不讓任何人拿到回憶錄。」

「他做得不錯。」安東尼讚許地說道，「我還真把他當成了英國人。」

「王子的確是在英國接受教育。」男爵解釋道，「這是黑楚斯洛克的慣例。」

「再道地的行家也使不出更好的方法騙走回憶錄了。」安東尼說道，「我能不能冒昧地問一句，你們把回憶錄怎麼處理了？」

「把它當作紳士之間的祕密的話……」男爵說道。

「你太客氣了，男爵。」安東尼低聲說道，「我還從沒被人叫作紳士叫這麼多次呢，就這四十八小時內。」

「我對你直說吧……我相信回憶錄已經燒掉了。」

「你相信，但是你沒親眼看到，對吧？」

「殿下一直親自保管回憶錄。他想先看一下然後燒掉。」

「我明白了。」安東尼說，「都一樣啦，這份回憶錄可不是那種隨隨便便就能看完的輕鬆讀物。」

「在已故的主人遺物中，並沒發現到回憶錄，所以它們顯然已經被燒毀了。」

「哈！」安東尼說，「我不信！」

他停了一下然後接著說道：「我之所以向你問了這麼多問題，男爵，是因為——你可能已經聽說了——我自己也被牽扯到這個案子裡面來。我必須洗脫自己的嫌疑。」

「當然，」男爵說道，「你也得顧及自己的榮譽。」

「沒錯，」安東尼說，「你說得很對。為了還自己清白，我沒有別的辦法，只有找到真正的凶手才行，而想要達到這個目的，我就必須把事實弄清楚。所以我剛才問你回憶錄的問題，這一點很重要。對我來說，想占有回憶錄很可能是此案的殺人動機。告訴我，男爵，這種想法合不合情理？」

男爵遲疑了一會兒。

「你自己看過回憶錄了嗎？」他最後小心地問道。

「我覺得問得差不多了。」安東尼笑了笑說道，「現在，男爵，還有一件事。我覺得應該給你一個忠告，我仍然沒放棄在下個星期三，十月十三日，把手稿交給出版商的初衷。」

男爵吃驚地盯著他。

「但是，你已經把回憶錄丟掉了啊！」

「我說了，在下個星期三以前。今天是星期五。也就是說，我還有五天的時間。」

「如果回憶錄已經被燒毀了呢？」

「我認為還沒被燒毀。我有充分的理由。」

他說話的同時，已經轉過露台的拐角。一個高大的身影向他們走來。安東尼到現在為止還沒見過偉大的艾薩斯坦先生，他頗感興趣地看著來人。

「啊，男爵，」艾薩斯坦揮揮手上又黑又粗的雪茄說道，「情況太糟了，太糟糕了。」

「老朋友，艾薩斯坦先生，的確是這樣。」男爵叫道，「我們策畫的一切都被毀了。」

安東尼識趣地沿著露台走開，讓兩位朋友留下來悲嘆。

突然間他停了下來。紫杉樹之間顯眼地冒出一縷青煙。

「樹裡邊一定是空的。」安東尼想到，「我以前聽過這樣的事。」

他很快地環顧左右。卡特漢爵士和安德拉上尉還站在露台的那一頭，背朝著他。安東尼低下身繞到巨大的紫杉前面。

他料想的果然沒錯。紫杉樹並不是一排，而是兩列，中間有一條窄窄的通道。通道的入口在兩列樹的中間，剛好正對著房子。這其實沒什麼神祕的，不過任何人從前面看，都不會想到裡面是這樣的景象。

安東尼順著狹窄的通道朝前面看去，在前面不遠處，有個人坐在一張柳條椅上。椅子扶手上放著一根燃燒了一半的雪茄，那個人好像是睡著了。

「哈！」安東尼自言自語著，「顯然海勒姆·費許先生喜歡坐在樹蔭下乘涼。」

16／在教室品茶

安東尼重新回到露台，心裡越發覺得要私下談話最安全的地方只有湖心了。

突然一陣鑼聲從房子傳了過來，崔威爾從旁門莊嚴地走了出來。

「先生們，請用午餐。」

「啊！」卡特漢爵士頓時活躍了些。「吃午飯了！」

這時兩個孩子從房子裡一陣風似的跑了出來。她們一個十二歲，一個十歲，兩個女孩正是精力充沛的時候。雖然疾如風說過她們一個叫陶絲一個叫黛西，但她們更常被人稱呼古格爾和溫克爾。她們邊跑邊打鬧，還不時地尖叫幾聲，直到疾如風過來喝住她們，大家才得到片刻的安靜。

「老師在哪兒？」她問道。

「她得了偏頭痛，偏頭痛，偏頭痛！」溫克爾唱了起來。

「哈喔！」古格爾也來幫腔。

卡特漢爵士成功地把客人引進房子，卻一把揪住了安東尼。

「跟我到書房來一下，」他悄聲說道，「我有一些特別的東西。」

卡特漢爵士沿著大廳鬼鬼祟祟地來到自己的避難所，像個小偷似地打開一個櫥櫃，拿出幾個瓶子來。

「和外國人聊天我特別容易口渴。」他抱歉地解釋道，「我也不知道為什麼。」

門被敲了一下，芃吉妮的腦袋從門縫冒了出來。

「給我準備了特別的雞尾酒？」她問道。

「當然。」卡特漢爵士熱情地說道，「快進來。」

接下來的幾分鐘，三個人互相乾起杯來。

「我太需要這個了。」卡特漢爵士把自己的酒杯放回桌上嘆口氣說道，「我剛才說過，我覺得和外國人談話特別累。也許是因為他們太有禮貌了。來吧，我們吃點飯去吧。」

他帶路走向飯廳。芃吉妮把手搭在安東尼的手臂上，把他往後拉了一下。

「順利完成任務。」她悄聲說道，「我讓卡特漢爵士帶我去看屍體了。」

「怎麼樣？」安東尼急切地問道。

他的理論馬上就要被證實或否定。

芃吉妮搖了搖頭。

「你想錯了。」她小聲說道，「的確是邁克王子。」

「哦！」安東尼一陣懊惱。「而且家庭教師得了偏頭痛。」他大聲說道，很是不滿。

「和她有什麼關係？」

「也許沒什麼關係，不過我想見見她。你知道，我發現那個家庭教師住在倒數第二個房間……就是我昨晚看到亮燈的那間房。」

「這倒挺有趣。」

「也許根本沒事。不過我今天還是要見見這個家庭教師。」

午飯多少有點像是一場考驗。即使悠遊自在的疾如風八面玲瓏、不偏不倚，仍無法把這一大群形形色色的人物調和在一起。男爵和安德拉正襟危坐，舉止高雅，好像在陵寢中參加宴會似的；卡特漢爵士垂頭喪氣，無精打采；比爾·奧維里貪婪地盯著艽吉妮；喬治很擔心自己難堪的處境，費盡心機和男爵及艾薩斯坦先生說話。古格爾和溫克爾因家中發生了謀案而高興得忘情，於是不斷地被大人阻止、壓制；海勒姆·費許慢慢地嚼著嘴裡的食物，不時用他那特別的口音說出一兩句無趣的話；巴鬥主任好意地缺席了，誰都不知道他去哪兒。

「感謝上帝，一切都過去了。」離開桌子時，疾如風小聲對安東尼說道，「今天下午喬治要把這支外國軍團帶到艾碧莊去，在那裡討論國家大事。」

「這樣氣氛可能會緩和一些。」安東尼贊同地說道。

「我對那個美國人倒不擔心。」疾如風繼續說道，「他可以跟爸爸到個安靜的角落暢談那些原版畫。費許先生……」這時，他們談話的中心人物走了過來。「我為你安排了一個平靜的下午。」

美國人上身微傾鞠了個躬。

「你真是太好了，艾玲小姐。」

「費許先生，」安東尼說道，「今天上午就過得很平靜。」

費許先生快速地看了他一眼。

「啊，當我獨享清靜的時候你在觀察我？有些時候，先生，對於好靜的人來說，遠離塵囂是唯一的出路。」

疾如風走開了去，於是美國人和安東尼落在後頭。前者壓低了聲音。

「我認為，」他說道，「這件事很神祕。」

「確實。」安東尼答道。

「那個禿頭的傢伙也許是爵士的親戚？」

「也許是吧。」

「這些歐洲大國要出名了。」費許先生道，「有謠言說，被殺的人是個皇室殿下，據你所知，是這樣的嗎？」

「他在這裡的身分是史坦尼斯勞公爵。」安東尼不置可否地答道。

對此費許先生沒再多說，只不過含糊地說了句：「哦，老兄！」

然後他又恢復了一貫的沉默。

「你們這位主任，」最後他說道，「巴鬥，還是叫什麼名字的。他是那種能夠做事的人嗎？」

「蘇格蘭警場是這麼認為。」安東尼淡然答道。

「我覺得他太死板了。」費許先生說道，「不是我說他，他不讓任何人離開這裡又有什麼用呢？」

他說話的時候飛快地瞄了安東尼一眼。

「所有的人都要參加明天上午的驗屍審訊，你知道。」

「僅此而已？沒有別的用意？不會是卡特漢爵士的客人受到懷疑吧？」

「哦，費許先生！」

「我有點感到不安。在這個國家我是個陌生人。不過這個案子一定是外面的人幹的……我現在想起來了，窗子是打開的，不是嗎？」

「是的。」安東尼目光看著遠處說。

費許先生嘆了口氣。又過了一會他用悲傷的語調說道：「年輕人，你知道他們是怎樣從井裡打水的嗎？」

「怎樣？」

「用唧筒抽。不過這可是件苦差事！我看到我親愛的主人正要離開那邊那夥人。我得去跟他聊聊。」

費許先生輕悄悄地走開，疾如風又走了回來。

「費許很有趣，是不是？」她說道。

「是的。」

「不用找芃吉妮。」疾如風忽然說道。

「我沒找。」

「少騙我。我不知道她是怎麼做到的。反正不是像她說的那樣，我根本就不信她那套託詞。不過，哦，老兄！她每次都能得逞。不管怎麼說，她現在在忙別的事。她要我好好招呼你，那我就對你好一點……必要的話還得用武力。」

「不必用武力。」安東尼向她說道，「不過，如果可以的話，我倒寧願你能在水上或船上對我好一點。」

「這主意不壞。」疾如風考慮了片刻說道。

他們一起向湖邊走去。

「在我們轉向真正有趣的話題前，」安東尼慢慢把船划離岸邊，說道：「我只想問你一個問題。先做正事再娛樂。」

「這回你想知道誰的臥室？」疾如風不耐煩地問道。

「這回不是誰的臥室。我想知道你們從什麼地方找到那個法國家庭教師。」

「你簡直走火入魔了。」疾如風說道，「我是從一個介紹所找到她的，我每年付給她一百英鎊的薪水，她的教名是吉娜薇。你還想知道什麼？」

「我們先說說那個介紹所。」安東尼說道，「她以前做過什麼？」

「哦，無可挑剔！她與那個難以描述的女伯爵一起住了十年。」

「難以描述？」

「就是那個布勒特女伯爵，住在迪納爾的布勒特城堡。」

「你沒親眼見過女伯爵吧？全都是靠信件往來？」

「沒錯。」

「嗯！」安東尼哼了一聲。

「你讓我很感興趣，」疾如風說道，「我非常感興趣。是愛情還是犯罪事件？」

「也許只是我瞎猜罷了。不說這個了。」

「『不說這個了。』他已經弄清楚想知道的一切，便不經意地說道。凱德先生，你懷疑誰呢？我只能說芃吉妮是最不可能的嫌犯。也許是比爾幹的。」

「你呢？」

「貴族子弟祕密加入紅手黨。這簡直要引起震驚了。」

安東尼笑了起來。他開始喜歡疾如風，但有點害怕她那能看透人心的銳利灰色眼睛。

「你一定對這一切很自豪吧？」他突然向遠處那棟宏偉的屋宇指了指說道。

疾如風眼睛一亮，頭側向一邊。

「是的，我想它對我是有些意義。不過已經太適應這裡了。不管怎麼說，我們不常在這兒……太沉悶了。在城裡住一段時間後，整個夏天我們都在考斯和多維爾過日子，然後就到蘇格蘭去。煙囪屋每年有五個月都裹在防塵罩裡。每週有一天，他們會把防塵罩取下來，然後便有成群的旅客來這裡張大嘴聽崔威爾說：『在你們右邊是第四代卡特漢侯爵夫人的畫像，出於喬舒亞·雷諾茲先生筆下。』然後艾德或伯特……遊客裡最愛開玩笑的傢伙就會碰碰旁邊的女孩說：『嘿！小妞，全是一文不值的畫，真是夠了。』然後他們就走開去看其他的畫，不停地打哈欠，來回走動，希望回家的時間到了。」

「據說，這裡曾經不只一次地創造歷史。」

「你一定是聽喬治說的。」疾如風尖聲說道，「他總是說這種話。」

安東尼突然用手肘支起身子，向岸邊看去。

「那個抑鬱寡歡站在船塢旁的人是第三個可疑的陌生人？還是參加聚會的客人？」

疾如風把頭從深紅色墊子上抬起來。

「是比爾。」她說道。

「他好像在找什麼東西。」

「也許是在找我呢。」疾如風不感興趣地說道。

「我們是不是該回去了？」

「是該回去了，但你的興致看來不高，不是嗎？」

「你既然這麼說，我可要加倍努力了。」

「別這麼說，」疾如風說道，「我也有自尊。把我送到那個小傻瓜那兒去吧。我想他還是需要別人照顧。一定是芃吉妮刺激了他。雖然看起來不可能，但也許過些日子，我還會想嫁給喬治呢，所以還是練一練怎麼當好『一個知名政治家的女主人』吧。」

安東尼順從地向岸邊划去。

「我想知道我的下場會如何，」他抱怨道，「我可不想當個沒人要的第三者。遠處是那兩個孩子嗎？」

「對，你得小心點，不然的話，她們可夠你受的。」

「我很喜歡小孩子。」安東尼說道，「也許我能教一些讓她們安靜下來的智力遊戲。」

「好吧，可別說我沒警告過你啊。」

把疾如風讓給抑鬱寡歡的比爾後，安東尼向著發出一陣陣尖叫而沒有片刻安靜的地方走去。他受到了熱烈歡迎。

「你會玩紅色印第安人遊戲嗎？」古格爾嚴肅地問道。

「當然，」安東尼說道，「我被剝頭皮的時候，你會聽到我的叫聲。就像這樣。」他學了起來。

「還不太差。」溫克爾勉強地說了句話。「現在學學剝頭皮者的叫聲。」

於是安東尼發出了令人毛骨悚然的叫聲。緊接著三人就玩起了紅色印第安人的遊戲。

一小時後，安東尼用手背擦擦前額，然後試探著問起家庭教師的偏頭痛。他很高興聽說這位女士已經完全康復了。到了這個時候，他已經成了孩子們眼裡的好玩伴，根本捨不得放他走，所以被邀請到她們的教室裡喝杯茶。

「你可以說一說你看見人被吊死的故事。」古格爾懇求道。

「你是不是說過，你還留著一截吊死人的繩子？」溫克爾問道。

「就在我的手提箱裡。」安東尼鄭重地說道，「你們每個人都會得到一截。」

溫克爾馬上發出印第安人狂喜的叫聲。

「我想我們得去洗手了。」古格爾心情沉重地說道，「你會來喝茶，對吧？你不會忘了吧？」

安東尼莊嚴地發誓任何事也不能阻止他赴約。這回孩子們放了心，蹦蹦跳跳地朝房子跑去。安東尼站在那裡對著她們的背影看了一會兒。就在這時，他發覺有個人正從灌木叢的另一側急忙走開，向花園走去。他幾乎可以肯定這人就是他上午見過那個留黑鬍子的陌生人。就在他猶豫著追不追那人的時候，他前面的樹叢分開來，海勒姆．費許先生從裡面邁步走了出來。看到安東尼，他好像稍微有些吃驚。

「又是一個平靜的下午，費許先生？」安東尼打招呼。

「謝謝你，是的。」

只是費許先生看起來不像往常那樣平靜。他的臉紅紅的，還氣喘吁吁，就好像剛剛參加過賽跑似的。他拿出自己的懷錶看了看。

「我猜，」他輕輕說道，「現在剛好是你們英國人喝下午茶的時間。」

啪的一聲闔上錶蓋，費許先生慢慢向房子走去。

安東尼站在那裡陷入沉思，突然被不知何時已站在他身旁的巴鬥主任嚇到。他一點聲音都沒聽到，好像主任是從空氣中蹦出來的。

「你是從什麼地方鑽出來的？」安東尼生氣地說道。

巴鬥頭輕輕一點，示意是從身後的灌木叢裡走出來的。

「今天下午這裡好像挺熱鬧的。」安東尼說道。

「你好像在想心事，凱德先生。」

「我的確在想心事。你知道我在做什麼嗎，巴鬥？我在努力把二、一、五、三湊在一塊，好得出個四來。但是行不通，巴鬥，根本就行不通。」

「這是挺難的。」主任贊同道。

「不過我正好要找你，巴鬥，我想離開一下，可以嗎？」

巴鬥主任的確是個一流的警探，他沒露出什麼表情，回答很簡單也很實際。

「那要看你想上哪兒去，先生。」

「我會如實告訴你，巴鬥。我先把事情挑明。我想去迪納爾，到布勒特女伯爵的城堡去一趟。行嗎？」

「你想什麼時候去，凱德先生？」

「明天驗屍審訊後怎麼樣？我星期天晚上就能回來。」

「知道了。」主任說道，話語中透著不尋常的穩健。

「嗯，怎麼樣？」

「我不反對，只要你說到做到，而且能按時返回。」

「你真是的，巴鬥。要嘛你已經對我放心了，要嘛你就是深藏不露。是哪一種呢？」

巴鬥主任笑了笑，但是沒回答。

「好吧，好吧，」安東尼說道，「我想你會多加小心。謹慎的執法者會把我盯得緊緊的。就這樣吧。不過我真希望知道發現了什麼。」

「我沒聽懂，凱德先生。」

「那份回憶錄。到底是怎麼回事？它只是一本回憶錄嗎？或者你已經略有所知？」

巴鬥又笑了笑。

「這樣吧，我可以助你一臂之力，因為你給我的印象不錯，凱德先生。我希望你能協助我偵破這個案子。業餘和職業的互補長短。一個有熱情和直覺——姑且這麼說吧——而另一個閱人無數又擅長分析。」

「嗯，」安東尼慢慢說道，「也不必諱言，我一直都想嘗嘗親手解開謀殺謎案的滋味。」

「關於這個案子你有什麼想法嗎，凱德先生？」

「有很多想法，」安東尼說道，「不過大部分都是疑惑。」

「比方說？」

「誰會繼承邁克的位子？我覺得這點很重要。」

巴鬥主任笑著，臉上露出兩道深刻的皺紋。

「我很好奇你是怎麼想到這件事，先生。尼古拉斯．奧博洛維奇王子是下一個繼承人，他是邁克王子最親的堂弟。」

「他此刻在什麼地方？」安東尼轉過身去點上一根菸。「別告訴我你不知道，巴鬥，我才不會信。」

「我們有理由相信他人在美國。最近他一直在忙籌款的事。」

安東尼吃驚地吹了聲口哨。

「我明白了。」安東尼說道，「邁克得到英國的支持，尼古拉斯得到美國的撐腰。兩個國家都想得到石油的特許權。保皇黨選擇邁克作為他們的代表……現在他們得另找人選了。艾薩斯坦公司和喬治．洛馬士先生一定氣得咬牙切齒，華爾街則喜上眉梢。我說得對吧？」

「差不多。」巴鬥主任說道。

「哼！」安東尼說道，「我敢發誓，我知道你剛才在灌木叢裡做什麼。」

主任笑了笑，但沒吭聲。

「國際政治很有趣。」安東尼說道，「不過我恐怕得先離開一會兒了。我在教室裡有個約會。」

他快步向房子走去，向威嚴的崔威爾問了路，很快地來到教室門口。他敲了敲門走了進去，裡邊立刻傳出一陣高興的叫聲。

古格爾和溫克爾飛快地向他衝過來，拉著他要把他介紹給家庭教師。

安東尼第一次對自己的判斷產生懷疑。這位家庭教師布隆小姐是矮個子中年婦女，臉色灰暗，頭髮花白，嘴唇上甚至還長出些許鬍鬚！

如果這就是惡名昭彰的外國女冒險家，那她和自己的想像一點都不符合。

「我看，」安東尼尋思著。「我真是笨到極點。沒關係，我必須撐下去。」

他對女教師很親切，而她呢，卻因為有個漂亮的年輕人闖進自己的領地而顯得很高興。

這次約會很成功。

但是那天晚上，安東尼獨自待在臥室不停地搖頭。

「我錯了。」他想道，「我又錯了。我怎麼會弄錯呢？」

他停下腳步。

「真他媽的……」安東尼正暗忖著。

門忽然被輕輕推開了，一個男人走進來，畢恭畢敬地站在門口。

他高大壯實，有副斯拉夫民族的高顴骨，眼神帶著夢幻般的狂熱。

「你他媽的是什麼人？」安東尼盯著他問道。
那個人用標準的英語答道：「我是鮑黎世．安喬科夫。」
「邁克王子的僕人，呃？」
「是的，我服侍我的主人。他死了，現在我服侍你。」
「謝謝你了。」安東尼說道，「但我沒有想要找個隨從。」
「現在你是我的主人了。我會忠誠地服侍你。」
「是的……不過，聽著，我不需要隨從，我付不起錢。」
鮑黎世．安喬科夫有點不屑地看著他。
「我不缺錢。我為我的主人服務。因此我要服侍你……一直到死為止。」
他快步向前走了幾步，來到安東尼面前，單膝跪地，抓住他的手放在自己的前額，然後很快地站起來，就像突然來到那樣又突然走出去。
安東尼目瞪口呆地看著他的背影。
「真他媽的怪。」他自言自語道，「倒是一條忠誠的狗。這幫傢伙的直覺還真準。」
他站起身來，又在房間裡踱起步來。
「反正，」他嘟囔道，「很棘手，目前看來……棘手透了。」

17 夜半歷險

第二天上午展開驗屍審訊，實際情況和偵探小說裡描述的完全不同。整個過程十分嚴謹，所有相關細節都問到了，連喬治對此也很滿意。巴門主任在法醫和警政署長的協助下，把流程盡可能簡化，不至於讓大家覺得枯燥。

在驗屍審訊結束後不久，安東尼就悄悄出發了。

對於安東尼的離去，比爾．奧維里認為這是最令人高興的事。喬治．洛馬士這兩天一直在擔心他部門正在進行的事會曝光，因此有些魂不守舍。奧斯卡小姐和比爾一直伺候在他左右。奧斯卡小姐做了一切能做的事，比爾則跑前跑後傳遞各式各樣的消息，翻譯電報，連續幾個小時聽喬治不停地嘮叨。

星期六晚上上床時，比爾已經筋疲力盡。由於喬治的吹毛求疵，他幾乎一整天都沒有機會和芃吉妮說說話，他覺得受到了傷害和虐待。感謝上帝，那個從殖民地來的傢伙離開了。

不管怎麼說，他一直在芃吉妮身旁糾纏不清。哼，要是喬治繼續當他是驢似的使喚他……帶著滿腹悶氣，比爾終於睡著了。在睡夢裡他得到了安慰，因為他夢見了芃吉妮。

在夢裡他成了英雄，他變成在火堆中救人的好漢。他把芃吉妮從頂層抱了下來。她失去了知覺，他把她放在草地上。然後他走開去找一包三明治，這很重要，他一定要找到這包三明治。三明治在喬治那裡，然而他不但不給他，還向他口述起電報。現在他們在教堂的祭品室中，芃吉妮隨時都有可能來這兒和他結婚。真糟糕！他還穿著睡衣呢，他必須立刻回家找一套合適的衣服。他衝出去跑向轎車，但車引擎發不動，油箱裡沒有油！他簡直沮喪到了極點。這時一輛公共汽車開了過來，芃吉妮從裡面走了出來，手搭在禿頂男爵的臂彎裡。她穿著一身灰色衣服，丰姿翩翩。她朝他走過來，打趣地搖著他的肩膀。「比爾！」她叫道，「哦，比爾。」她更用力搖著他。「比爾，」她說道，「醒醒，哦，快點醒醒！」比爾睜開惺忪睡眼坐了起來。他還在煙囪屋自己的臥室裡，但是夢境依然縈繞，芃吉妮正彎腰站在床前，語調不同卻重複著同樣的話。

「醒醒，比爾。哦，快點醒醒！比爾。」

「嗯！」比爾醒過來說道，「什麼事？」

芃吉妮鬆了一口氣。

「感謝上帝，我還以為你醒不過來了呢。我搖了你半天，你真的醒了嗎？」

「嗯。」比爾還有點猶豫地哼了一聲。

「你這個大笨熊，」芃吉妮說道，「費了我這麼大勁，我的手都搖疼了。」

「這怨不了我，」比爾說道，充起了男子漢的氣派，「我說，芃吉妮，你這麼做太不檢點了。正經的年輕寡婦怎麼能大半夜跑到男子的房間來呢？」

「別說傻話了，比爾，出事了。」

「出什麼事了？」

「怪事，在會議室裡。剛才我覺得好像聽到門砰地一響，我就下來看看，然後就看見會議室裡有亮光。我沿著走廊悄悄走了過去，從門縫往裡看。我沒看得太清楚，但是裡面的事情太蹊蹺了，我覺得一定得弄個明白。然後我就突然想起來，我需要一個英俊壯實的小夥子陪在我身邊，而你就是我馬上想到的最佳人選，所以我就來這兒叫醒你。但要叫醒你可真不容易。」

「我明白了。」比爾說道，「那你現在想要我做什麼？起床去對付竊賊嗎？」

芃吉妮眉頭皺了起來。

「我不清楚他們是不是竊賊。比爾，很奇怪……不過我們別在這兒說話浪費時間了。快起床。」

比爾順從地從床上下來。

「我先穿上靴子……鞋底有釘子的靴子。不管我再怎麼強壯，也不能赤著腳對付殘酷的罪犯呀。」

「我喜歡你的睡衣，比爾，」芃吉妮曖昧地評論道，「鮮亮但不粗俗。」

「說到這個話題，」比爾又來了精神，邊穿另一隻靴子邊說道，「我挺喜歡你那身叫什麼來著的睡衣。那衣服綠得真好看。你怎麼稱呼它？那不只是一件睡衣，對吧？」

「是件長睡衣。」芃吉妮說道，「很高興你一直過著純潔的生活，比爾。」

「沒有啊。」比爾憤慨地說道。

「你剛剛暴露了這個事實。你真好，比爾，我喜歡你。我敢說明天上午……十點怎麼樣？那個時間不會不當地激起感情火花，我甚至會給你個吻。」

「我認為這種事馬上解決最好。」比爾建議道。

「我們還有別的要緊事。」芃吉妮說道，「如果你不打算再戴上防毒面具，穿上盔甲的話，我們可不可以出發了？」

「我準備好了。」比爾說道。

他套上一件白色外套，抄起一根棍子。

「最常見的武器。」他說道。

「來吧，」芃吉妮說道，「別出聲。」

他們悄悄走出房間，沿著走廊來到樓梯。他們摸下樓梯的時候芃吉妮直皺眉。

「你那雙靴子怎麼聲音這麼大啊，比爾？」

「那是釘子的聲音，」比爾說道，「我已經盡力了。」

「你得把靴子脫下來。」芃吉妮口氣堅決地說道。

比爾呻吟了一聲。

「你可以把鞋拿在手裡。看看你能不能弄清楚會議室裡在幹什麼，比爾。真是太詭異了。為什麼竊賊要把鐵甲人大卸八塊呢？」

「嗯，我想他們無法把它整個帶走，只好把它拆開來，然後就可以很容易地帶走了。」

芃吉妮搖搖頭，對他的回答不滿意。

「他們為什麼要偷一個生鏽又破爛的鐵甲人？煙囪屋不是有很多容易拿走的貴重物品嗎？」

比爾搖了搖頭。

「裡面有幾個人？」他問道，用力抓緊棍子。

「看不清楚，你也知道鑰匙孔能有多大，而且他們只有一個手電筒。」

「我覺得他們現在可能已經走了。」比爾充滿希望地說道。

他坐在最下面一節階梯上脫下靴子，然後拿在手裡。他沿著通道向會議室的門口摸去，芃吉妮緊緊跟在他身後。他們在厚重的橡木門外站住。裡面很安靜，芃吉妮突然抓住他的手臂，他跟著點點頭。從鑰匙孔可以看見裡面有亮光在閃動。

比爾蹲下身來，把眼睛貼近鑰匙孔。他看到的是一片混亂，裡面正在上演的戲碼顯然發生在房間偏左的一側，那裡超出了他的可見範圍。隱約傳來的叮噹聲好像表明侵入者還在擺弄那個鐵甲人。比爾記起房間裡有兩具鐵甲人。他們就立在掛著霍爾班畫像的那面牆前面。手電筒的光束顯然照在那裡，好讓動手的人能夠看見。這樣一來，房間其他地方就幾近一片黑暗。有個人影走過比爾的視野，但是太暗了，他什麼也分辨不出來。可能是個男人，也可能是個女人。過了一會兒，人影又走了回去，於是隱約的敲打聲又響了起來。

現在又傳出一種不太一樣的聲音，是啪啪響的聲音，好像有人用手指輕敲木頭。

比爾突然坐在腳後跟上。

「怎麼了？」芃吉妮小聲問道。

「沒什麼，從這個位置看不出所以然，什麼也看不見，我們也猜不出來他們要幹嘛。我必須進去對付他們。」

他穿上靴子站了起來。

「芃吉妮，聽我說，我們盡可能輕輕地把門打開。你知道電燈開關在什麼地方嗎？」

「知道，就在門旁。」

「我想他們最多有兩個人，也可能只有一個人。我先進到屋子裡面去，然後你聽到我說『開始』的時候，就馬上把燈打開。你明白嗎？」

「明白。」

「記住，不要尖叫，也不要暈過去，我不會讓任何人傷害你。」

「我的大英雄。」芃吉妮小聲說道。

比爾在黑暗中狐疑地注視她一陣子。他聽到一個模模糊糊的聲音，可能是哭也可能是笑。然後他抓緊棍子站了起來，覺得自己躍躍欲試。

他非常輕巧地轉動門把，把門悄悄地向裡面推開。比爾感覺到芃吉妮緊緊跟在他的身旁，他們悄無聲息地潛進了房間。

在房間裡邊的一側，手電筒的光束正照在霍爾班畫像上。這點光亮映出一個男人的輪廓，他正站在椅子上輕輕地拍打牆板。當然，他背對著他們，身影在手電筒光柱的映襯下顯得高大怪異。

他們沒有時間看到更多東西，因為就在這個時候，比爾靴子上的釘子在木地板上劃出了聲音。那個男人迅速轉過身來，用強大的手電筒光線罩住他們。他們幾乎被突如其來的亮光給弄花了眼睛。

比爾沒有猶豫。

「開始！」他向芃吉妮喊道。

在她聽命按向電燈開關的同時，他便向對手猛撲了過去。

大吊燈本來應該亮了起來，但只有開關的響聲，房間裡還是一片黑暗。

芃吉妮只聽到比爾大聲喊叫，接著房間裡就充斥著喘氣、扭打的聲音。手電筒早就掉在地上摔壞了。黑暗中發出你死我活的爭鬥聲，到底誰占了上風，甚至到底是和誰在打鬥，芃吉妮都不知道。除了剛才敲打牆板的那個人以外，還有沒有別人呢？可能有，畢竟他們剛才只是驚鴻一瞥而已。

芃吉妮覺得自己全身無力，她不知道自己該怎麼辦，也不敢加入戰局。這樣做只會妨礙比爾而不會有所幫助。她能想到的就是待在門口，這樣任何人都無法從這裡逃出去。再者，她沒有遵從比爾的指令，反而大聲尖叫個不停，喊人來幫忙。

她聽到樓上開門的聲音，接著大廳和樓梯處驟然亮起了燈光。只要比爾能絆住那個人等援兵到來就行了。

就在這時，傳來一聲巨響。他們一定是撞到了某個鐵甲人，因為它摔倒在地上，發出震耳欲聾的響聲。芃吉妮隱約看到一個身影向窗子奔去，同時聽到比爾一邊從鐵甲人的碎片中站起來一邊氣憤地叫罵。

她第一次離開崗位，瘋狂地朝窗子旁邊的身影衝去。但是窗子並沒有上閂，侵入者不需要站在那裡摸索，他跳出窗外順著露台飛快地跑去，很快消失在拐角處。芃吉妮拚命追著他，她年輕健壯，很快也轉過了拐角。

但是才剛一轉過角落，她就一頭撞進了一個男人的懷中，這個男人是從一個小側門出來的，他就是海勒姆．費許先生。

「嘿，是個女人。」他叫道，「啊，對不起，雷維爾夫人。我把你當成是想要逃跑的罪犯了。」

「他剛才就是從這裡逃跑的。」芃吉妮上氣不接下氣地嚷道，「我們能追上他嗎？」

不過話一出口，她就明白已經太遲了。那個男人現在一定鑽進了樹林裡，而今天晚上又沒有月亮，放眼淨是一片暗夜。她快快地回到會議室，費許先生陪在她身旁，用安慰的口吻向她描述盜賊通常採取的手法，看起來他在這方面倒是滿在行的。

卡特漢爵士、疾如風，還有幾個嚇呆的僕人正站在會議室門口。

「到底發生了什麼事？」疾如風問道，「是不是有賊？你和費許先生在一起幹什麼，芃吉妮？午夜漫遊？」

芃吉妮把晚上發生的事解釋了一番。

「簡直太刺激了。」疾如風評論道，「同一個週末既發生了謀殺，又來了竊賊，太難得了。這房間裡的燈怎麼了？其他地方的燈都沒事呀。」

謎底很快就揭開了，其實只不過是吊燈上的燈泡都被卸了下來，排成一列放在牆角。威嚴的崔威爾——即使在衣衫不整的情況下依舊威嚴——把燈泡裝了回去，替遭到重創的房間重新帶來了光明。

「如果我沒搞錯，」卡特漢爵士一邊環顧四周，一邊悲傷地說道，「這房間剛剛經歷了一場浩劫。」

他的話是有真憑實據的。房間裡能打翻的全都打翻了。地板上全是破碎的椅子、破碎的瓷器和七零八落的鐵甲碎片。

「有幾個人？」疾如風問道，「看起來這場打鬥真是激烈。」

「我想只有一個。」芃吉妮說道。

不過，她不是很確定。應該只有一個人——一個男人——從窗子跑了。但是當她去追他的時候，恍惚感覺到身旁發出過聲響。如果是這樣，另一個侵入者一定是從門口出去的。但那響聲也許只是她的想像而已。

比爾突然從窗口冒了出來。他喘得上氣不接下氣。

「可惡！」他憤怒地叫道，「讓他跑了。我附近都找過了，一點蹤影都沒有。」

「打起精神來，比爾。」芃吉妮給他打氣說道，「下回運氣會好一些。」

「嗯，」卡特漢爵士說道，「你們認為我們現在最好怎麼辦？回去睡覺？深更半夜的我可找不到巴沃西。崔威爾，你知道需要做些什麼，你就看著辦吧，怎麼樣？」

「好的，爵士。」

卡特漢爵士鬆了口氣準備回房。

「艾薩斯坦那傢伙睡得還挺香。」他帶點羨慕地說道，「你們一定以為這麼大的聲響會把他吵醒。」他直愣愣地看了費許先生一眼。「你倒是有時間穿衣服。」他加了一句。

「是的，我隨便穿了件衣服。」美國人點頭說道。

「聰明。」卡特漢爵士說道，「穿睡衣的確太冷了。」

他打了個哈欠。會議室裡的人們一個個情緒沮喪地回到自己的房間。

18 第二次夜半歷險

第二天下午，安東尼從火車下來後看到的第一個人就是巴門主任。他的臉上綻開笑容。

「我如約返回。」他說道，「你是來親自看一看我是不是真的回來了，對吧？」

巴門搖了搖頭。

「我對此毫不擔心，凱德先生。我碰巧要去倫敦，就是這麼回事。」

「你對別人很信任呀，巴門。」

「你這麼認為嗎，先生？」

「不，我覺得你很莫測高深，讓人看不透。你知道的，所謂深藏不露。你要去倫敦？」

「是的，凱德先生。」

「我想知道為什麼。」

主任沒吭聲。

「沉默是金。」安東尼評論道，「我就喜歡你這點。」

巴鬥的眼中隱約閃爍了一下。

「你自己的事情辦得怎麼樣了，凱德先生？」他問道，「辦成了嗎？」

「白跑一趟，巴鬥。再次證明我錯得一塌糊塗。很難堪，對吧？」

「你原來的想法是什麼，先生……如果我能問的話？」

「我懷疑那個法國家庭教師，巴鬥。第一，根據一流推理小說的準則，她是最不可能的人選，亦即最值得懷疑的人；第二，發生悲劇那天晚上，她的房間曾經亮過燈。」

「這些離舉證還差得很遠。」

「你說的沒錯，差得十萬八千里。但我知道她是不久前才來到這裡，而且我還發現有個可疑的法國人在附近閒蕩。我猜你對他應該完全掌握了？」

「你指的是那個自稱M．謝勒的人嗎？住在快樂板球手的傢伙？」

「就是他。他是誰？蘇格蘭警場有什麼看法？」

「他的行動可疑。」巴鬥主任面無表情地說道。

「非常可疑，我應該這麼說。就這樣，我把兩件事放在一起想。煙囪屋有個法國女教師，外面則有一個陌生的法國人。我認為他們是一夥的，於是就趕去拜訪布隆小姐最近十年服侍過的那位女士。我原以為她一定會說從來沒聽過布隆小姐這個人。可是我錯了，巴鬥，確有其人。」

巴鬥點點頭。

「我必須承認，」安東尼說道，「我一開始跟她說話就有一種不安感，我選錯了攻擊對象。她看起來絕對是個家庭教師。」

巴鬥又點點頭。

「凱德先生，你不能老是看表面。女人最擅長化裝。我就曾經看過一個挺漂亮的女孩把頭髮染成某種顏色，一種灰白的顏色，再把眼皮塗上紅色眼影，而且最誇張的是穿上一身寒酸的衣服，見過她的人十之八九都認不出她來。男人就沒有類似的能力。你可以改一改眉毛，當然安裝了假牙也會改變表情。但是耳朵總會洩漏一些端倪……耳朵上可有很多特點呢，凱德先生。」

「別這樣盯著我的耳朵看，巴鬥。」安東尼抱怨道，「你讓我緊張。」

「我不是在談什麼假鬍子和化裝之類的事情。」主任繼續說道，「那只是書上寫的。不，很少有人能靠那些改頭換面騙過別人。實際上，就我所知，只有一個人擁有絕妙的化裝天賦。他就是維克托國王。聽過維克托國王嗎，凱德先生？」

巴鬥主任突然的發問以及嚴厲的語氣，使得安東尼把到了嘴邊的話收回去。

「維克托國王？」他的語氣變為深思熟慮。「不敢肯定，好像以前聽說過。」

「世界上最有名的珠寶大盜之一。父親是愛爾蘭人，母親是法國人。至少會說五種語言。他一直在服刑，但幾個月前刑期滿了。」

「真的？他現在在什麼地方？」

「嗯，凱德先生，這也是我們很想知道的事。」

「情況複雜了。」安東尼輕輕地說道，「有沒有可能他到這兒來了？不過我想他不會對政治回憶錄感興趣，只會對珠寶動心。」

「這可難說。」巴鬥主任說道，「根據我們的了解，他也許早就到這裡來了。」

「化裝成第二個馬伕？太精采了。你可以從他的耳朵認出他來，然後你就可以名揚天下了。」

「挺欣賞自己的小玩笑，對吧，凱德先生？對了，你對發生在史泰恩的那件怪事有何想法？」

「史泰恩？」安東尼問道，「那兒發生什麼事了？」

「星期六報紙上有報導。我以為你已經讀到了呢。在路邊發現一個被槍殺的男人，是個外國人。當然今天的報紙上也有寫。」

「我確實看到了一些。」安東尼隨便地說道，「顯然不是自殺。」

「不是。沒有武器，而且現在他的身分還沒得到確認。」

「你好像很感興趣。」安東尼笑著說道，「和邁克王子的死有沒有牽連呢？」

他的手很鎮定，眼神也很沉著。巴鬥主任凝視他的那種特別眼神，是他想像出來的嗎？

「好像最近大家都太敏感了。」巴鬥說道，「不過，嗯，我敢說這兩件事沒什麼關聯。」

他轉過身去，看到開往倫敦的火車轟隆隆駛進站來，便叫了一個搬運工。安東尼微微舒了口氣。

安東尼漫步穿過園子的時候，陷入一種不尋常的深思狀態。他特意挑選那個決定性的星期四晚上他走過的那條路線。當他走近時，他抬起頭來審視著一扇窗子，絞盡腦汁想搞清楚他到底是在哪裡看到燈光。他確定是倒數第二間嗎？

這時他突然有了一個發現。在樓層拐角處有扇窗子往裡縮。從某個角度看去，你會把這扇窗子當作第一扇，而會議室上面的第一扇窗子就變成第二扇。但如果向右走幾步，會議室上面那個房間看起來就成了樓層的盡頭。這樣第一扇窗子就看不見了，會議室上面那個房間的兩扇窗子就成了從頭數來第一扇和第二扇窗。他看見燈亮起來的時候，到底站在哪兒呢？

安東尼發現這個問題很難回答，差一兩步就會全然不同。但有一點已經相當清楚了。很有可能他說第二間房亮起燈是弄錯了，其實是第三間房。

誰住在第三個房間呢？安東尼決定要趕快搞清楚。老天成全了他。大廳裡崔威爾剛好把巨大的銀罐放在茶盤上，旁邊一個人都沒有。

「嗨，崔威爾，」安東尼說道，「我想問你一點事。西邊從頭數來第三個房間住的是誰？我指的是會議室上面那間。」

崔威爾考慮了一下。

「是那位美國人的房間，先生，是費許先生。」

「哦，是嗎？謝謝你。」

「不客氣，先生。」

崔威爾準備要離開，忽然又站住了。想通報第一手消息的念頭，讓嚴肅的僕役長大人變成了另一個人。

「先生，也許你已經聽說了昨天夜裡發生的事？」

「沒有。」安東尼說道，「昨天夜裡發生什麼事？」

「有人想偷東西，先生！」

「真的嗎？丟了什麼東西？」

「沒有，先生。小偷正把會議室裡的鐵甲人拆開時被人發現了，就馬上逃跑了。不幸的是他們溜掉了。」

「真奇怪。」安東尼說道，「又是會議室。他們是從哪裡進去的呢？」

「應該是從窗子進去的，先生。」

崔威爾對這消息所帶來的震撼頗感滿意，他邁步向外退去，但馬上就嚴肅地致歉。

「對不起，先生。我沒聽到你來了，不知道你就站在我身後。」

受到衝撞的受害者艾薩斯坦先生友善地揮揮手。

「沒什麼，我的好朋友。真的沒事。」

崔威爾昂首闊步地走了出去。艾薩斯坦向前走了兩步坐在一個休閒椅上。

「你好，凱德，你又回來了。聽說昨天晚上那段小插曲了嗎？」

「聽說了，」安東尼說道，「這個週末可真夠刺激，對吧？」

「我猜昨晚的騷動是當地人幹的。」艾薩斯坦說道，「看起來多笨拙、多業餘啊。」

「這附近有人收藏盔甲嗎？」安東尼問道，「挑上這種東西還真奇怪。」

「非常奇怪。」艾薩斯坦先生贊同道。他停了一會兒後又慢慢說道：「這裡的情況很糟糕。」

他的話裡頭甚至帶點威嚇的腔調。

「我不太明白。」安東尼說道。

「我們為何還被扣押在這裡？驗屍審訊昨天就結束了。王子的屍體要送到倫敦去，對外會宣稱他死於心臟病。但所有的人還是不能離開這裡。洛馬士先生也不比我知道得更多，他要我去問巴鬥主任。」

「巴鬥主任有他的打算。」安東尼深思說道，「嚴禁所有人離開，好像是他計畫裡的關鍵。」

「可是，請原諒，凱德先生，你卻離開了一段時間。」

「當然不是隨隨便便就可以離開，我鐵定一直被盯梢著。怎能給我機會把左輪槍或是類似的東西處理掉呢。」

「啊，左輪槍，」艾薩斯坦插嘴說道，「我想，還沒被找到吧？」

「還沒。」

「很可能路過的時候扔在湖裡了。」

「非常可能。」

「巴門主任去哪兒了？我一下午都沒見到他。」

「他去倫敦了。我在火車站遇到他。」

「去倫敦了？真的嗎？他說什麼時候回來？」

「我猜，明天一早。」

芃吉妮和卡特漢爵士、費許先生一起走了進來。她朝著安東尼笑了笑，算是打了招呼。

「你回來了，凱德先生。聽說我們昨天晚上的歷險了嗎？」

「嘿，真的，凱德先生，」海勒姆．費許說道，「昨晚可真緊張刺激。你聽說我把雷維爾夫人誤認成竊賊了嗎？」

「而且，」安東尼說道，「竊賊……」

「沒逮著。」費許傷心地說道。

「請告訴我，」卡特漢爵士對芃吉妮說道，「疾如風在什麼地方？」

芃吉妮回答他，然後就走到安東尼身邊坐了下來。

「喝完茶到船碼頭來，」她小聲說道，「比爾和我有很多事情要告訴你。」

然後她就和大家一起閒聊起來。

在船碼頭的聚會如期舉行。

芃吉妮和比爾七嘴八舌說著他們的事情。他們都認同只有在湖心小船上才是最安全的說話場所。划出相當一段距離後，他們開始講起昨天晚上的冒險經歷。比爾有些生氣，他不希望芃吉妮把這個從殖民地來的傢伙扯進來。

「非常奇怪。」他們講完後安東尼說道，「你怎麼想？」他向芃吉妮問道。

「我認為他們在找某樣東西。」她立刻答道，「說有竊賊這個想法太荒唐了。」

「他們以為那個東西──不管那個東西是什麼──可能藏在鐵甲人裡面，這是很清楚的事實。不過他們為什麼要敲牆板呢？看來他們更像是在找一條祕密通道。」

「我知道煙囪屋有個密室。」芃吉妮說道，「而且我相信也有好幾個祕密通道。卡特漢爵士會告訴我們。我想知道的是，他們可能在找什麼呢？」

「不可能是回憶錄。」安東尼說道，「那個包裹太大了，一定是某種小東西。」

「我希望喬治知道，」芃吉妮說道，「不知道我能不能從他嘴裡套出來。我始終覺得這背後有個大陰謀。」

「你說屋裡只有一個人，」安東尼問道，「但也可能還有一個。你剛才說，你向窗子衝過去的時候，好像聽到有人朝門口走去。」

「聲音很輕，」芃吉妮說道，「也可能只是我的想像而已。」

「很有可能，但如果不是你的想像呢？這個人一定是屋裡的人。現在我想知道……」

「你想知道什麼？」芃吉妮問道。

「海勒姆．費許先生為何手腳這麼快。他聽到樓下傳來叫聲，居然還有時間把衣服全穿好。」

「嗯，這裡是有問題。」芃吉妮表示同意。「而且還有那個艾薩斯坦，他一直都在睡覺。這也很可疑。怎麼可能這樣無動於衷呢？」

「還有那個鮑黎世，」比爾插話道，「他看起來就是一個徹頭徹尾的惡棍。我指的是邁克僕人。」

「煙囪屋到處都是可疑的人。」芃吉妮說道，「我敢說別人也都在懷疑我們。我真希望巴鬥主任沒去倫敦。對了，凱德先生，我好幾次看見那個樣子怪異的法國人在屋子附近窺視。」

「簡直一團亂了。」安東尼坦率地承認，「我離開這裡去做調查，卻發現自己犯了大錯誤。我認為整個問題可以這樣來看：那些人昨天晚上到底找到他們的目標沒有？」

「假如沒有呢？」芃吉妮問道，「我相當肯定他們沒有，事實上也是如此。」

「如果是這樣，我相信他們還會再來。他們知道，或者他們馬上就會知道，巴鬥去了倫敦。他們會抓住這個機會，今天晚上再來一次。」

「你真的這麼想？」

「這是個機會。現在我們三人組成一個小組。奧維里和我會小心地藏到會議室裡……」

「那我呢？」芃吉妮打斷他的話。「甭想把我撇開。」

「聽我說，芃吉妮，」比爾說道，「這是男人的工作……」

「別說傻話了，比爾，我才不吃你這一套呢，你有沒有搞錯啊！今天晚上我們三個人一起監視。」

於是事情就這樣說定了，計畫的具體步驟也一一制定下來。等大家都睡著後，三個人相繼悄悄走了出來。他們都帶著高功率手電筒，安東尼的大衣口袋裡還裝了一把左輪槍。

安東尼說過，他相信那些人還會再來查看。不過，他不覺得那些人會從外面來。他相信芃吉妮猜想前一天晚上有人趁著黑暗從她身邊走過是確有其事，於是當他處於一個舊橡木櫃的陰影下時，他的眼睛緊盯著門而不是窗子。芃吉妮蜷縮在對面牆邊站立的鐵甲人後面，比爾則躲在窗邊。

時間一秒一秒過去，好像走不完似的。座鐘敲響了一點，然後是半點，再來是兩點，接著又是半點。安東尼覺得全身發麻，每根神經都繃得緊緊的。他慢慢覺得自己可能判斷錯誤了。今天晚上他們不會來了。

接著他突然渾身一震，注意力全部集中起來。他聽到外面露台上傳來了腳步聲。又靜了一會兒，然後窗玻璃上發出細微的劃動聲。突然又停住了，接著窗子打開，一個人邁過窗檻鑽進房裡。他靜靜地站了一會兒，向四周巡視了一遍，好像在聽什麼動靜似的。又過了一會兒，好像對情況已經查明而感到滿意，他把拿在手裡的手電筒打開，然後在房間裡快速掃了一遍，顯然沒發現什麼異常現象。三個監視者屏住了呼吸。

他又來到前一天晚上查看的鑲木牆前。

比爾突然覺得忍不住了，他要打噴嚏！昨晚在滿是露水的園子裡狂跑讓他受了風寒，現在要打噴嚏了，而且無論如何也阻止不了。

他用盡了能夠想到的所有絕招，猛壓自己的上嘴唇，使勁嚥下唾沫，把腦袋用力向後仰看著天花板。最後一招，他抓住自己的鼻子使勁地捏。全都沒用。他打出噴嚏來。

那只是一個幾經壓抑才打出來的微弱噴嚏，但是在靜得掉根針在地上都能聽見的房裡，就像一聲驚雷。

陌生人馬上轉過身來，就在同時，安東尼立刻行動。他打開手電筒，使盡全力向對方撲去。接著兩個人在地板上滾打起來。

「開燈！」安東尼嚷道。

芃吉妮正等在開關旁邊。今天晚上燈一下子全亮了起來。安東尼騎在對方身上，比爾彎下身來幫忙。

「現在，」安東尼說道，「讓我們看看你是誰，我親愛的朋友。」

他把俘虜翻轉過來。原來是那個留黑鬍子住在快樂板球手的陌生人。

「真精采。」一個贊許的聲音傳來。

大家都吃驚地眨起眼來。巴門主任那龐大的身軀站在門口。

「我還以為你在倫敦呢，巴鬥主任。」安東尼說道。

巴鬥的眼睛眨了一下。

「是嗎，先生？」他說道，「嗯，我覺得如果別人以為我不在這裡，會是件好事。」

「的確是這樣。」安東尼表示同意，一邊說一邊看著趴在地上的對手。

讓他覺得奇怪的是，對方露出了微笑。

「我可以起來了嗎，先生們？」他問道，「你們是三對一。」

安東尼爽快地把他拉起來。陌生人撣撣自己的衣服，把領子整理好，目光銳利地看著巴鬥。

「請原諒。」他說道，「如果我沒弄錯的話，你是蘇格蘭警場的人？」

「沒錯。」巴鬥答道。

「那我可以把我的憑證交給你。」他可憐巴巴地笑了笑。「我要是早點交給你就好了。」

他從口袋裡掏出一份文件遞給蘇格蘭警場的刑事主任，同時打開衣服的翻領，讓主任看了看釘在那兒的某樣東西。

巴鬥驚呼了一聲，他看完文件後稍稍欠身，把文件還了回去。

「我很遺憾你受了委屈，先生。」他說道，「不過你知道，這是你自己的過失。」

注意到旁人臉上驚訝的表情，他笑了笑。

「這位是我們等待已久的同行，」他介紹道，「勒穆恩先生，他是法國保安局派來的。」

19 祕史

他們都盯著法國那位警探，而對方則報以微笑。

「噢，是的，」他說道，「千真萬確。」

等了一會兒，大家都沒說話，好像在努力消化眼前突如其來的變化似的。然後芃吉妮轉向巴鬥。

「你知道我在想什麼嗎，巴鬥主任？」

「你在想什麼，雷維爾夫人？」

「我覺得你該透露點資訊給我們了。」

「透露資訊給你們？我不大明白，雷維爾夫人。」

「巴鬥主任，你很清楚。我敢說，洛馬士先生一定對你強調過要保密……喬治會的。但是你現在最好告訴我們，這樣比我們自己瞎闖亂撞要好得多，而且我們很有可能反而把事情搞砸。勒穆恩先生，你同意我的話嗎？」

「夫人，我完全同意。」

「對，紙總是包不住火。」巴鬥說道，「我對洛馬士先生這樣說過。奧維里先生是洛馬士先生的祕書，他知道這些也沒關係。至於凱德先生，不管他願不願意，都已經被拖進這個案子中來了，我想他有權知道他的處境。然而……」

巴鬥停了一下。

「我懂。」芃吉妮說道，「女人最容易壞事！我總是聽喬治這麼說。」

勒穆恩一直注視著芃吉妮，現在他轉向蘇格蘭警場的刑事主任。

「你是不是稱呼這位女士雷維爾夫人？」

「那是我的名字。」芃吉妮說道。

「你的丈夫在外交部門工作，對吧？黑楚斯洛克國王和王后被刺死前，你和他都在那裡，沒錯吧？」

「是的。」

勒穆恩又轉過身來。

「我認為夫人有權知道這段歷史。她也間接牽連在內，而且……」他的眼睛閃爍了一下。

「在外交圈裡，夫人的謹慎是很有名的。」

「我很高興自己有這樣的好名聲，」芃吉妮笑著說道，「而且我也很高興自己不會被拒之門外。」

「來些點心怎麼樣？」安東尼說道，「我們在哪兒開會？這兒？」

「如果你願意的話，先生，」巴門說道，「我有一個想法，在天亮之前不要離開這個房間。你們聽完之後就會明白原因了。」

「那我就去弄些點心來。」安東尼說道。

比爾和他一起走了出去，他們端回來一些盤子、杯子、吸管等必需品。

這個成員擴大的小團體把自己舒舒服服地安置在窗旁的牆角，圍坐在一張長條橡木桌旁。

「當然請各位記住，這裡說的一切都要嚴格保密，」巴門說道，「千萬不要洩漏出去。我一直覺得這事遲早要公開的。像洛馬士先生那樣的人，老想把一切都掩蓋起來，這樣冒的風險比他們想像的要大得多。這件事的由來要追溯到七年前。那時候重建改造運動的風潮正興，特別是在近東地區。各式各樣的人都聚集到英國，而那個老人史泰畢伯爵，則在幕後操縱。巴爾幹地區所有的國家都參與進來，那時候英國有很多從各國來的王室成員。我不想提及太多細節，不過有些東西丟了……神祕地失竊了，令人難以相信，除非你承認兩件事：第一，竊賊是王室成員；第二，他是一流的職業竊賊。勒穆恩會告訴大家是怎麼回事。」

法國人彬彬有禮地鞠了一躬開始講了起來。

「你們在英國可能沒聽過我們著名的狂熱份子維克托國王。沒人知道他的真名，但是他勇氣超群，膽大無比，會說五國語言，還精通化裝術。據說他的父親可能是英國人，但也可能是愛爾蘭人，但他主要在巴黎活動。將近八年前，他在那兒連續盜竊了幾次，以奧尼爾上尉的名義活動。」

艽吉妮輕輕驚叫了一聲。勒穆恩敏銳地看了她一眼。

「我想我知道夫人為什麼感到驚訝。你們待會兒就知道了。那時我們法國保安局懷疑奧尼爾上尉和維克托國王是同一個人，但我們沒有充分的證據。那時巴黎還有一個聰明的年輕女演員，叫安琪兒．莫瑞，是弗利斯．貝格爾劇團的人。有一段時間我們懷疑她和維克托國王的行動有關，不過我們還是缺少足夠證據。

「大約在那個時候，巴黎正為黑楚斯洛克年輕的尼古拉斯四世來訪做準備。法國保安局接到特殊指令要採取一切措施保證陛下的安全。特別是要監視一個叫作紅手黨的革命組織。可以肯定的是，紅手黨找到了安琪兒．莫瑞，並給她一大筆錢，要她做內應。她的任務是迷住年輕的國王，然後把他誘騙到一個事先安排好的地方。安琪兒．莫瑞拿了佣金答應幫忙。

「但這位年輕女士比她雇主想像中更聰明也更有野心，她成功迷住了國王。國王對她一往情深，還給了她一大堆珠寶。然後她開始有了新的想法……不是當國王的情婦，而是王后！正如每個人都知道的，她達到了目的。她以羅曼諾夫家族的旁支——瓦拉加．波波夫斯基女伯爵的身分為黑楚斯洛克人民所接受，最後成了黑楚斯洛克的瓦拉加王后。對一個小有名氣的巴黎女演員來說，這個結果很不賴！我聽說她混得挺好的。但是她的勝利沒能持久。

紅手黨對她的背叛大感氣憤，好幾次試圖了結她的性命。最後他們鼓動全國人民起來革命，聲勢相當浩大，結果國王和王后雙雙斃命。他們的屍體被殘酷地大卸八塊，根本認不出原來面貌，這證明了大家對出身貧賤的外來王后非常反感憤怒。

「在整個過程中，瓦拉加王后似乎一直和她的同夥維克托國王保持聯繫。這個大膽的計畫有可能從頭至尾都是他的主意。我們知道的是，她在王宮裡還一直用某種密碼和他通信。為了安全起見，信是用英文寫的，簽的是當時在大使館中一位英國女士的名字。如果有人查起來，而那位女士又否認是她的簽名，很有可能沒人會相信她的話，因為這些信是一個心虛的女人寫給她情人的證物。她用的是你的名字，雷維爾夫人。」

「我懂了。」芃吉妮的臉一陣紅一陣白。「原來是這麼回事！難怪我一直搞不明白。」

「太卑鄙了。」比爾氣憤地叫道。

「信是寫給奧尼爾上尉的，地址是他在巴黎的住處。後來發生一件蹊蹺的事情後，兩人通信的主要目的就變得很清楚了。國王和王后被刺後，王室的很多珠寶都流落到了民間，輾轉賣到了巴黎。不過人們發現這些珠寶十之八九已經被換成假貨……這裡提醒大家一下，黑楚斯洛克王室所收藏的寶石中，有一些是非常名貴的。因此安琪兒．莫瑞即使在當王后時，也沒停止她以前的勾當。

「你們現在就要聽到重點了。尼古拉斯四世和瓦拉加王后到了英國，成為當時外交大臣——已故卡特漢侯爵——的客人。黑楚斯洛克是個小國，但也不容忽視。瓦拉加王后受到了熱情接待。就在那些人當中，有個王室成員同時身兼盜竊專家。而且毫無疑問，那個……呃，製作精良、除了專家之外常人無法識別的替代品，一定出自維克托國王之手，實際上整個計畫如此大膽周密，也只有他才想得出來。」

「後來呢？」芃吉妮問道。

「事情被掩蓋下來了。」巴鬥主任簡潔地說道，「直到今天都沒有公開過。我們盡可能不讓這件事曝光……所花的力氣是超過你們想像得到的。我們用了一些特別的方法，其中有些會讓你大吃一驚。那些珠寶沒有被黑楚斯洛克王后帶出英國……我只能告訴你們這些。她把珠寶藏在哪裡？我們一直找不到。不過我一點都不奇怪……」巴鬥主任慢慢向周圍掃視了一遍。「如果是藏在這個房間裡的話。」

安東尼霍地站了起來。

「什麼？在這麼多年以後？」他難以置信地叫道，「不可能。」

「你對具體情況不了解，先生。」法國人快速說道，「就在兩星期後，黑楚斯洛克爆發了革命，然後國王和王后就被害了。同時，奧尼爾上尉在巴黎被逮捕，以一個小小的罪名判了刑。我們原本希望在他的住處找到那些密函，但是信恐怕已經被黑楚斯洛克的黨羽偷走了。那個人正好在發生革命前出現在黑楚斯洛克，然後就徹底消失了。」

「他也許出國了，」安東尼尋思著說道，「也可能去了非洲。我敢說他一直拿著那些信。對他來講，那就像金礦一樣重要。不知道後來事情是怎麼發展的。那兒的人可能叫他荷蘭人佩德羅或是類似的名字。」

他發現巴門主任面無表情地盯著他，於是笑了笑。

「我沒長千里眼，巴門。」他說道，「雖然聽起來挺神的。我馬上就告訴你其中原因。」

「還有一件事你沒解釋，」芃吉妮說道，「這怎麼和回憶錄連接起來呢？兩者一定有關係，對吧？」

「夫人腦筋動得很快，」勒穆恩讚許地說道，「是的，是有關。史泰畢伯爵那時候也在煙囪屋。」

「所以他有可能知道？」

「沒錯。」

「而且，當然啦，」巴門說道，「他在自己那本寶貴的回憶錄中突然說出什麼來，祕密可能就保不住了，尤其經過這麼長時間的努力。」

安東尼點了根菸。

「回憶錄中有沒有可能談及珠寶所在的線索？」他問道。

「可能性很小。」巴門非常肯定地說道，「他從來沒和王后打過交道……他對他們的婚事深惡痛絕。她不可能讓他知道自己的祕密。」

「我不是這個意思。」安東尼說道，「不過據大家所說，他是一個非常狡猾的老傢伙。也許背著王后，他發現了她的藏寶地點。如果是這樣，你認為他會怎麼做呢？」

「守口如瓶。」巴鬥想了一會說道。

「我同意。」法國人說道，「局面很混亂，你知道，匿名送回寶石困難很大。而且知道這個祕密會帶給他很大權力……而他很喜歡權力，那個奇怪的老人。這樣他不僅可以把王后玩弄於掌上，而且在任何時候他都有談判的王牌。這還不是他掌握的唯一祕密……哦，不！他收集祕密就像別人收集稀罕的瓷器一樣。據說在他死之前，他曾經向別人吹噓，如果他想，他隨便說出一兩件祕密就夠人們受的。而且至少有一次，他宣布他有意在回憶錄中透露一些驚人的祕密。因此……」法國人乾澀地笑了笑。「人們都想要得到這本回憶錄。我們的祕密警察曾經想把它弄到手，但公爵預先做了準備，在死前把它轉交給別人。」

「儘管如此，仍然沒理由相信他知道這個特別的祕密。」巴鬥說道。

「抱歉，」安東尼靜靜地說道，「事實上他自己說過。」

「什麼？」

兩個警探都睜大眼睛看著他，好像不相信自己的耳朵似的。

「麥格拉思先生把手稿交給我要我帶來英國時，告訴我有一次他遇到史泰畢伯爵的情況。那次是在巴黎。麥格拉思先生冒了相當大的風險把公爵從一群壞蛋的手中救了出來。當時他有些——我認為那是玩笑話——得意忘形地說了兩句非常有意思的話。一句是說他知道科依諾鑽石在什麼地方……我的朋友對這句話幾乎沒怎麼注意。他還說追他的那群人是維克托國王的人。把兩句話放在一起，意義不是很重大嗎？」

「天呀，」巴門主任脫口而出說道，「我得說的確如此。甚至邁克王子的被殺都有了不同的含義。」

「維克托國王從來沒殺過人。」法國人提醒他。

「假設他尋找珠寶的時候受了驚嚇呢？」

「他究竟在不在英國？」安東尼突然問道，「你說他幾個月前被釋放了。你們沒有跟蹤他嗎？」

法國探長的臉上露出無可奈何的苦笑。

「我們試圖這樣做，先生。但他機靈得很，立刻就來了個金蟬脫殼之計。當然了，我們以為他會直接來英國。不過沒有，他去了……你猜是什麼地方？」

「哪兒？」安東尼問道。

他緊盯著法國人，手指不經意地玩弄一個火柴盒。

「去了美國，去了美利堅合眾國。」

「什麼？」

安東尼的聲調裡露出明顯的吃驚。

「是的。你知道他叫自己什麼嗎？他在那邊扮演了什麼角色？黑楚斯洛克的尼古拉斯王子。」

火柴盒從安東尼的手裡掉了下來，就連巴門也是同樣吃驚。

「不可能。」

「是這樣的，我的朋友。你們會從今天早上的新聞得知。這簡直是瞞天過海。你們知道，有謠言說尼古拉斯王子在幾年前的政變中死了。我們的朋友，維克托國王，抓住這個機會……這種死亡的消息很難證實。他使尼古拉斯王子重新現世，然後以他的身分成功地從美國人那裡騙走一大筆錢……全部以石油特許權做誘餌。不過出於意外，他被揭露了身分，不得不趕緊離開美國。這回他倒是直接來了英國。我也是為此而來。遲早他會到煙囪屋的！」

「你認為……」

「我認為邁克王子死的那個晚上，他人在這裡，昨天他也來了。」

「再試一次，呃？」巴鬥說道。

「再試一次。」

「我一直都在擔心，」巴鬥繼續說道，「勒穆恩到底怎麼了。我早就被告知他已經上路到這裡來和我配合辦案，但不知為何他一直沒出現。」

「真是很抱歉。」勒穆恩說道，「你知道，我是發生謀殺案的第二天早上到的。我馬上就想到，如果我能從一個非官方的角度進行調查，而不是作為你的同事進行正式調查，可能情況會更好。我想這樣的機會可能會多一些。當然，我也意識到我會受到懷疑，但這也更加強了我的信心，因為我所追查的目標就不會特別提防我。你可以放心的是，最近兩天我的確看到很多有趣的東西。」

「可是，」比爾說道，「昨天晚上到底是怎麼回事？」

「恐怕，」勒穆恩說道，「我讓你好好跑了一趟。」

「我追的是你？」

「好吧，我就直說啦。到這裡後，經過一番調查，我相信祕密和這房間有關，因為邁克王子是在這裡遇害的。我站在外邊的露台上，突然發現屋子裡有人走動，還有手電筒的光線晃來晃去。我試了試中間那扇窗子，發現沒插著栓。到底那人是從這裡進去的，還是將它當作緊急情況下的退路，這我不知道。我小心翼翼地推開窗戶鑽進房間裡，一步步摸索著走到一個便於觀察又不容易被發現的角落。我看不清楚那個男人。當然，他背對著我，藉著手電筒光線我只能看到他的輪廓。他的動作讓我非常吃驚，他先後陸續把那兩個鐵甲人的盔甲卸開來，一塊一塊地檢查。當他確信他要找的東西不在裡面，就開始敲打那幅畫下面的牆板。他下一步要做什麼，我也不知道，接著你們就進來了……」他邊說邊向比爾努了一下嘴。

「我們自認計畫周密的冒險行動卻幫了倒忙。」芃吉妮後悔地說。

「某種程度上，夫人，是的。那個人馬上關掉手電筒，而我那時還不想暴露身分，就向窗口衝去。在黑暗中我和另外兩個人撞到一起，一下子就摔在地上。我跳起來從窗戶鑽了出去。奧維里先生把我當成了他的目標，一路追了下去。」

「是我先去追你的，」芃吉妮說道，「比爾是第二個。」

「但那個傢伙倒挺聰明，靜靜地站在原地，然後從門口偷偷溜了出去。我不知道他怎麼沒遇上後來趕到的人。」

「這不難解釋。」勒穆恩說道，「他可以假裝成是走在別人前面來幫忙的人，這非常簡單。」

「你真的認為那個亞森．羅蘋式的人物是屋裡的人？」比爾問道，眼睛閃閃發光。

「有何不可？」勒穆恩說道，「他可以變成一個僕人來去自如。就我們所知，他可能是鮑黎世．安喬科夫，已故邁克王子深信的僕人。」

「對，那個怪模怪樣的傢伙。」比爾表示同意。

不過安東尼只是笑了笑。

「勒穆恩，這個形容詞用在你身上就太不合適了。」他輕輕說道。

法國人也笑了笑。

「現在你雇他當你的隨從了，對吧，凱德先生？」巴鬥主任問道。

「巴鬥，我全招，你什麼都知道。不過確切地說，是他挑上了我，不是我雇他。」

「怎麼會這樣呢，凱德先生？」

「我不知道。」安東尼隨便說道，「也許是品味獨特，不過也許他喜歡我的樣子。要不便是以為我殺了他的主人，希望找一個有利位置來向我報仇。」

他站起來走到窗口，打開窗簾。

「天亮了。」他說道，微微伸了個懶腰。「再也沒有什麼事情比這個更讓人興奮了。」

勒穆恩也站了起來。

「我得走了。」他說道，「也許今天下午我們可以再碰一次面。」

他優雅地向芃吉妮鞠了個躬，從窗戶鑽了出去。

「上床吧，」芃吉妮打著哈欠說道，「興奮了一宿。來吧，比爾，像個小乖乖地上床睡覺吧。恐怕吃不了早飯了。」

安東尼站在窗口看著勒穆恩漸漸消失的身影。

「很難想像吧？」巴鬥在他身後說道，「據說他是法國最聰明的探長。」

「我倒不會，」安東尼尋思著說道，「我可以想像。」

「嗯，」巴鬥說道，「今天晚上的節目到此為止，這點他是對的。對了，你還記得我跟你說的那個在史泰恩附近被殺的人嗎？」

「記得，怎麼了？」

「沒什麼，查明他的身分了，僅此而已。他好像叫吉塞普．馬納利，是倫敦布里茨飯店的服務員。挺奇怪的，對吧？」

20 巴門和安東尼攤牌

安東尼什麼都沒說，繼續望著窗外。巴門主任盯著他一動不動的後背看了一陣子。

「好吧，晚安，先生。」他最後說道，同時向門口走去。

安東尼突然轉過身來。

「等一下，巴門。」

主任順從地停住腳。安東尼離開窗口，從盒裡拿出一根菸點上。接著，吸了兩口說道：

「看來你對史泰恩那件事很感興趣？」

「還不至於如此，先生，只不過覺得奇怪而已。」

「你認為他是在被發現的地方被殺，還是先在別的地方被殺，然後才載到那個地點？」

「我認為他是在別的地方被殺，然後被人用汽車載到那兒。」

「我也這麼覺得。」安東尼說道。

他語調中有某種特別的意味，這讓主任猛然抬起頭來。

「你有什麼想法嗎，先生？你知道是什麼人把他載到那兒的嗎？」

「知道。」安東尼說道，「是我幹的。」

看到對方沒有對此感到絲毫意外，他多少有點氣惱。

「我必須說你很會裝模作樣，巴鬥。」他帶刺地說道。

「『真人不露相。』這是我學過的一條準則，我從中受益匪淺。」

「你簡直運用到爐火純青了，真的。」安東尼說道，「我從來沒見你變臉過。好吧，你想知道整個故事嗎？」

「如果你願意說，凱德先生。」

安東尼拉過兩把椅子，兩個人坐了下來，於是安東尼把自己在星期四夜裡的經歷重述了一遍。

巴鬥靜靜地聽著。安東尼講完後，他的眼睛深處閃動了一下。

「你知道，先生，」他說道，「你最近會有麻煩了。」

「而目前我仍不會被拘禁起來？」

「我們喜歡看人自取滅亡。」巴鬥主任說道。

「說得很巧妙。」安東尼說道，「沒有刻意強調這個成語的後半部分。」

「我搞不懂的是，先生，」巴鬥說道，「你為何選上現在這個時間告訴我？」

「這可不容易解釋。」安東尼說道，「你知道，巴門，我開始欣賞你的能力了。關鍵時刻你總是在場，比如今天晚上。而且我覺得，如果不把我知道的事告訴你，有可能會使你的辦案能力受到侷限。你有權知道所有事實。我只是做了我該做的，而且到現在為止，我已經把事情搞得夠糟了。在今天晚上之前，因為雷維爾夫人的緣故我不能說。但是現在已經確切證明那些信和她沒有任何關係，那麼指控她涉案其中就太站不住腳了。也許一開始我給她出的主意不太好，但我覺得，她說因一時的怪念頭付那個人錢並弄到那些信，對我來說是可以接受的。」

「在陪審團面前有可能。」巴門表示同意。「陪審團一向沒什麼想像力。」

「但你能接受嗎？」安東尼說道，好奇地看著他。

「嗯，你知道，凱德先生，我的工作主要是面對那些人，我的意思是，那些我們稱之為上層社會的人。你知道，大多數人總是會顧忌別人怎麼想，但流浪漢和貴族不一樣……他們腦袋瓜想幹什麼就幹什麼，從不考慮別人會怎麼想。我指的不僅僅是窮極無聊的富人或那些總是搞大型宴會的人。我指的是那些與生俱來、世代相傳、唯我獨尊的人。我一直認為這些上等人都一樣……無所顧忌，心口如一，而且有時候還愚蠢至極。」

「你的話很有趣，巴門。你最近是不是也要寫回憶錄了。我想一定值得一讀。」

主任對他的建議不置可否地笑了笑。

「我很想問你一個問題。」安東尼問道，「你想過把我和史泰恩事件聯繫起來嗎？從你的態度來看，你想過了。」

「沒錯，我曾經想過，但不是很確定。你偽裝得確實不錯，容我這樣說，凱德先生。你無憂無慮的樣子一點都不過火。」

「我很高興聽你這樣說。」安東尼說道，「我有一種感覺，自從我遇到你之後，你就不斷給我設置各種各樣的陷阱。大致來說，我應付得還算可以，沒掉進去，但整顆心可不曾輕鬆過。」

巴鬥不置可否地笑了笑。

「我們就是這樣逮住壞蛋的，先生。不停地追趕他，緊迫盯人，如影隨形，遲早他的神經會受不了，最後就落在你手裡了。」

「你可真行，巴鬥。我想知道你什麼時候會把我搞定？」

「等你自取滅亡，先生。」主任又端出了他的諺語。「自取滅亡。」

「而在此之前，」安東尼說道，「我還是業餘助手？」

「還是，凱德先生。」

「我是華生，你就是福爾摩斯了，對吧？」

「偵探小說全都是騙人的玩意，」巴鬥淡淡說道，「不過人們愛看。」他接著又補充道：「有時候還是有點用。」

「什麼時候？」安東尼好奇地問道。

「人們看了這些小說之後，就會認為警察都是飯桶。這樣有人初次犯罪的話，比如謀殺之類，就會留下足夠的線索給我們，這不是很有用嗎？」

安東尼靜靜地看了他一會兒。巴門坐在那裡不動，不時地眨眨眼，寬大扁平的臉上沒有任何表情。過了一會兒他站了起來。

「現在再上床也沒什麼必要了。」他說道，「等爵士一起床，我就和他談一談。現在任何人想離開煙囪屋都可以，然而，如果他能非正式地邀請客人繼續留下來，我將非常感謝。如果你願意的話，先生，你可以接受邀請，另外雷維爾夫人也請留下來。」

「你找到左輪槍了嗎？」安東尼忽然問道。

「你指的是殺死邁克王子的那把槍嗎？還沒找到，不過必定還在屋裡或埋在地下。我會吸取你的經驗，凱德先生，找幾個孩子爬樹看看鳥巢裡有沒有。如果我能找到那把左輪槍，我們可能會前進一小步。另外那些信，你說有一封是從煙囪屋寫來的？那封信應該就是最後一封，用密碼寫的藏寶地點就在那封信裡頭。」

「你對吉塞普的被殺有何看法？」安東尼問道。

「應該說，他是一般的小偷，他被維克托國王或者是紅手黨的人收買並加以利用。如果說維克托國王和紅手黨是站在同一陣線上，我一點也不奇怪。紅手黨有足夠的錢和力量，但他們缺少有頭腦的人。吉塞普的任務是偷取回憶錄，他們不可能知道那些信也在你手裡。對了，你居然拿著兩樣東西，簡直是巧得不能再巧了。」

「我知道，」安東尼說道，「是挺難得的。」

「吉塞普沒偷到回憶錄卻拿到了信，一開始可能很懊惱，然後看到從報上剪下來的照片，就開始有了聰明的主意……利用信來敲詐艽吉妮，給自己撈一筆錢。當然，他不了解信的真正重要性。紅手黨發現了他的企圖，認為他有意要左右通吃，就要了他的命。他們對於處死叛逆者一向心狠手辣，好像殺人給他們帶來很大的滿足感。我搞不懂的是，為什麼要在槍柄上要刻上『艽吉妮』的名字。這種計謀恐怕紅手黨人是很難想出來的。一般來說，他們殺人之後喜歡把紅手的標誌留下來，這樣對於那些不堅定的份子可以起殺一儆百的作用。不，我覺得維克托國王好像在這裡介入了。但是我還不清楚他的動機。看起來他好像是故意要讓雷維爾夫人背上謀殺的罪名。表面上，看不出這麼做有什麼必要。」

「我倒有一些想法，」安東尼說道，「但不完整。」

他告訴巴鬥，艽吉妮認出了邁克。巴鬥點點頭。

「噢，是的，他的身分沒問題。對了，那個老男爵很看重你。他提起你的時候語氣很熱情。」

「那真太感謝他了，」安東尼說道，「我還特別警告過他，無論如何我要在下星期三之前把弄丟的回憶錄找回來。」

「那你得費點力了。」巴鬥說道。

「哦？你這麼認為？我相信維克托國王拿到了那些信。」

巴閂點點頭。

「那天在蓬特街從吉塞普身上搜去的，做得還挺像樣的。是的，他們已經拿到了信，已經解開了密碼，他們知道應該去什麼地方找。」

兩人這時正要走出房間。

「在這兒？」安東尼問道，把頭向後擺了擺。

「沒錯，就是在這兒。不過他們還沒找到獵物，要想找到，他們得冒點風險了。」

「我想，」安東尼說道，「你那個精明的腦袋裡已經有了主意？」

巴閂沒吭聲。他顯得十分遲鈍，然後慢吞吞地眨眨眼。

「需要我幫忙嗎？」安東尼問道。

「需要，另外我還需要別人幫忙。」

「還需要誰？」

「雷維爾夫人。你可能已經注意到了，凱德先生，她是個非常特別的女人。」

「我已經注意到了。」安東尼說道。

他看了看手錶。

「我同意你的說法，巴閂，不用再睡了。洗個澡然後吃一頓早餐才是當務之急。」

他輕鬆地跑回樓上的臥室，一邊吹著口哨，一邊脫掉睡衣，拿起一件袍子和浴巾。然後

他突然呆呆地站在梳妝台前，死盯著端端正正放在鏡子前的東西。

好一陣子，他不敢相信自己的眼睛。他把東西拿起來，仔細端詳著。是的，千真萬確。這些是簽著芃吉妮．雷維爾名字的信。捆得好好的，一封都沒少。

安東尼跌坐在椅子上，手裡拿著信。

「我的腦袋一定是出問題了。」他自言自語道，「我對這裡發生的事情一點都摸不著頭腦。這些信怎麼又像變戲法似地冒了出來？是誰把信放到我的梳妝台上？為什麼呢？」

然而這些問題他都找不到答案。

21 艾薩斯坦先生的手提箱

那天上午十點，卡特漢爵士和他女兒一起吃早餐。疾如風顯得有些魂不守舍。

「爸爸。」最後她說道。

卡特漢爵士正認真讀著《時代雜誌》，沒回答。

「爸爸。」疾如風提高了聲音又叫了一聲。

卡特漢爵士正興致勃勃地讀到即將到來的藏書大賤賣，這回興頭被打斷了，他心不在焉地抬起頭來。

「呃？」他說道，「你在說話嗎？」

「對，是誰已經吃完早餐了？」

她邊說邊朝一個位子努努嘴，顯然那個位子的主人已經吃完走了。其他人都等著答案。

「噢，他叫什麼來著？」

「胖艾克？」

疾如風和父親之間有充分的默契能夠了解對方說的莫名話語。

「就是他。」

「今天早飯前你是不是跟主任說過話？」

卡特漢爵士嘆口氣。

「是的，他在大廳裡抓住我。我一直認為，早飯前的時間是最神聖的。看來我真的得去國外一趟。我的神經太緊張了……」

疾如風不經意地打斷他的話。

「他說了什麼？」

「他說任何人想走都可以離開。」

「嗯，」疾如風說道，「那很好啊。你不是一直都盼望著這一天嗎？」

「我知道，但是他並沒有到此為止。他還說希望我能邀請每個人繼續留下來。」

「我不懂。」疾如風說道，鼻子皺了起來。

「自相矛盾又令人困惑。」卡特漢爵士抱怨道，「而且還是在早飯前！」

「你怎麼說？」

「哦，我當然同意了。和這些人有什麼好爭辯的，尤其在早飯前。」卡特漢爵士繼續說道，又繞回到他那剪不斷的煩惱中。

「你都邀請過誰了？」

「凱德，他今天起得非常早。他答應留下來。這我倒不奇怪，我老是看不透他。不過我喜歡他，非常喜歡他。」

「芃吉妮也喜歡他。」疾如風一邊用叉子在桌上畫線，一邊說道。

「呃？」

「我也喜歡。不過這又能怎麼樣呢？」

「我還跟艾薩斯坦說了。」卡特漢爵士繼續說道。

「怎麼樣？」

「幸好他有要事必須回城裡去。對了，別忘了給他訂好十點五十分的車。」

「沒問題。」

「現在如果也能擺脫掉費許的話……」卡特漢爵士說道，他的興致高了起來。

「我以為你喜歡和他談你那些發了霉的舊書呢！」

「我是喜歡，是喜歡，或者說，我以前喜歡。但是光我一個人不停地說，就愈來愈沒意思了。費許是很感興趣，可是他從來不把自己的觀點說出來。」

「這總比一直聽別人說要好得多吧，」疾如風說道，「比如說，要是和喬治．洛馬士在一起……」

卡特漢爵士不由得哆嗦了一下。

「喬治在講台上時總是滔滔不絕。」疾如風說道，「我自己還為他鼓過掌呢，雖然我一直都認為他是在胡說八道。而且不管怎麼說，我是個社會主義者……」

「我知道，親愛的，我知道。」卡特漢爵士趕緊說道。

「別著急，」疾如風說道，「我不會把政治搬到家裡來。只有喬治才愛這麼做，總是在家裡大談政治。應該在國會立法禁止在家裡談政治。」

「的確應該。」卡特漢爵士說道。

「芃吉妮呢？」疾如風問道，「你會繼續邀請她留下來嗎？」

「巴鬥說的是所有的人。」

「他說得倒挺堅決！你向她提出讓她當我繼母的主意了嗎？」

「我不知道她會不會答應，」卡特漢爵士悲哀地說道，「雖然她昨天晚上確實叫了我一聲親愛的。但她們這種見過世面的小女人才不把這當一回事呢。她們什麼話都說得出來，而且沒什麼特殊意義。」

「是的，」疾如風贊同地說道，「如果她咬你或者用靴子踹你，可能會更有希望些。」

「你們現在年輕人的愛情觀好像愈來愈不像話了。」卡特漢爵士哀傷地說道。

「全是從《錫克人》讀來的。」疾如風說道，「沙漠裡的愛情，抱著她狂舞。」

「《錫克人》是什麼？」卡特漢爵士單純地問道，「是首詩嗎？」

疾如風用憐憫的眼光看著父親，然後站起身來在他的額頭吻了一下。

「親愛的老爸。」她叫了一聲就輕鬆地走出門去。

卡特漢爵士又接著看起報紙來。

當海勒姆・費許先生突然向他打招呼時，他嚇了一跳。費許又是悄無聲息地進來。

「早安，卡特漢爵士。」

「哦，早安，」卡特漢爵士答道，「今天天氣不錯。」

「天氣是不錯。」費許先生說道。

他倒了點咖啡，又到食物區那邊取了一塊黑麵包。

「我有沒有搞錯，是不是禁令解除了？」過了一會兒他問道，「我們都可以離開了？」

「是……呃，是的。」卡特漢爵士說道，「實際上，我希望，我的意思是說，我會很高興……」他言不由衷地繼續說道，「會非常高興，如果你願意繼續待一段時間的話。」

「怎麼了，卡特漢爵士……」

「這次來訪很糟糕，我知道，」卡特漢爵士趕緊說道，「太糟了，你若想趕快離開一點都不奇怪。」

「你想錯了，卡特漢爵士。的確發生了不愉快的事，這誰都無法否認。不過比起住在高大的樓房而言，這裡的生活對我更有吸引力。而且我對這裡的事物有興趣研究，在美國根本看不到這些。我非常高興接受你善意的邀請，我願意繼續再住一段時間。」

「啊，太好了。」卡特漢爵士說道，「就這樣。我非常高興，我親愛的朋友，非常高興。」

卡特漢爵士打起精神裝出一副親切的樣子，然後嘟囔著說還得去見鎮長就逃出了房間。

在大廳裡，他看見芃吉妮剛好從樓梯上下來。

「我是不是該帶你去吃早飯？」卡特漢爵士溫柔地說道。

「我在床上吃過了，謝謝你。今天早上我睏得要死。」

她伸了個懶腰。

「昨天晚上沒睡好？」

「也不能說沒睡好，換個角度說，昨晚還過得相當不錯呢。哦，卡特漢爵士……」她把手伸向他的手臂捏了一下。「我覺得很高興。你邀請我來真是太好了。」

「所以你會再住一段時間，對吧？巴鬥已經解除了……禁令，但是我很希望你能多住一段時間，疾如風也是。」

「我當然會留下來。謝謝你的好意。」

「啊！」卡特漢爵士驚喜地叫道。

接著他又嘆了口氣。

「你有什麼隱憂嗎？」芃吉妮問道，「有人咬你嗎？」

「就是這個。」卡特漢爵士嘟囔著悲傷說道。

芃吉妮顯得迷惑不解。卡特漢爵士又說：「你從來都沒想過要用靴子踹我嗎？不，我看得出來你沒想過，哦，唉，不會有結果的。」

卡特漢爵士悲傷地走了開去，芃吉妮從一個側門走進花園。她站了一會兒，貪婪地呼吸著十月的新鮮空氣；這個時節的空氣對略顯疲憊的她，像是興奮劑一樣。

當她發現巴鬥主任就站在自己旁邊時，不由得吃了一驚。這個人好像有一種超能力，總能突然出現在某個地方，讓人猝不及防。

「早安，雷維爾夫人。我希望你沒有累著。」

芃吉妮搖搖頭。

「昨天晚上太興奮了。」她說道，「少睡點也很值得。唯一的遺憾是，今天好像太無趣了些。」

「那棵柏樹的樹蔭下不錯。」主任說道，「要不要我給你搬一把椅子過去？」

「如果你認為我最好過去坐的話。」芃吉妮嚴肅地說道。

「你理解得很快，雷維爾夫人。是的，的確，我想和你說幾句話。」

他搬了一把長柳條椅沿著草坪走了過去，芃吉妮挾著墊子跟著。

「非常危險，那個露台。」主任說道，「我的意思是，如果你想要進行私人談話。」

「我又興奮起來了，巴鬥主任。」

「哦，沒什麼重要的。」他拿出一個大懷錶掃了一眼。「十點半。十分鐘後我要去艾碧莊向洛馬士先生彙報。時間足夠，我只想看看，你能不能多講一些凱德先生的事給我聽。」

「凱德先生？」

芃吉妮有些吃驚。

「是的，你第一次遇到他是在什麼地方；還有，你認識他多久了。」

巴鬥的態度顯得十足的輕鬆親切。他甚至避免直接看她，他這樣做反而讓她隱約覺得不自在。

「說起來可是比你想像中的要困難許多。」她想了一會兒開口道，「有一次他幫我一個大忙……」

巴鬥打斷她的話。

「在你繼續說下去之前，雷維爾夫人，我想告訴你，昨天晚上，你和奧維里先生離開後，凱德先生把那封信和你家裡被殺的那個男人的事都對我說了。」

「他說了？」芃吉妮驚訝得嚥了口唾沫。

「是的，而且非常明智。這使我們減少了很多誤會。只有一件事他沒告訴我……他和你認識多久了。現在我倒是能推斷出來。我想的是不是正確，這你可以告訴我。我認為他來到你蓬特街住所的那天，你是第一次見到他。啊！我知道我猜對了，是這樣沒錯。」

芃吉妮沒吭聲，她第一次覺得眼前這個目光遲鈍、面無表情的人有些可怕。她開始明白為什麼安東尼對她說，什麼都逃不過巴鬥主任的眼睛。

「他有沒有對你講起他的身世？」主任繼續說道，「我的意思是，他去南非之前，在加拿大待過？或者蘇丹？還是關於他的少年時代？」

芃吉妮只是搖搖頭。

「我敢打賭他一定有好多事可說。你一定看得出來他是個敢於冒險、經歷奇特的男人。如果他願意，他可以告訴你很多有趣的故事。」

「如果你想了解他以前的生活，為什麼不和他那個朋友麥格拉思先生聯絡呢？」芃吉妮問道。

「哦，我們聯絡過了，但是他好像去了別的地方。而且凱德先生在布拉瓦約待過，這一點沒什麼疑問。可是我想知道他去南非之前做了些什麼。他在城堡旅行社的那份工作只幹了大約一個月。」他再次拿出錶來看了看，說道：「我必須走了，車在等我。」

芃吉妮看著他朝房子走去，自己卻沒挪動位置。她希望安東尼會出來和她在一起。不過來了比爾．奧維里，他誇張地打了個哈欠。

「謝天謝地，我終於有機會和你談一談了，芃吉妮。」他抱怨道。

「好吧，跟我說些溫柔的話吧，親愛的比爾，不然我可要大哭一場了。」

「有人欺負你了嗎？」

「倒不是欺負我，是把我攪得心煩意亂。我覺得好像有頭大象踩在我身上似的。」

「是不是巴鬥？」

「是的，是巴鬥，他真是個可怕的人。」

「嗯，別管巴鬥了。我說，芃吉妮，我真的愛你愛到極點了……」

「今天上午可別這樣，比爾，我太虛弱無力了。無論如何，我對你說過，好人不會在午飯前求婚的。」

「天哪，」比爾說道，「我可以在早飯前向你求婚。」

芃吉妮顫抖了一下。

「比爾，聰明點、理智點。我要聽聽你的建議。」

「如果你能馬上答應我，說你願意嫁給我，你一定會覺得好多了。高興點，你知道的，讓自己定下心來。」

「聽我說，比爾，向我求婚是你固執的念頭。所有的男人都是在覺得乏味而且無話可說時才來求婚。想想我的年齡，還有我是個寡婦。去愛一個純潔的少女吧。」

「我親愛的芃吉妮……哦，完了！那個法國笨蛋又來了。」

來人的確是勒穆恩，黑黑的鬍子，像以前一樣風度翩翩。

「早安，夫人。我想你沒累壞吧？」

「一點都沒有。」

「太好了。早安，奧維里先生。」

「我們三個人一起散散步怎麼樣？」法國人提議道。

「你認為呢，比爾？」芃吉妮說道。

「噢，好吧。」她身邊的年輕人不情願地說道。

他從草地上站了起來，三個人開始慢慢移步走動。芃吉妮走在兩個男人之間。她馬上察覺到法國人不自覺地表現出一種奇怪的興奮，雖然她不知道是由什麼事情引起。

她很快地憑著自己的經驗使對方放鬆下來，向他問問題、聽他回答，慢慢摸清他的底細。他開始述說維克托國王的知名軼事。他講得很好，雖然講到探長部門屢次被耍的時候露出一絲怨恨。

在過程中，勒穆恩儘管講得有聲有色，但芃吉妮察覺到他其實醉翁之意不在酒，而且她判斷，在這些故事的掩蓋下，勒穆恩正帶著他們沿著自己特意設計的路線走。他故意把他們帶到了某個方位。

突然間他停了下來向四周張望。他們剛好站在這條把園子橫斷開來的路上，再往前繞過一道樹叢就是一個急轉彎。勒穆恩正盯著一輛從莊園方向朝他們開過來的汽車。

芃吉妮也朝那邊望過去。

「是輛行李車，」她說道，「把艾薩斯坦的行李和他的隨從送到車站去。」

「是這樣嗎？」勒穆恩掃了一眼自己的手錶開口說道，「實在抱歉，我本來沒想在這裡待這麼久……但有你們這樣的好夥伴。你們認為我有沒有可能搭便車去村子裡？」

他走到路上揮揮手臂。行李車停了下來，勒穆恩向車裡解釋了幾句，就鑽進了後面車廂。他朝芃吉妮禮貌地揚了揚帽子，車就開走了。
另外兩人滿臉迷惑地站在那裡看著行李車漸漸消失。就在車急轉而去時，一個手提箱甩了出來，車卻一路開去。
「快來，」芃吉妮對比爾說道，「有好戲看了。有個手提箱給甩了出來。」
「沒人注意到。」比爾說道。
他們沿著車道向掉下來的手提箱跑去。他們剛好跑到那兒，勒穆恩也從彎道的另一側跑了過來，渾身溼答答的。
「我必須下車。」他解釋道，「我發現有東西掉下來了。」
「是這個？」比爾指著手提箱問道。
這是個漂亮的皮箱，上面刻著「H I」兩個字母。
「多可惜呀！」勒穆恩輕輕說道，「一定是被甩出來的。我們是不是該把它從路上撿起來？」
沒等回答，他就把手提箱撿了起來，搬到路邊的樹叢旁。他彎下身把箱子翻過來，手中一閃，接著鎖就滑開了。
他開口說話，但他的聲音全然不同，而且帶著命令的腔調。
「車馬上就會開過來的。」他說道，「看得見嗎？」
芃吉妮向後朝屋子的方向看了看。

「看不見。」

「好。」

他靈巧的手指把手提箱中的東西一樣樣扔了出來。金蓋瓶子，真絲睡衣，幾雙襪子。突然他整個身子僵住了。他拿起一團用真絲內衣包著的東西，並快速解開來。

比爾輕聲驚叫一聲。在那團內衣裡面是一把沉甸甸的左輪槍。

「我聽到車子的喇叭聲了。」芃吉妮說道。

勒穆恩以閃電般的速度把手提箱裝好，用自己的手帕把左輪槍包好放入口袋中。他啪的一聲把箱子鎖上，然後迅速轉向比爾。

「拿好，和夫人在一起。把車叫住，對他們解釋說，行李是從車上掉下來的。別提到我。」

艾薩斯坦坐著寬大的蘭開斯特轎車拐彎過來時，比爾快速站到車道上。司機讓車子慢下來，比爾向他揮了揮手提箱。

「從行李車上掉下來的。」他解釋道，「我們正好看見了。」

他向車裡望了一眼，看見金融家一臉驚奇地盯著他看，接著車就開走了。

他們回到勒穆恩身邊。他站在那裡，手裡拿著左輪槍，臉上露出掩飾不住的歡喜。

「踏破鐵鞋無覓處，」他說道，「得來全不費工夫。」

22 紅色信號

巴鬥主任正站在艾碧莊的圖書館裡。

喬治．洛馬士坐在一張滿是文件的桌子後面，感覺不對勁地皺著眉頭。

巴鬥主任已經開始做他簡短的事務性彙報。在這以後，說話的就幾乎全是喬治一個人了，而巴鬥則安心就對方提出的問題做一些簡潔甚至一兩個音節的回答。

在喬治面前的桌子上，放著安東尼在自己化妝台上發現的那疊信。

「我一點都搞不懂。」喬治拿起那些信急躁地說，「你說這是用密碼寫的？」

「是的，洛馬士先生。」

「他說在什麼地方找到的……在他的梳妝台上？」

巴鬥一個字一個字地把安東尼．凱德所說的取信經過重複一遍。

「然後他馬上就給你送來了？做得很好，很好。是誰把信放到他的房間裡呢？」

巴門搖搖頭。

「這是你應該知道的事情。」喬治抱怨道，「我覺得太糟糕了，真是太糟糕了。總之，我們對凱德這個人又知道多少呢？他神祕兮兮地冒出來，又是在非常可疑的情況下，而我們對他一無所知。我可以說，我個人對他的情況知之甚少。你已經調查過他了，對吧？」

巴門主任耐心地笑了笑。

「我們馬上就跟南非聯絡了，他的故事都得到了印證。在他說的時間裡，他的確是和麥格拉思先生一起在布拉瓦約。在此之前，他受雇於城堡旅行社。」

「正如我的預料，」喬治說道，「他是那種很容易獲得某一類工作的人。但是那些信，必須立刻採取措施，立刻……」

這個大人物又像那麼回事地端起了架子。

巴門主任正要開口，喬治搶先打斷他。

「絕對不要耽誤，把握時間破解密碼。讓我想想，那個人是誰來著？有個人……與大英博物館有關，對密碼頗有些概念。戰時在我們的情報部門工作。奧斯卡小姐在哪兒？她應該知道。名字好像是溫，溫……」

「溫伍德教授。」巴門說道。

「沒錯，我現在記起來了。趕緊跟他聯絡。」

「我已經聯絡過了，洛馬士先生，一小時前。他將在十二點十分抵達。」

「哦，很好，很好。謝天謝地，我心裡的石頭可落地了。我今天要去城裡。我不在這裡的時候，你能處理好吧？」

「我想可以，先生。」

「好吧，盡力而為，巴鬥，盡力而為吧。我現在很忙。」

「是的，先生。」

「對了，奧維里先生怎麼沒和你一起來？」

「他還在睡覺，先生。剛才我跟你說過，我們一晚都沒睡。」

「噢，對。我自己也差不多一晚沒睡。在二十四小時內要做三十六小時的工作，這就是我平時的任務！你回去後馬上叫奧維里先生到這兒來，好嗎，巴鬥？」

「我會轉告他的，先生。」

「謝謝你，巴鬥。我能理解你需要借助於他，可是你有必要把我的表妹雷維爾夫人也扯進來嗎？」

「鑑於那些信上的簽名，我認為確實有必要，洛馬士先生。」

「真是厚顏無恥。」喬治嘟囔道，看著那些信，臉色不由得沉了下來。「我還記得已故的黑楚斯洛克國王，挺討人喜歡的，但是個扶不起來的阿斗，軟弱得可悲，只是一個狂妄女人的工具而已。你對那些信又回到凱德先生手裡有什麼看法？」

「我認為，」巴鬥說道，「如果某條路走不通，人們就會換條路走。」

「我沒聽懂。」喬治說道。

「這個惡棍維克托國王，他現在已經非常清楚會議室處於監視狀態下，因此他就把信還給我們，讓我們去破解密碼，好找到藏寶的地點。然後……動手搶！不過我會和勒穆恩一起妥善布局。」

「你已經有計畫了？」

「還不能說已經有計畫，只不過有些想法而已。有時候想法也非常管用。」

說完之後，巴鬥主任就上路了。他不想讓喬治更了解自己的想法。

在回去的路上，他見到安東尼，便停了下來。

「想讓我搭車回煙囪屋？」安東尼問道，「太好了。」

「你去哪兒了，凱德先生？」

「去車站問火車的事情。」

巴鬥揚了揚眉毛。

「又想離開我們？」他問道。

「不是馬上。」安東尼笑道，「對了，艾薩斯坦怎麼了？我剛才回來時他正好坐車到那兒，好像讓人給耍了似的。」

「艾薩斯坦先生？」

「是的。」

「我不知道。不過，要想要他可不是那麼容易。」

「我也這麼想。」安東尼表示贊同。「他是金融界裡那種泰山崩於前不改其色的人。」

突然巴門主任探身向前碰碰司機的肩膀。

「停一下可以嗎？在這兒等我。」

他從車裡跳了出去，此舉讓安東尼吃驚，不過他馬上就看到勒穆恩向一名英國警探走了過去，這才明白原來是他打了手勢引起巴門的注意。

他們快速地交換了一下意見，然後主任又回到車裡，讓司機繼續開車。

他的表情完全變了。

「他們找到左輪槍了。」他簡單地冒出一句話。

「什麼？」

安東尼驚訝地盯著他。

「在哪兒？」

「在艾薩斯坦的手提箱裡。」

「哦，不可能！」

「沒什麼不可能。」巴門說道，「記住這句話。」

他靜靜地坐著，用手拍著膝蓋。

「誰找到的？」

巴鬥猛然抬起頭。

「勒穆恩，這小夥子真聰明。法國保安局相當看重他。」

「這會不會攪亂你的計畫？」

「不會。」巴鬥主任慢吞吞地說道，「我想不會，我承認一開始覺得有點突然，不過跟我的一個想法倒是不謀而合。」

「什麼想法？」

巴鬥卻岔開到一個完全不同的話題。

「不知道你能不能幫我找到奧維里先生，凱德先生？洛馬士先生要他馬上去艾碧莊。」

車正好開到了大門口。

「沒問題。」安東尼說道，「也許他還躺在床上呢。」

「我想不會。」主任說道，「如果你往那邊看，會發現他和雷維爾夫人一起在那邊的樹下散步。」

「眼力不錯喔，巴鬥。」安東尼跳下車去執行任務時說道。

他轉達訊息給比爾時，後者想當然耳露出厭煩的表情。

「真他媽的。」比爾喃喃地抱怨著，一邊向屋子走去。「為什麼老鱈魚就不能讓我獨處一會兒？為什麼這些可惡的殖民者不好好待在自己的地方？他們到底來這裡幹什麼？把我們的好女孩都搶走了。我真是受夠了，受夠了！」

「你聽說找到左輪槍了嗎？」比爾走後，芃吉妮氣喘吁吁地問道。

「巴鬥告訴我了。有點讓人驚訝，對吧？艾薩斯坦昨天走的時候樣子是挺怪的，不過我一直以為他只是緊張罷了。他大概是我心目中唯一沒有嫌疑的人。你覺得他有什麼動機要把邁克王子殺掉呢？」

「是很不合邏輯。」芃吉妮尋思著說道。

「簡直是一團亂。」安東尼不滿地說道，「我一直覺得自己是個業餘警探，但到現在為止，我所做的就是費了九牛二虎之力幫那個法國女教師洗脫嫌疑，結果自己還大大地破費。」

「你出去一趟就是為這件事？」芃吉妮問道。

「是的，我去了迪納爾，會見了布勒特女伯爵。原以為自己有多聰明，必定會聽到根本沒有布隆小姐這個人的答案。結果相反，我聽到的是，最近七年她一直在那裡主持家務。如此一來，除非女伯爵本人也是同謀，否則我那聰明的理論根本就站不住腳。」

芃吉妮搖搖頭。

「布勒特夫人絕對沒問題。我和她很熟，所以才覺得一定是在她的別墅見過那位女教師。我確實覺得她很面熟，不過這種面熟和你看到任何一個家庭教師一樣，或者說和你搭火車時那些坐在對面的人一樣，印象不是特別深刻。說起來有點可怕，但是我從未正眼看過她們。你呢？」

「除非她們特別漂亮。」安東尼坦白地說。

「好吧，這次呢……」她突然停住。「怎麼了？」

安東尼正盯著一個剛從樹叢旁閃出來的人。那個人靜靜地站在那裡，好像準備接受命令似的。原來是那個黑楚斯洛克人鮑黎世。

「抱歉。」安東尼對芃吉妮說道，「我必須跟我的狗兒說幾句話。」

他走到鮑黎世身前。

「什麼事？你想幹什麼？」

「主人。」鮑黎世鞠了個躬說道。

「嗯，很好，不過你總不能這樣跟在我左右啊。這太讓人難堪了。」

鮑黎世什麼話也沒說，拿出一張髒兮兮的紙片遞給安東尼，紙片顯然是從一封信上撕下來的。

「這是什麼？」安東尼說道。

紙片上潦草地寫著一個地址，別的什麼也沒有。

「他掉的。」鮑黎世說道，「我撿到了就來交給主人。」

「誰掉的？」

「那個外國人。」

「為什麼交給我？」

鮑黎世責備地看著他。

「好吧。總之，你走吧。」安東尼說道，「我很忙。」

鮑黎世敬了個禮，突然立正轉身，跨步走開。安東尼回到芃吉妮那裡，把紙片塞進口袋。

「他想幹什麼？」她好奇地問道，「你為什麼說他是你的狗兒？」

「因為他做事就像隻狗，」安東尼說道，先回答了後一個問題。「上輩子一定是隻獵犬。他剛剛帶來一張紙片給我，說是一個外國人掉的。我想他指的是勒穆恩。」

「我也這麼想。」芃吉妮勉強同意。

「他老是纏著我，」安東尼繼續說道，「就像隻狗，什麼也不說，光知道用他那大圓眼睛看著我。我搞不懂他。」

「也可能他指的是艾薩斯坦。」芃吉妮提示道，「艾薩斯坦看起來也挺像個外國人，天知道。」

「艾薩斯坦，」安東尼不耐煩地低語說道，「他到底是怎麼回事？」

「你讓自己陷入這件事，有沒有覺得不高興？」芃吉妮突然問道。

「不高興？怎麼會呢。我就愛這種事。你知道，我的大半生都以此為樂。只是，這次的難度是我始料未及。」

「不過現在你已經脫離危險了。」芃吉妮說道，對他不尋常的沉重語氣有點吃驚。

「還沒完全。」

他們靜靜地走了一會兒。

「有些人，」安東尼打破沉默說道，「偏不按照規矩來做事。一般遵守交通規則的司機一見到紅燈亮起來，就會放慢速度或是停下來。也許我生來就色盲，看到紅燈的時候，忍不住還要往前闖。這樣到了最後，你知道，會招致災難，肯定會的。而且一點都沒錯，我這種人會製造交通問題。」

他說話的語氣還是那麼嚴肅。

「我想，」芃吉妮說道，「你這一生一定冒了不少險吧？」

「那可不，幾乎天天都這樣……除了婚姻。」

「這倒真是刺激。」

「倒不是特意追求。婚姻，我指的那種婚姻，我認為是險中之險。」

「我倒覺得不錯。」芃吉妮熱切地說道，臉都有點紅了。

「我只會娶一種女人，那種和我有完全不同背景的女人。我們會怎樣呢？是讓她適應我呢，還是我去適應她呢？」

「如果她愛你的話……」

「你這叫作多愁善感啊，雷維爾夫人。你知道，你不能把愛當成藥，吃下去就可以逃避現實。你可以逃避一時，是的，不過遺憾的是，愛可遠遠不僅於此。國王和賣花姑娘結婚一兩年後，你認為他們會怎樣看待自己的婚姻？她會不會留戀她的花籃、赤腳以及無憂無慮的生活？我打賭她會的。如果他願意為了她退位呢？也於事無補。他一定做不好賣花生意，我敢跟你打包票。而且任何女人都不會尊敬不成事的男人。」

「你曾經愛上過哪個賣花姑娘嗎，凱德先生？」芃吉妮柔聲問道。

「我倒還沒有過這種豔遇，但道理是一樣的。」

「難道就沒有別的出路？」芃吉妮問道。

「總會有辦法的。」安東尼情緒低落地說，「我的理論是，只要付出足夠的代價，沒有什麼事是做不成的。你知道，一般情況下要付出的代價是什麼嗎？妥協。這是沒辦法的事，妥協。不過等你步入中年以後總要妥協的。現在我也要面對這種情況了。為了娶我想要的女人，我會……我甚至會找份正式的工作呢。」

芃吉妮笑了起來。

「你知道，曾經有人給我一份差事。」安東尼繼續說道。

「你沒答應？」

「對。」

「為什麼？」

「有所為，有所不為。」

「哦！」

「你真是個不一樣的女人。」安東尼突然轉過身看著她說道。

「怎麼了？」

「你能忍住不問問題。」

「你的意思是說，我沒問你那份差事是什麼？」

「沒錯。」

他們又默默地走了起來。他們現在離屋子已經很近了，旁邊就是散發著芳香的玫瑰園。

「我敢說你很清楚，」安東尼開口打破了沉默。「別人愛上你的時候你會知道。我不知道你怎麼看待我，或者對其他人怎麼想，不過，上帝為證，我很想讓你多注意我。」

「你覺得你能辦到嗎？」芃吉妮低聲問道。

「也許不能，我總得盡力試試。」

「你對遇上我覺得遺憾嗎？」她突然說道。

「上帝，不。又要碰到紅燈了。我第一次遇到你……在蓬特街那天，我就知道我遇上了難得的對手。你的臉告訴我……就是你的臉。你從頭到腳都散發著魔力，有些女人是這樣的，但我還從未遇過一個像你這麼有魅力的女人。我想，你會嫁給高尚富有的人，而我應該回到自己亂七八糟的生活去，但是在我離開之前我會吻你一下……我發誓，我會的。」

「你現在還不行。」芃吉妮輕輕說道，「巴鬥主任正從圖書室的窗戶看著我們呢。」

安東尼看著她。

「你簡直是個妖精，芃吉妮。」他冷靜地說道，「但也是個可人兒。」

然後他衝著巴鬥主任輕快地揮揮手。

「今天上午逮著罪犯了嗎，巴鬥？」

「還沒有，凱德先生。」

「聽起來有希望了。」

巴鬥靈活地跳出圖書室的窗戶，這種靈活與他那笨重的身體很不相稱。現在他也站在露台上。

「我把溫伍德教授請來了，」他悄聲說道，「一分鐘前剛到。他現在正在破解密碼。你們想看看他是如何工作的嗎？」

他的語氣好像是馬戲團的老闆在招攬觀眾去看他的寵物展。引起對方的興趣後，再帶他們來到窗子前請他們往裡看。

一個紅髮矮小的中年男人正坐在桌子後面，在一張大紙上匆匆寫著什麼，那些信散亂在他面前。他一邊寫一邊不停地自言自語，還不時地用力搓揉自己的鼻子，直到鼻子變得紅通通，幾乎要和頭髮的顏色一致了。

這時他抬起頭來。

「是你嗎，巴鬥？你把我請來就是為了對付這種小兒科的問題？兩歲的孩子都能解開，只要伸手隨便畫一畫就能畫出來。這能算密碼嗎？一眼就能看出來，唉，你呀，真是的。」

「我很高興，教授。」巴鬥柔和地說道，「不過你知道，我們這裡可不是人人都像你那麼聰明呀。」

「根本就不需要聰明。」教授回敬道，「這是常識。你想把所有的信都解開嗎？這得花很長時間，你知道……需要精心、細心、耐心，就是不需要智力。我已經把寫著『煙囪屋』的那封信解開了，你說這封很重要。剩下的我看還是拿回倫敦讓我的助手去解吧，我自己可沒這麼多時間。我手頭還有一個真正的難題正等著我，我得趕緊對付它呢。」

他邊說眼睛邊閃了一下。

「很好，教授。」巴鬥說道，「我很遺憾我們的密碼還不夠高難度，我會向洛馬士先生解釋的。主要是這封信有急用。我相信卡特漢爵士準備留你吃午飯。」

「別跟我提午飯。」教授說道，「真是壞習慣，午飯。任何理智、健康的人，每天中午只需要一根香蕉和一塊麵包就足夠了。」

他抓起椅背上搭著的大衣。巴鬥轉到屋子的正門，幾分鐘後安東尼和芃吉妮聽到汽車開走的聲音。

巴鬥回到他們身邊，手裡拿著教授交給他的半頁紙。

「他總是這樣，」巴鬥談到剛剛離開的教授時說道，「總是來去匆匆。不過，真是個聰明人。好吧，這是王后那封信的核心內容。想不想看看？」

芃吉妮伸手接過來，安東尼從她的肩膀上方看著。他記得那是一封長信，語氣中帶著強烈的絕望。溫伍德教授的天才智慧把信改成極有條理的資訊。

行動順利完成，但是S欺騙了我們。他已經把鑽石拿走，不在他的房間裡。我找過了。找到如下備忘錄，我想可能有所關聯：里奇蒙七直八左三右。

「S？」安東尼說道，「當然是指史泰畢，狡猾的老狐狸，他把藏寶的地方改了。」

「里奇蒙，」芃吉妮若有所思地說道，「是不是鑽石被藏在里奇蒙的什麼地方？」

「那裡倒是王室喜歡的地方。」安東尼贊同道。

巴鬥搖搖頭。

「我仍然認為指的是煙囪屋的某個地方。」

「我知道了。」芃吉妮突然叫道。

兩個男人都轉向她。

「會議室裡的霍爾班畫像。他們還敲打過畫像下面的牆。而畫像所畫的就是里奇蒙伯爵！」

「你說對了。」巴鬥拍了一下大腿說道。

他的語氣帶著一種不尋常的活力。

「畫像可以作為起點，而那些數字呢，那些壞蛋並不比我們多知道什麼。那兩個鐵甲人正好站在畫像下邊，他們的第一個想法是，鑽石可能藏在其中一個裡面。度量單位可能是英寸。結果沒找到，他們的第二個想法是祕密通道、樓梯或是滑門。你知道這裡有這一類的東西嗎，雷維爾夫人？」

芃吉妮搖搖頭。

「我知道有個密室，還有一個祕密通道。」她說道，「我記得有一次曾經看過，但是現在記不大清楚了。疾如風來了，她會知道的。」

疾如風沿著露台快速向他們走來。

「午飯後我要把潘哈德送到城裡去，」她說道，「有人願意搭便車嗎？你願意來嗎，凱德先生？我們會在晚飯時候回來。」

「不，多謝。」安東尼說道，「我在這裡很高興，而且很忙。」

「看來你這個人怕我。」疾如風調笑道，「是我的駕車技術太糟，還是我太迷人了！是哪一個？」

「後一個，」安東尼說道，「永遠都是後一個。」

「親愛的疾如風，」芃吉妮說道，「會議室裡有沒有祕密通道通向外面？」

「當然有，但很久沒用過了。好像是從煙囪屋通到艾碧莊。至少在很久很久以前是這樣，不過現在已經封鎖起來。下去以後只能走大約一百碼。樓上懷特畫廊裡的那個祕道要比這個有趣得多，而且密室也更有特色。」

「我們並不是從藝術觀點來看這些祕密通道，」芃吉妮解釋道，「這是正事。怎麼進入會議室裡面那個通道？」

「樞紐滑門，如果你們願意，午飯後我會指給你們看。」

「多謝，」巴門主任說道，「兩點半怎麼樣？」

疾如風揚起眉毛看了看他。

「跟壞蛋有關？」她問道。

崔威爾出現在露台上。

「午飯準備好了，女士。」他告訴大家。

23 相遇玫瑰園

兩點半，一小群人聚集到會議室，其中有疾如風、芃吉妮、巴門主任、勒穆恩和安東尼・凱德。

「不要再等洛馬士先生了。」巴門說道，「這種事還是早完早了。」

「如果你認為邁克王子是被從這裡進出的人殺死的，那你就錯了。」疾如風說道，「不可能的，另一端封得死死的。」

「這一點沒問題，女士。」勒穆恩插嘴道，「我們找的是別的東西。」

「什麼東西？」疾如風馬上又問道，「不會碰巧是那個有歷史意義的古董吧？」

勒穆恩顯得有點迷惑。

「你解釋看看，疾如風，」芃吉妮鼓勵地說道，「也許你可以幫我們釐清狀況。」

「你們把它叫什麼來著？」疾如風說道，「聞名歷史的帝王之鑽，在十幾年前失蹤的，那時候我還不懂事呢。」

「誰跟你說的，艾玲小姐？」巴鬥問道。

「我一直都知道，是十二歲時一個僕人告訴我的。」

「僕人，」巴鬥說道，「天哪！我真希望洛馬士先生能聽到這些！」

「這是喬治防得最嚴密的一個祕密？」疾如風調皮地問道，「太令人震驚了！我從來就沒以為這是真的。喬治是個大笨蛋，他早該知道什麼都瞞不過僕人。」

她走到霍爾班畫像前，碰了一下藏在邊邊某個地方的機關，於是那裡立刻發出一陣嘎嘎聲，牆板的一部分朝內滑去，露出一個黑暗的洞穴。

「請進，各位女士先生。」疾如風頗為戲劇性地喊了一聲。「往前走，往前走，往前走，親愛的。本季最好的演出秀，入場費只要六便士。」

勒穆恩和巴鬥每人拿了一個手電筒。他們率先鑽進洞穴，其餘的人緊跟在後。

「空氣很好，很新鮮，」巴鬥注意到。「一定採取了什麼通風措施。」

他繼續走在前面。地上的石頭高高低低，參差不齊，但牆是磚砌的。正如疾如風所說，通道向前延伸了差不多就一百碼，接著在眼前突然出現一堵用磚砌成的牆。巴鬥看到沒有通向外面的出口，感到很滿意，然後轉頭說道：「如果可以，我們往回走。對了，我只是想查看有沒有出口而已。」

過了一會兒，他們又回到了牆板入口處。

「我們從這裡開始，」巴鬥說道，「七直、八左、三右。把第一個指示當成步伐好了。」

他仔細地邁開七步，接著蹲下身體檢查地面。

「應該差不多，這裡以前用粉筆做過記號。現在是八左。這不可能是步伐，不管怎麼樣，通道的寬度只能容一路縱隊。」

「如果是按磚塊算呢？」安東尼建議道。

「太好了，凱德先生。從底下或頂上向左數八塊磚。先從下面開始比較容易些。」

他數了八塊磚。

「現在再向右數三塊磚。一、二、三……啊哈，這是什麼？」

「我馬上就要大叫了，」疾如風說道，「我知道我會的。是什麼東東？」

巴鬥主任正用他的刀尖撬地上的磚。他訓練有素的眼睛一眼就看出這塊磚和其他磚不一樣。過了一會兒，他把這塊磚取下來，下面是個小黑洞。巴鬥把手伸了進去。

所有的人都屏住呼吸等待著。

巴鬥把手抽了出來。

他大叫一聲，有點吃驚又有點生氣。

其他人圍了上來，莫名其妙地注視他手上拿的三件東西。有好一會兒，他們都覺得難以相信自己的眼睛。

一張綴著珍珠鈕釦的卡片，一塊織得很糟的毛線編織物，還有一張紙，上面寫著一行大寫字母E！

「唉呀，」巴鬥說道，「我……我真搞不懂。這些是什麼意思？」

「天啊，」法國人嘟囔著，「太讓人難以相信了！」

「這到底是什麼意思呢？」芃吉妮困惑地叫道。

「意思？」安東尼說道，「只能有一個意思。已故的史泰畢伯爵一定很有幽默感！這就是他幽默感的展示。我自己並不認為這有多可笑。」

「你能不能把你的意思說得更明白些，先生？」巴鬥主任要求道。

「當然，這是公爵的小玩笑。他一定想過，到這裡來的人必定看過他的回憶錄。這樣一來，壞蛋前來取走珠寶的時候，他們反而會發現這個極其聰明的難題。」

「它還是有某種意思？」

「那是當然。如果公爵只是想令人不快，他會放進一張寫著『售罄』的海報，或是一張畫著猴子的畫或是其他類似的東西。」

「一塊編織物，一串大寫E，還有一堆鈕釦。」巴鬥不滿地嘟囔著。

「簡直是聞所未聞。」勒穆恩氣憤地說。

「第二號密碼，」安東尼說道，「不知道溫伍德教授能不能解開這個？」

「小姐，這個通道最後一次使用是在什麼時候？」法國人向疾如風問道。

疾如風想了想。

「我確定有兩年多沒人進來過了。一般來說，來訪的美國人或是遊客都會去參觀密室。」
「奇怪。」法國人嘟囔了一句。
「什麼事奇怪？」
勒穆恩彎腰從地上撿起東西。
「這個，」他說道，「這根火柴可不是兩年前……甚至不是兩天前留下的。」
「各位女士先生，有誰碰巧扔了火柴？」他問道。
所有的人都說沒有。
「好吧，那麼，」巴鬥主任說道，「這裡都看完了，我們還是出去吧。」
大家都同意這個建議。暗門已經關上，但疾如風讓大家看了門是怎麼從裡面門上的。她打開開關，悄無聲息地把門拉開，然後從洞口跳了出去，咚一聲落到會議室的地板上。
「哇！」
卡特漢爵士猛然從剛才正打瞌睡的扶手椅上跳了起來。
「可憐的老爸，」疾如風說道，「我是不是嚇著你了？」
「簡直不可理喻，」卡特漢爵士說道，「為什麼現在人們吃完飯後就不能靜坐一會兒呢？這應該是常識呀，你們都忘了嗎？上帝知道，煙囪屋已經夠大的了，但是即使在這裡，我也無法找到一個可以清靜一會兒的地方。天哪，你們有多少人？這讓我想起了小時候常看的舞劇，每次都有成群的精靈突然從活板門裡跳出來。」

「精靈七號，」芃吉妮來到他身邊，拍拍他的腦袋。「別生氣，我們只不過在搜查祕密通道。」

「好像這些日子祕密通道又流行了起來。」卡特漢爵士滿腹牢騷地嘟囔著，看來火氣還沒全消。「今天上午，我才帶著費許先生在這些洞裡轉來轉去。」

「什麼時候？」巴門馬上問道。

「就在午飯前。他好像聽說這裡有個通道。我帶他看了這裡，然後還帶他去了一趟懷特畫廊，最後我們到了密室。不過到那以後他就沒什麼興趣了。他看起來像是煩死了。但我還是讓他參觀完了。」

卡特漢爵士想起那時的情景，不由得咯咯咯笑了起來。

安東尼用手觸了一下勒穆恩。

「出來。」他輕聲說道，「我有話跟你說。」

兩人一起從窗戶鑽了出來，他們走出挺長一段距離後，安東尼從口袋裡拿出那天早上鮑黎世交給他的紙片。

「你瞧，」他說，「是你掉的嗎？」

勒穆恩接過去頗感興趣地看了看。

「不是。」他說，「我以前從未見過這個，怎麼了？」

「確定嗎？」

「非常確定，先生。」

「那就怪了。」

他把鮑黎世對他說的話重複一遍給勒穆恩聽。後者專心地聽著。

「沒有，我沒掉過。你說他是在那個樹叢裡找到的？」

「嗯，我是這麼想，但他沒這麼說。」

「也很有可能是從艾薩斯坦的手提箱裡掉出來的。再問問鮑黎世。」他把紙片還給安東尼。過了一會兒他說：「你對那個鮑黎世到底熟不熟？」

安東尼聳聳肩。

「我知道他是已故邁克王子的忠實僕人。」

「有可能，不過你還是得自己去查清楚。問問了解他的人，比如洛洛普賴奇男爵。說不定這個男人只不過是幾週前才雇用的呢。就我而言，我相信他是誠實的。但是誰又能完全保證呢？維克托國王可以在三分鐘內把自己裝扮成一個受人信任的僕人。」

「你真的以為……」

勒穆恩打斷他的話。

「我對你開誠布公吧，對我來說，維克托國王是我心口上的一顆大石頭。我在哪都能碰見他。即使是現在，我甚至問過自己，這個跟我說話的男人，這個凱德先生，他有沒有可能是維克托國王？」

「天哪，」安東尼說道，「他可真把你整得夠慘。」

「我為什麼要關心鑽石？為什麼要關心邁克王子是誰殺的？這些事我必須留給蘇格蘭警場的同事，況且這是他們自己的事。而我呢，我來英國只有一個目的，就是抓住維克托國王，當場抓住他。別的什麼都不重要。」

「你認為你會成功嗎？」安東尼點上一根菸問道。

「我哪會知道？」勒穆恩說道，好像突然洩了氣似的。

「哈！」安東尼哼了一聲。

他們回到露台。巴鬥主任正木然站在法式落地窗附近。

「瞧瞧可憐的老巴鬥，」安東尼說道，「我們去給他打打氣。」他停了片刻又說道：「你知道嗎，有時候你可真是奇怪，勒穆恩先生。」

「什麼時候，凱德先生？」

「嗯，」安東尼說，「如果我是你，很可能會追查我給你看的那個地址。它可能無足輕重，很可能，但也可能相當重要呢。」

勒穆恩定睛注視了他一會兒，然後輕輕一笑，他捋起左臂的袖口，裡面白襯衫的袖口上用筆寫著一行字：「赫斯特密，蘭利路，多佛」。

「我道歉。」安東尼說道，「我先告退了。」

他來到巴鬥主任身邊。

「巴鬥，你看起來心事重重。」他開口道。

「我有一大堆事得想清楚，凱德先生。」

「對，我知道。」

「事情還沒什麼頭緒，一點頭緒都沒有。」

「非常棘手。」安東尼同情地說道，「不要緊，巴鬥，退一步來看，你還可以逮著我。別忘了還有我可疑的腳印呢。」

主任並沒有因此露出笑臉。

「這裡有你知道的敵人嗎，凱德先生？」他問道。

「我覺得有個僕人好像不喜歡我，」安東尼輕鬆地說，「他好像不想把最好的菜餚端給我。為什麼這樣問？」

「我收到了匿名信。」巴鬥主任說道，「確切地說，應該是一封匿名信。」

「和我有關？」

巴鬥什麼也沒說，從口袋裡拿出一張疊好的薄信紙遞給安東尼。信紙上潦草地寫著一行幾乎看不懂的字：

小心凱德先生，他有問題。

安東尼輕輕一笑，把信紙還給巴鬥。

「就這樣？高興點，巴鬥，我其實是個偽裝的國王，你知道的。」

他走進屋子裡，一邊走一邊輕快地吹著口哨。但是當他回到臥室把門關上後，他的臉色變了，變得堅決而嚴肅。他坐在床邊盯著地板沉思著。

「問題嚴重了。」安東尼自言自語，「必須做點什麼事，真他媽的可惡……」

他在那兒坐了一會兒後走到窗口。他的眼睛漫無目的地向窗外望著，接著他注意到了什麼，然後他的表情又輕鬆起來。

「當然了，」他說道，「玫瑰園！就是那兒！玫瑰園。」

他趕緊跑下樓從側門來到花園。他迂迴著走近玫瑰園。園子兩頭各有一道小門，他從較遠的那道門走了進去。園子的正中央是座隆起的小山丘，上面有個日晷，他直接朝那裡走了過去。

安東尼剛到那裡，就吃驚地站住，愣愣地盯著一個比他早到的人，對方也同樣吃驚地看著他。

「我不知道你對玫瑰也感興趣，費許先生。」安東尼輕輕說道。

「先生，」費許先生說道，「我對玫瑰非常感興趣。」

他們警惕地互相注視，好像對手之間在估量彼此實力。

「我也是。」安東尼說道。

「是嗎？」

「實際上，我對玫瑰簡直到了溺愛的程度。」安東尼輕快地說道。

費許先生的唇邊浮起一絲微笑，安東尼也在同一時刻笑了起來。緊張氣氛好像稍微緩和了一點。

「來看看這朵吧，」費許先生彎下腰指著一朵怒放的花說道，「艾貝爾·查特內夫人，我想它是叫這個名字。是的，我確定。這種白玫瑰，戰前叫作卡爾·德魯斯基。我想他們可能替它重新起了個名字。也許過於敏感，不過絕對是個愛國的名字。這種法蘭西之花到處都是。你喜歡紅玫瑰嗎，凱德先生？這裡有一朵紅色的……」

費許先生慢條斯理的聲音被打斷了，疾如風從一樓的某個窗戶探身出來。

「想不想搭車去城裡，費許先生？我馬上就出發。」

「多謝，艾玲小姐。不過我在這裡很開心。」

「你確定不會改變主意嗎，凱德先生？」

安東尼笑著搖了搖頭。疾如風從窗口消失了。

「我更愛睡覺。」安東尼伸了個懶腰說道，「午餐後的小憩！」接著他拿出一根菸問道：「你有火柴嗎？」

費許先生遞給他一盒火柴，安東尼給自己點上菸，謝了一聲把火柴盒又還給對方。

「玫瑰，」安東尼說道，「非常好，不過今天下午我賞花的興致不是很高。」

他好像完全解除了戒備似地笑了笑，又高興地點了點頭。

屋外面響起一陣震耳欲聾的聲音。

「她那輛車的馬達有夠厲害的，」安東尼說了一句：「她就要開車走了。」

他們看見汽車沿著長車道快速開去。

安東尼又伸了個懶腰，向屋子走去。

他從門口走了進去。剛一進門，就完全變了個人似的，他飛快穿過大廳，從對面遠處的一扇窗戶跳了出去，穿過林子。他知道疾如風要繞路經過門房再穿過村子。

他拚命狂奔著，和時間賽跑。他剛剛來到園子的圍牆邊時，正好聽到外邊傳來汽車的聲音。他翻過圍牆跳到路上。

「嗨！」他叫道。

疾如風吃驚地猛打方向盤來了個緊急煞車，勉強把車斜斜地停在路當中。安東尼追上車，打開車門跳上去，坐在疾如風身邊。

「我和你一起去倫敦，」他說道，「陪你一段路。」

「你這個人真特別。」疾如風說道，「你手裡拿著什麼？」

「一根火柴。」安東尼答道。

他仔細地看了看這根火柴，這是一根粉紅色的火柴，頭是黃色的。他把那根沒點著的煙扔出窗外，把火柴仔細裝進口袋裡。

24 多佛的房子

「我想，如果我開快一點，」過了一會兒，疾如風說道，「你不會介意吧？我比預定出來的時間晚了些。」

安東尼覺得他們已經開得夠快了，不過他馬上發現和疾如風現在的速度比起來，剛才只不過是在爬行而已。

「有些人，」疾如風在暫時慢下來穿過一個村子時說道，「不敢坐我開的車。比如我那個可憐的老爸，說什麼他也不會坐我這輛老爺車。」

私底下，安東尼覺得卡特漢爵士完全有理由這麼做。對於一個神經衰弱的中年人來說，坐疾如風開的車可不是件容易的事。

「可是你看起來一點都不緊張。」

疾如風贊許地繼續說道，說話的同時車猛然拐了一個彎，車的兩個輪子都離地了。

「我受過良好的訓練，你知道。」安東尼嚴肅地說，「而且，」他又想了想補充道：「我自己也很著急。」

「我是不是應該再快一點？」疾如風好意地問道。

「天哪，不用。」安東尼趕緊說道，「我們現在的平均時速差不多有五十英里了。」

「我很想知道你為什麼又突然想去倫敦了？」疾如風問道，同時用力按了按喇叭，喇叭的轟鳴簡直要把人給震聾了。「不過我是不是不該問呀？你不是畏罪潛逃吧？」

「我也不太清楚。」安東尼說道，「我馬上就會知道了。」

「那個蘇格蘭警場的人沒有我想像中那麼滑頭。」疾如風若有所思地說道。

「巴鬥人不錯。」安東尼同意道。

「你應該在外交部門工作。」疾如風說道，「你從來不會洩漏消息，對吧？」

「我給人的印象是喋喋不休、說個不停。」

「哦，老兄，你不會是要和布隆小姐私奔吧？」

「我不會認罪的！」安東尼有些光火地說道。

疾如風一語不發地開著車，又超過三輛車，然後突然問道：「你認識芃吉妮多久了？」

「這個問題可不好回答。」安東尼一板一眼地說道，「我跟她倒不常見面，不過我和她似乎認識好長一段時間了。」

疾如風點點頭。

「芃吉妮很有頭腦。」她突然評論道，「她平常總是胡說八道，但很有頭腦。在黑楚斯洛克時她做得很出色，我知道。如果提姆．雷維爾還活著，他一定有個很不錯的前程，而且應該主要歸功於芃吉妮，她一心一意地幫他忙，到處幫他打點，我也知道這是為什麼。」

「因為她愛他？」安東尼直直地看著正前方。

「不，因為她不愛他。你不懂吧？她不愛他，她從來就沒愛過他，所以她盡一切努力幫他忙來做彌補。這就是芃吉妮。但你可不要搞錯，芃吉妮從來就沒愛過提姆．雷維爾。」

「你好像很肯定。」安東尼轉過臉來看著她說道。

疾如風的兩隻小手使勁握著方向盤，下巴一挺露出堅決的樣子。

「我多少知道一點。她結婚的時候，我還是個孩子呢，但我聽說了一兩樁事件，而且我了解芃吉妮，所以不費吹灰之力就能把所有的事情連結起來。提姆．雷維爾一下子就愛上了芃吉妮，他是愛爾蘭人，你知道，非常有吸引力，他擁有可以充分表現自我的天賦。芃吉妮很年輕，才十八歲。她無論如何也擺脫不了提姆，因為他處在極度痛苦之中，並且發誓如果她不嫁給他，他就自殺或酗酒。女孩都相信這種鬼話——或者以前的人是這樣——八年來我們已經進化不少。芃吉妮覺得自己受了感動，有點不能自持。她嫁給了他……她對他一直就像個天使。如果她愛他，根本不會待他像天使一樣。芃吉妮就是這樣的人，不過我可以告訴你一件事，她熱愛自由。不管是誰，如果想要剝奪她的自由，等於是給自己找麻煩。」

「不知道你為何要告訴我這些？」安東尼慢慢問道。

「多知道一點別人的情況不是滿好嗎，是吧？至少有些人是這樣認為。」

「我是滿想知道的。」安東尼承認道。

「而且你從芃吉妮那裡一定聽不到這些。但是你可以相信我，我能提供你內線消息。芃吉妮的確是個可人兒，甚至女人也喜歡她，因為她不像一般女人那樣裝腔作勢。再說了，無論如何，」疾如風最後含糊地說道，「人還是得消遣過活，不是嗎？」

「哦，當然。」

安東尼表示贊同。但他還是搞不懂為何疾如風不等他問就一股腦兒說了這麼多。然而他也不否認，他對此倒是滿高興的。

「嗨，有電車了。」疾如風嘆口氣說道，「現在，我得慢慢開了。」

「還是慢點好。」安東尼說道。

在開車快慢這個問題上，他和疾如風的想法很難達成共識。駛離能瘋狂開車的郊區後，他們最後來到牛津街上。

「開得不壞吧？」疾如風瞄了一眼手錶說道。

安東尼趕緊點點頭。

「你想在哪兒下車？」

「哪兒都行，你走哪條路？」

「我走騎士橋那邊。」

「好吧，就在海德公園停一下吧。」

「再見。」疾如風把車停在指定的地點後說道，「你回去怎麼辦？」

「我會自己想辦法回去的，多謝了。」

「我把你給嚇著了。」疾如風俏皮地說道。

「坐你的車對神經衰弱的老年婦女來說，可不能算是養生之道，但我個人還是很喜歡。我上一次遇到同樣的危險，是被一群野象追在身後的時候。」

「你太野蠻了。」疾如風說道，「今天我可一次都沒有顛簸到你。」

「如果是我的緣故讓你沒過足癮，那我向你道歉。」安東尼反擊道。

「我覺得男人也不過爾爾。」疾如風譏諷地說。

「你太損人了。」安東尼說道，「我只好蒙羞退下。」

疾如風點點頭開車走了。安東尼揮手叫了輛路過的計程車。

「到維多利亞車站。」他鑽進汽車說道。

到達維多利亞車站後，他付了車費便去打聽多佛的下一趟火車幾點開，不幸的是他剛剛錯過一班。

安東尼無可奈何地在附近等了一個多小時，不停地來回走著，眉頭擰成了結，還不時煩躁地搖搖頭。

去多佛的路上倒是平安無事。到了目的地以後，安東尼馬不停蹄地從車站出來，之後好像突然想起什麼似的又轉了回去。他微笑著向路人打聽如何才能到達蘭利路的赫斯特密。

去蘭利路的路程很長，直接通向鎮外。按照搬運工的說法，赫斯特密是最後一棟房子。安東尼一步步向那裡走去，他眼角的小皺紋又浮現出來，不過緊張中帶著興奮。通常每次他覺得危險就在身邊時都是這樣。

正如搬運工說的那樣，赫斯特密是蘭利路的最後一棟房子。房子比較靠後，占了不小的一塊地，看起來有些荒涼，與周圍的景觀很不協調。安東尼判斷這個地方一定已經空了好幾年。一扇大鐵門嘎吱嘎吱地在門樞上搖晃著；門柱上的名字已經有些模糊不清。

「一個荒涼的地方，」安東尼自顧自地嘟囔著，「選的地方倒是滿不錯。」

他遲疑了一會兒，往前後看了看……街上很僻靜，然後悄悄地溜進嘎吱作響的大門，來到荒草叢生的車道上。他沿著車道走了幾步，再站住側耳傾聽。他離房子還有一段路，四周一片寂靜。頭頂一棵樹上幾片率先變黃的樹葉輕輕落下，發出些許沙沙聲，在寂靜之中好像預示著凶兆。安東尼嚇了一跳。過了一會兒他笑了笑。

「過度緊張，」他自言自語道，「我以前還從未這樣過呢。」

他沿著車道繼續走去。這時車道轉彎了，於是他潛入旁邊的灌木叢。這樣他可繼續向前走，而不會被房子裡的人看到。突然，他停了下來，從枝葉間向外望去。遠處有隻狗叫了起來，好像是附近的什麼聲音吸引了安東尼的注意力。

他敏銳的耳朵沒弄錯，一個人從房子拐角處快步走了過來，是個身材粗短的男人，一個外國人。他腳步沒停繼續快步走著，轉過房子拐角又消失了。

安東尼點點頭。

「哨兵，」他嘟囔道，「他們想得還滿周全的。」

哨兵剛一過去，安東尼就向前走去，接著向左一拐，循著哨兵的腳印向前摸去。

他盡量不讓腳步發出任何聲音。

房子的壁牆就在他右邊，這時他腳旁的石子路上射下一束微光。他可以清楚聽到幾個人在說話。

「我的天哪！這幫傻瓜。」安東尼嘟囔了一句，「居然這麼疏忽，倒是該嚇嚇他們。」

他悄悄走到窗口，稍微彎下腰以免讓人看見。這時他慢慢抬起頭，眼睛高過窗台向裡邊望去。

六個人散坐在一張桌子周圍，有四個人高馬大的壯漢，一個個高顴骨，眼睛斜睨，活脫脫是一群匈牙利人。另外兩個人則獐頭鼠目，來回打著手勢。他們說的是法語，但是那四個大漢說得不很流利，另外還帶著沙啞的喉音。

「頭兒呢？」其中一個吼道，「他什麼時候回來？」

一個小個子聳聳肩。

「隨時都有可能。」

「時間也差不多了。」第一個人又吼道，「我從來沒見過你們的頭兒。不過，這些天要不是在這兒乾等，我們已經幹了多少驚天動地的事！」

「笨蛋！」另一個小個子尖刻地說，「你們要是能幹什麼大事，也不過就是讓警察逮個正著！」

「啊哈！」另一個大漢叫道，「你想侮辱紅手黨同志？我馬上就把紅手記號塗到你的喉嚨上。」

他凶狠地瞪著那個法國人，兩手一撐要站起來，但他的一個同伴又把他按坐回去。

「別吵了。」他咕噥道，「我們應該合作，就我所知，這個維克托國王還不是個說話不算話的人。」

安東尼站在暗處，聽到那個哨兵又轉回來的腳步聲，趕緊退到一個灌木叢後邊。

「是誰？」裡邊有人問。

「卡洛，在巡邏呢。」

「哦！那個被囚禁的人怎麼樣了？」

「他沒事，甦醒得很快，差不多從我們給他腦袋來那一下子之後就很快恢復過來。」

安東尼輕悄悄地走開。

「上帝！這幫笨蛋。」他低聲道，「他們開著窗子毫無顧忌地談論自己的勾當，還有那個卡洛，走起路來腳步聲就像是大象似的……眼睛卻跟蝙蝠一樣。尤其不像話的是，黑楚斯洛克人和法國人好像要起內訌。看來維克托國王的老窩麻煩也不少。這倒讓我滿高興的——

太高興了——可以給他們個教訓。」

他站在那裡遲疑了一陣子，不由得又暗自笑了起來。

他腦袋上面的某個地方傳來一陣低悶的呻吟聲。

安東尼抬頭向上看了看，呻吟聲又傳了過來。

安東尼很快地環顧左右。卡洛一時之間還不會走回來。他抓住笨重的雨水管敏捷地向上爬去，爬到上邊一層的窗台。窗子關著，不過他用隨身帶著的工具很快就把拉手給撥開了。

他停下來聽了聽，然後輕輕跳進房間裡。在遠處的牆角有一張床，床上躺了一個人。光線很暗，只能約莫看出那個人的輪廓。

安東尼走到床邊，用袖珍手電筒照了照那個人的臉。是個外國人，臉色蒼白憔悴，頭上包著厚厚的繃帶。

這個人的手腳都被捆著，他瞪著安東尼好像驚呆了似的。

安東尼俯下身子，然而就在這時候，他聽到身後有聲音，馬上轉身過去，手向大衣口袋摸去。

但是，一個嚴厲的聲音阻止了他。

「把手舉起來，小子。你不會想到居然在這兒碰到我吧？我剛好在維多利亞車站跟你坐了同一班車。」

站在門口的是海勒姆・費許先生。他臉上笑著，手裡握著一把自動手槍。

25 煙囪屋的星期二晚上

晚飯後，卡特漢爵士、芃吉妮和疾如風一起坐在圖書室裡。這是星期二晚上，距離安東尼十分戲劇性的出走已經有三十個小時了。

疾如風至少是第七遍重複安東尼分手時在海德公園轉角處所說的話。

「『我自己想辦法回去。』」芃吉妮心事重重地叨唸著，「這樣說來，他好像並沒打算離開這麼久，而且他的東西也都還在這裡。」

「他沒告訴你他要去什麼地方？」

「沒有。」芃吉妮說道，眼睛直愣愣地看著前方。「他什麼都沒對我說。」

接著大家都不再說話，屋裡靜了好一會兒。卡特漢爵士首先打破了沉默。

「總而言之，」他說道，「擁有一家飯店比擁有一棟鄉間別墅要強得多。」

「意思是……」

「飯店的房間裡都有一張住客須知，想離開的客人必須在十二點之前通知櫃檯。」

芃吉妮笑了笑。

「我敢說，」他繼續說道，「我是太守舊、太不切實際了。我知道，現在的流行作風是隨便你搬來搬去。跟飯店的想法一樣……絕對的行動自由，而且到最後都不用付帳！」

「你太不知足了。」疾如風說道，「你已經有了芃吉妮和我，你還想要什麼？」

「夠了，已經夠了。」卡特漢爵士趕緊向她們保證。「我根本沒有這個意思。我講的是原則問題。原則總叫人感到不得安寧。我非常願意承認過去這二十四小時簡直太好了。平靜，平靜得不能再平靜了。沒再發生盜竊或其他暴力犯罪，沒有警探，沒有美國人。我抱怨的是，如果我真的覺得安全的話，我本來可以過得更舒服一些。你們看，這一整天我都在對自己說：『再過一會兒他們兩個必定有一個人會回來。』這種想法攪得我不得安寧。」

「好吧，誰都沒回來。」疾如風說道，「我們被不在乎地扔在一邊，沒人理會。事實上，費許也是不明不白地離開，他有留下什麼話嗎？」

「什麼都沒說。我上一次看到他還是昨天下午，他正在玫瑰園裡散步，抽著那種讓人感覺很難受的雪茄。從那以後他好像突然消失在空氣中了。」

「一定是被綁架了。」疾如風十分肯定地說道。

「再過一兩天，我覺得可能就要找蘇格蘭警場的人在湖裡撈他的屍體了。」她的父親陰鬱地說道，「我也是活該。這段時間我該悄悄地出國靜養一下身體，幹嘛非要攪和到喬治．

洛馬士的狗屁計畫中去。我……」

他的話被崔威爾打斷了。

「嗯，」卡特漢爵士急躁地說，「什麼事？」

「那個法國探長來了，爵士。希望你給他幾分鐘時間。」

「我對你怎麼說來著？」卡特漢爵士說道，「我就知道又有事了。看來，他們已經在金魚池裡找到費許的屍體了。」

崔威爾極其敬重地把他帶回正題。

「我是不是該對他說你要見他，爵士？」

「對，對，把他帶過來吧。」

崔威爾走了出去，過了一會兒，他走回來陰沉地說道：「勒穆恩先生。」

法國人邁著輕快的步子走了進來。比起平靜的外表，他急匆匆的腳步顯露出他有急事。

「晚安，勒穆恩。」卡特漢爵士說道，「想喝點什麼？」

「多謝，不喝了。」說著他一絲不苟地向女士們鞠了個躬。「我終於有進展了。在這裡，我覺得有必要把新的發現告訴你……我在過去二十四小時內的重大發現。」

「一定發生了重大事件。」卡特漢爵士說。

「我的爵士，昨天下午你的一位客人莫名其妙離開了。我必須告訴你，從一開始我一直在懷疑他。這個人的背景很有問題。兩個月前他在南非，在那之前他在什麼地方呢？」

芃吉妮倒吸了一口冷氣。法國人懷疑的眼光在她的身上停了一會兒，接著他繼續說道：

「在那之前，他在什麼地方？誰也說不清楚。而且他也和我正要找的人很接近……放蕩，大膽，無所顧忌，是個什麼事都敢幹的人。我給南非發了一封又一封電報，但未得到任何有關他身世的資料。是的，十年前他在加拿大，但是在那以後呢，一無所知。我的疑心愈來愈重。接著有一天，我拾到一張他丟棄的紙片，上面有個地址……是多佛一棟房子的地址。後來，我假裝碰巧把那張紙掉在地上。我注意到那個黑楚斯洛克人鮑黎世把紙撿起來交給他的主人。我一直都懷疑這個鮑黎世是紅手黨同志的密使。我們知道在這件事上維克托國王與紅手黨聯手合作了。如果鮑黎世認出安東尼．凱德先生就是他的上司，他是不是會這樣做呢……改為效忠新主人？要不然他為何讓自己依附於一個毫不相干的陌生人？很值得懷疑，真的，這很值得懷疑。

「但是安東尼．凱德馬上就把這張紙拿來給我，還問是不是我掉的，這下子就連我也差點被他騙過。正如我所說的，我差點被他愚弄了……但還是理智地回過神來！他這樣做有可能表示他是清白的，但也可能意味著他非常聰明。當然我沒承認紙是我的或是我掉的。不過在此同時我派人去調查，今天才得到消息。多佛那棟房子裡的人突然棄它而去，但是直到昨天下午，那裡還住著一群外國人。毫無疑問，那裡是維克托國王的老巢。現在我搞明白這些環節的重要性。昨天下午，凱德先生突然從這裡離去。自他掉了那張紙後，他一定知道再也瞞不下去了。他去了多佛，馬上把那幫人解散。我還不知道他下一步打算做些什麼，但有一點很清楚：安東尼．凱德先生再也不會回到這裡了。就我所了解的維克托國王，我肯定他不會輕易放棄那些珠寶。屆時就是我抓住他的時候！」

芃吉妮突然站了起來。她走到壁爐前冷冰冰地開口。

「我想你還有一件事沒有解釋，勒穆恩先生，」她說道，「凱德先生不是昨天唯一神祕失蹤的客人。」

「夫人，你的意思是？」

「你剛才所說的也完全適用於另一個人。海勒姆．費許先生又怎麼樣了呢？」

「哦，費許先生！」

「是的，費許先生。你第一天晚上不是對我們說，維克托國王最近從美國來到英國嗎？費許先生也是從美國來到英國。他確實是帶著介紹信，是一個非常有名的人幫他寫的，但是對於維克托國王這種人來說，這種事算是小意思。他必定不是他扮演的那個人。卡特漢爵士就說過，每當談到他這次來要看的第一版肖像畫時，他總是閉口不語，永遠是個陪聽的客人。而且他還有很多可疑的舉動。謀殺案那天晚上，他屋裡的燈曾經亮過。還有那天晚上在會議室的事情……我在露台上碰見他的時候，他穿得整整齊齊。那張紙也可能是他掉的。你並沒有親眼看到那是從凱德先生身上掉出來的。凱德先生是有可能去了多佛，如果他真去了，也只是為了調查。他可能被人綁架了。我的意思是，費許先生的行動要比凱德先生的舉動可疑多了。」

法國人的聲音響了起來。

「從你的觀點出發，有可能是正確的，夫人。我不會和你爭辯，而且我同意費許先生的確有可疑之處。」

「所以呢？」

「但這沒什麼差別。你知道，夫人，費許先生是平克頓偵探事務所的人。」

「什麼？」卡特漢爵士叫道。

「是的，卡特漢爵士。他到這裡來是為了抓維克托國王。巴鬥主任和我對此早就知情。」

芃吉妮什麼也沒說。她又慢慢坐下來。剛才勒穆恩說的那幾個字，使她精心編織起來的分析架構一下子就崩盤了。

「你看，」勒穆恩繼續說道，「我們都知道，最後維克托國王一定會到煙囪屋來的。在這裡我們必定能逮到他。」

芃吉妮眼睛裡閃著奇怪的光，她突然笑了起來。

「你還沒逮到他呢。」她說道。

勒穆恩莫名其妙地看著她。

「是的，夫人。不過我會的。」

「據說他以善於愚弄人著稱，對吧？」

法國人氣得變了臉色。

「這次不一樣了。」他堅定地說。

「他很有吸引力。」卡特漢爵士說道，「非常有魅力。但是，為何你說他是你的一個老朋友，芃吉妮？」

「理由就在這兒，」芃吉妮鎮靜地說，「我認為勒穆恩先生搞錯了。」

她靜靜地看著注視著她的探長，不過他一點都沒顯露出挫敗的跡象。

「時間會證明的，夫人。」他說道。

「你認為邁克王子是他殺的嗎？」她問道。

「當然。」

但是芃吉妮搖了搖頭。

「哦，不對！」她說，「不對！這點我相當肯定。安東尼．凱德從未殺過邁克王子。」

勒穆恩正專心地盯著她。

「你有可能是對的，夫人。」他慢條斯理地說道，「但只是有可能，僅此而已。也可能是那個黑楚斯洛克人鮑黎世逾越了自己的任務開了槍。誰知道呢，邁克王子也可能與他交惡，於是這傢伙就伺機報復。」

「他看來倒像是個危險人物。」卡特漢爵士附和道，「我敢說他在走道裡經過女僕身旁時，她們都會驚聲尖叫。」

「好吧。」勒穆恩說道，「我現在必須走了。我覺得你有權利確切知道事情的來龍去脈，爵士。」

「太謝謝你了，真的。」卡特漢爵士說道，「確定不想喝點什麼嗎？那好吧，晚安。」

「我討厭那個人，討厭他呆板的小黑鬍，還有眼鏡。」他剛關上門，疾如風就接著說，「我希望安東尼能好好整整他。要是看到他氣得直跳腳就太好了。你怎麼看呢，芃吉妮？」

「我不知道。」芃吉妮說道，「我累了，得上床睡覺了。」

「好主意，」卡特漢爵士說道，「都十一點半了。」

芃吉妮穿過寬敞的大廳時，看到一個熟悉的寬大背影小心地從側門消失了。

「巴鬥主任！」她急切地叫道。

確實是主任，他有點不情願地收回腳步。

「什麼事，雷維爾夫人？」

「勒穆恩剛才來過。他說……告訴我，費許先生是不是真的是美國偵探？」

巴鬥主任點點頭。

「沒錯。」

「你一直都知道？」

巴鬥主任又點點頭。

芃吉妮轉身向樓梯走去。

「我知道了。」她說道，「謝謝你。」

直到這一刻，她不得不相信了。

那麼現在呢……

坐在自己房間的梳妝台前，她又一次思考起眼前的問題來。安東尼對她說過的話又浮現在她耳畔，每一句都意味深長。

這是不是他所說的「差事」？

那件他已經放棄的差事。可是現在……

她的沉思被突然發出的聲音打斷了。她吃驚地抬起頭來。她的小金錶顯示現在是一點多了。她已經坐在那裡想了大約兩個多小時。

接著又傳來一聲，是敲擊窗櫺的清脆響聲。芃吉妮走過去打開窗子。下面的走道上站著一個大個子，就在她向外看的時候，他還彎下身子去撿石子。

剎那間，芃吉妮的心跳加快了速度……她認出了黑楚斯洛克人鮑黎世那魁梧的身軀和寬大的輪廓。

「喂，」她低聲應道，「什麼事？」

她這時並沒有想到，鮑黎世三更半夜朝她窗子扔石子是不是奇怪的事。

「什麼事？」她不耐煩地重複道。

「我從主人那兒來。」鮑黎世的聲音不大，但聽得很清楚。「他要我來叫你。」他一本正經地說道。

「叫我？」

「對，他要我帶你去他那兒。這是他的條子，我扔上去給你。」

芃吉妮向後一站，一張小紙條包著一顆石子準確地落在她的腳旁。她把紙條撿起來打開唸道：

親愛的……我的情況很糟，不過我還有機會。你能不能相信我，到我這裡來？

芃吉妮呆呆地站在那裡，動也不動地把那張字條看了一遍又一遍。

她抬起頭來，環視房間裡的淨壁華床，彷彿是第一次看到它們似的。

然後她又探身到窗外。

「我該怎麼做？」她問道。

「探長們住在樓房的另一頭，在會議室的外邊。你下樓從側門出來。我會在外面等你，我在路邊準備了一輛車。」

芃吉妮點點頭。她快速換下衣服，穿上一件鹿皮馬甲，戴上一頂鹿皮帽子。

接下來，她笑著給疾如風寫了張便條，別在針墊上。

她悄悄摸下樓來，打開側門的門閂。她只猶豫了一瞬間，然後勇敢地晃晃頭，就像她的祖先義無反顧地參加十字軍時那樣走了出去。

26 十月十三日

十月十三日星期三上午十點，安東尼・凱德走進哈理奇飯店，詢問住在那裡的洛洛普賴奇男爵的房間號碼。

等了一段時間以後，安東尼被領了進去。男爵正筆直地站在爐前的地毯上。小個子安德拉上尉也在場，同樣地一絲不苟，不過略微帶點敵意。

雙方一陣鞠躬，磕腳後跟以及其他問候的禮儀鼓譟了一陣。安東尼現在已經對這些慣用儀式很熟悉了。

「我相信你會原諒我這麼早貿然來訪，男爵。」他高興地說道，把自己的帽子和手杖放在桌子上。「事實上，我有點生意要與你談談。」

「哈，是這樣嗎？」男爵說道。

打從一開始就沒相信安東尼的安德拉上尉，用懷疑的眼光看著他。

「生意，」安東尼說道，「一向是以供求原則為基礎。你想要一些東西，另一個人手裡有這些東西。唯一要決定的就是價格了。」

男爵專注地看著他，但什麼也沒說。

「要在黑楚斯洛克貴族和英國紳士之間達成協定應該很容易。」安東尼趕緊說道。

他說話的時候臉都有些紅了。英國人很少會說出這樣的話，但他以前和男爵打交道時，發現這種措辭對對方非常有效。果真見效，符咒起了作用。

「是的。」男爵點頭贊同道，「你完全說對了。」

即使是安德拉上尉，也點點頭放鬆了些。

「很好。」安東尼說道，「我不用再旁敲側擊了……」

「什麼意思，你剛才說的？」男爵插話道，「旁敲側擊？我不懂。」

「只不過是一種修辭的語法，男爵。用平常話說就是，你想要的東西在我們手裡！大船是很不錯，但是還缺少個船頭的舵手。我說的大船指的是黑楚斯洛克的保皇黨。現在，你們還缺少推行你們方案的首要支柱。那就是還缺一個王子！現在假設……只是假設，如果我能提供一個王子給你呢？」

男爵驚訝得說不出話來。

「我一點都沒聽懂。」他說道。

「先生，」安德拉上尉使勁地撚著自己的鬍子說道，「你在侮辱我們！」

「一點都沒有。」安東尼說道，「我想幫幫你們。供求的關係你們也知道，完全是公平的。不是真的王子不算數，你們可以看商標。如果我們能達成協定，你們會發現一點都不吃虧，我給你們的是貨真價實的，保證壓箱底的真貨。」

「我一點都……」男爵又說道，「不理解你的意思。」

「沒關係。」安東尼和氣地說，「我只想讓你知道這個想法。說句俗話，我手裡有貨。你搞懂這點就行了。你們需要一個王子，在某種條件下，我能提供一個給你們。」

男爵和安德拉瞪著他，安東尼拿起自己的帽子和手杖準備離開。

「考慮一下吧。對了，男爵，還有一件事，今天晚上你必須到煙囪屋來。安德拉上尉也來吧。那裡會發生一些非常奇怪的事。我們能約好時間嗎？比如說，九點在會議室怎麼樣？謝謝兩位，但願你們準時到來。」

男爵向前邁了一步，盯著安東尼的臉，好像要在他臉上找到什麼東西似的。

「凱德先生，」他嚴肅地說，「你不會是想拿我們開玩笑吧？」

安東尼靜靜地看著他。

「男爵，」他說道，口氣中帶著一種奇怪的語調。「過了今天晚上，我想你會第一個發現這件事不是玩笑，而是真誠和好意。」

他向兩人致禮後走了出去。

他的第二個拜訪對象——赫曼・艾薩斯坦先生，他住在市中心，他把自己的名片遞了進去。等了一會兒，出來一個面色白皙、穿著講究的下屬，態度很和氣。

「你想見艾薩斯坦先生？」年輕人說道，「恐怕今天上午他很忙，要開董事會，一大堆事情要處理。我能為你做些什麼嗎？」

「我必須見他本人。」安東尼說道，接著又隨口加了一句：「我是從煙囪屋來的。」

年輕人聽到煙囪屋時稍微有點猶豫。

「哦！」他半信半疑地說，「好吧，我去說說看。」

「告訴他是要緊事。」安東尼說道。

「卡特漢帶來的消息？」年輕人猜道。

「差不多。」安東尼說道，「我必須立刻見到艾薩斯坦先生。」

兩分鐘後，安東尼被引進一間奢華的密室，看到房間裡又寬又深的皮面扶手椅，他感觸頗深。

艾薩斯坦先生站起來向他致意。

「你必須原諒我貿然來訪。」安東尼說道，「我知道你很忙，也不想占用你太多時間。我只想和你面談一件重要的事。」

艾薩斯坦瞪著他那圓溜溜的眼睛看了一會兒。

「抽根雪茄。」艾薩斯坦遞上一個打開的盒子，出乎意料地說道。

「多謝。」安東尼說道，「那就來一根。」

他拿了一根。

「是關於黑楚斯洛克的事。」他注意到對方靜靜凝視的眼光中突然一閃，接過了火柴繼續說道，「邁克王子被殺一定讓你們措手不及。」

艾薩斯坦先生揚起一邊的眉毛，低沉地吭了一聲「啊？」這好像是在發問，然後目光轉向天花板。

「石油。」安東尼說道，目光意味深長地盯著光亮的桌面。「神奇的東西，石油。」

他感覺到金融家微微震動了一下。

「不妨有話直說，凱德先生。」

「當然。艾薩斯坦先生，如果那些石油的特許權被授予另一個公司，你不甘心吧？」

「有什麼建議？」對方直直地看著他問道。

「一個合法的王位繼承人，完完全全的親英派。」

「從哪兒弄來的？」

「那是我的事。」

艾薩斯坦聽了此話後微微一笑，然後眼神變得銳利而堅定。

「確定是真的？我可不要冒牌貨。」

「絕對貨真價實。」

「很快？」

「很快。」

「我希望能相信你。」

「看來你還不怎麼確定？」安東尼好奇地說道。

赫曼・艾薩斯坦笑了笑。

「如果我聽不出一個人說的是不是實話，就到不了現在這個位置了。」他直截了當地說，「你有什麼條件？」

「你提供給邁克王子的貸款、條件，一切我都要比照辦理。」

「你自己呢？」

「目前什麼都不要，只要你今晚來煙囪屋。」

「不行。」艾薩斯坦堅決地說道，「我辦不到。」

「為什麼？」

「有個吃飯的應酬，非常重要的聚會。」

「恐怕你必須取消，這是為了你自己。」

「你是什麼意思？」

安東尼瞅了他好一會兒才慢慢說道：「你知道嗎，他們已經發現了左輪槍，那把殺害邁克的凶器。知道他們是在哪兒找到的嗎？在你的手提箱裡。」

「什麼？」

艾薩斯坦差點從他坐的椅子上跳起來，臉憤怒得變了形。

「你在說什麼？你是什麼意思？」

「我告訴你吧。」

安東尼非常有禮貌地講述左輪槍被發現的經過。他講話的時候，對方陷入巨大的恐慌中，臉上蒙上一層陰影。

「這不是真的。」安東尼剛一說完他就叫了起來。「不是我放的，我根本就不知情。這是個陰謀！」

「別太激動。」安東尼用安慰的口吻勸道，「如果不是你幹的，你很容易就可以替自己辯白。」

「說清楚？我怎麼說？」

「如果我是你，」安東尼柔聲說道，「今天晚上會來煙囪屋。」

艾薩斯坦半信半疑地看著他。

「你的意思是？」

安東尼靠上前去小聲說了幾句話。金融家驚訝地往椅背一倒，目瞪口呆地看著他。

「你確切的意思是……」

「你自己來看吧。」安東尼說道。

27 十月十三日（續）

會議室的鐘敲了九下。

「好吧。」卡特漢爵士深深地嘆了口氣說道，「他們來了，就跟小不點的羊群似的又回來了，屁股上的尾巴還搖個不停。」

他悲傷地環視房間。

「有賣唱的，還有耍猴戲的，」他嘟囔著，眼睛盯在男爵身上。「斯羅莫頓街的好事者……」

「我覺得你對男爵偏見太深了。」疾如風聽到爸爸的評論後抗議道，「他還對我說，在貴族階層中，你是代表英國人親切好客的最佳典範呢。」

「我只能說，」卡特漢爵士說道，「他一開口就是這種鬼話。就因為這樣，我才討厭跟他說話。我可以告訴你，我現在再也不是什麼殷勤好客的英國紳士了。一有可能，我馬上就會把煙囪屋轉讓給一個精明的美國人，然後搬到飯店去住。在那裡，如果有什麼人煩你，你可以馬上結帳走人。」

「高興點。」疾如風勸道，「看來我們永遠失去費許先生了。」

「我一直都覺得他挺有趣的。」卡特漢爵士完全陷入一種矛盾的心情中，「還不是你那個寶貝的年輕人又把我給攪和進來。偏要我在這房子裡召開董事會？他為什麼不在拉爾奇斯或愛姆赫斯，或是類似史特雷姆的小別墅租個地方在那兒開他的公司會議？」

「氣氛不對。」疾如風說道。

「不會是有人要耍我們吧？」她父親緊張地說，「我不信任那個法國人勒穆恩。法國警察詭計多端，會把印度橡膠套在你的手上，然後給你羅織罪名要你跳起來，接著就看溫度計。我知道他們一喊：『是誰殺了邁克王子？』我的體溫就會急遽升高，然後他們就會把我抓起來關進大牢。」

門開了，崔威爾宣布道：「喬治・洛馬士先生。奧維里先生。」

「老鱈魚來了，後面還跟著一隻哈巴狗。」疾如風低聲說道。

比爾直接朝她走來，喬治則拿出平日在公共場合那副和藹的面孔與卡特漢爵士寒暄。

「親愛的卡特漢，」喬治一邊說一邊和他握手。「我收到你的消息後就趕來了。」

「真是太好了。我親愛的朋友，真是太好了。很高興見到你。」卡特漢爵士又昧著良心大做起殷勤的主人來，但他心裡明白得很。他說：「不能說是我發布的消息，不過這也沒什麼關係。」

與此同時，比爾小心翼翼地向疾如風展開攻勢。

「到底是怎麼回事？我聽說芃吉妮半夜裡忽然走了？她不是被綁架了吧？」

「哦，不。」疾如風說道，「她很正式地在針墊上別了張紙條。」

「她不是跟什麼人一起走的吧？不是和那個殖民地來的傢伙走的吧？我一點都不喜歡那個傢伙，而且就我所知，好像有傳言說他是個大壞蛋。但我倒沒看出來。」

「為何沒看出來呢？」

「嗯，那個維克托國王是法國人，而凱德絕對是英國人。」

「你碰巧不知道維克托國王是個出色的語言學家，而且，他還是半個愛爾蘭人呢！」

「哦，天哪！這就解釋了為何他避不見面，對吧？」

「我不知道他為何避不見面。他是前天失蹤的。但今天上午我們接到他發的電報，說他今天晚上九點要來。這裡所有的人也都來了……都是凱德先生邀請的。」

「這是個聚會。」比爾看看四周說道，「窗口是法國警探，壁爐旁是個英國警探。有好幾個外國人，那個代表星條旗的好像沒來？」

疾如風搖搖頭。

「費許先生好像石沉大海了。芃吉妮也不在這兒。不過其他人都來了。而且我有一種感覺，比爾，我們已經非常接近那個關鍵時刻，只差有人說一句『就是他』，然後便真相大白。現在我們就等安東尼．凱德到來。」
「他不會來了。」比爾說道。
「那他為何還要召開這個公司會議？我爸爸是這麼說的。」
「啊，這背後可大有文章。也許把我們都叫到這裡來，而他去了別的地方……你知道這種事，調虎離山之計。」
「你覺得他不會來了？」
「無所畏懼地把自己的腦袋往獅子嘴裡放？這是幹嘛？屋子裡全是警探和大官。」
「你還不了解維克托國王，如果你認為這就可以嚇倒他的話。據大家說，他很喜歡冒這種險，而且他總能化險為夷。」
奧維里先生半信半疑地搖搖頭。
「這樣太麻煩了。現在情況明顯對他不利，他一定不會……」
「凱德先生到！」
安東尼直接走到他的東道主面前。
「卡特漢爵士，」他說道，「我給你帶來了這麼多麻煩，心裡實在過意不去。不過我保證今晚一切都會水落石出。」
聽了他這幾句話，卡特漢爵士看起來很是受用。他一直都滿喜歡安東尼。
「一點麻煩都沒有。」他高興地說。

「你真是太好了。」安東尼說道，「我看，大家都來了，那我就可以開始工作了。」

「我不懂，」喬治．洛馬士心事重重地說，「我一點都搞不懂。太不正常了。凱德先生的身分……總之他沒這種身分地位。現在情況非常複雜微妙，我的看法是……」

喬治的話匣子蓋上了。巴門主任不動聲色地來到他身邊對他耳語了幾句。喬治顯得有些困惑和為難。

「那好吧，既然你這麼說。」他勉強說了這麼一句話，然後又大聲加了一句：「我相信大家都願意聽聽凱德先生有什麼話要說。」

安東尼沒理會他明顯送人情的語氣。

「只是我的一點看法，僅此而已。」他輕快地說道，「也許大家都知道，前幾天我們得到一個寫了密碼的資訊。提到了里奇蒙，還有一些數字。」他頓了一下。「嗯，我們試著解開它，結果失敗了。我忽然想起在已故史泰畢伯爵的回憶錄中——我碰巧看過這本手稿——曾經提過一次晚餐，一次『戴花』宴會，參加宴會的人都要在胸前戴一個標記，代表一種花。公爵本人戴的就是我們在祕道裡發現的那個奇怪東西。它正是玫瑰。如果你們還記得的話，那些全是一排一排的東西——鈕釦、字母E，還有織成一排排的毛線織品。現在，各位，這房子裡有什麼東西是一排一排放著的呢？書，是不是？除此之外，卡特漢爵士圖書室的目錄上有一本書，書名是《里奇蒙伯爵的一生》，我想大家都非常清楚藏寶的地方了。從我們提到的這本書開始，用那些數字表示書架和書，我想你們就會發現……呃，我們要找的東西被藏在一本假書裡頭，或是在某本書後面的祕洞裡。」

安東尼謙虛地環視左右，明顯在等待掌聲。

「我說，真是太聰明了。」卡特漢爵士說道。

「太聰明了。」喬治做作地承認道，「不過還得等大家親眼看見……」

安東尼笑了起來。

「眼見為憑，是吧？好，我馬上就能證明給你們看。」他抬腳準備離開。「我要到圖書室去……」

他還沒邁步，勒穆恩從窗前走了上來。

「稍微等一下，凱德先生。卡特漢爵士，我可以自作主張嗎？」

他來到寫字檯前，匆忙寫了幾行字，用信封裝好，然後按響了電鈴。崔威爾應聲走了進來。勒穆恩把便條交給他。

「請馬上送出去好嗎？」

「是的，先生。」崔威爾說道。

同往常一樣，他邁著大步，莊嚴地走了出去。

安東尼剛才一直站著，有點拿不定主意，但又坐了下來。

「你有什麼高見，勒穆恩？」他輕輕問道。

空氣突然變得非常緊張。

「如果那些珠寶藏在你說的地方……嗯，既然已經藏了七年多，再多等一刻鐘也沒有關係。」

「所以呢？」安東尼說，「你不是只想說這些吧？」

「對。還有，在這個關鍵時刻，讓任何人離開這個房間都是不智的。尤其，如果那個人還有別的事不明不白的話。」

安東尼揚起眉毛，點上一根菸。

他尋思著，看來流浪漢的生活不受敬重。

「兩個月前，凱德先生，你在南非。這點查詢無誤。在那之前你在什麼地方？」

安東尼坐在椅子上向後靠了靠，悠閒地吐著菸圈。

「加拿大，荒涼的大西北。」

「你確定你沒被關在監獄裡嗎？在法國監獄裡？」

巴鬥主任自動地向門口邁了一步，好像要切斷通往那個方向的退路似的，但是安東尼還是一動不動。他反而瞪著法國探長，然後爆出一陣響亮的笑聲。

「可憐的勒穆恩，你簡直是著了魔！你把誰都當成了維克托國王。原來你把我當成了那位有趣的先生？」

「你否認嗎？」

安東尼把落在袖口的一點菸灰撣去。

「我從不隱瞞任何讓我覺得好笑的事。」他輕鬆地說，「但這種指控也太荒唐了。」

「哦，你是這麼認為？」法國人把身子向前傾，他的臉急遽地抽搐著，而且滿臉的困惑不解，好像搞不懂安東尼為何如此鎮定。「我告訴你，先生，這次……我是說現在這次……我是下定決心要逮著維克托國王。什麼也無法阻擋我！」

「志氣可嘉。」安東尼評論道，「不過你以前也決心要抓住他，對吧，勒穆恩？他一直都打敗你。你就不怕他會再一次打敗你嗎？聽說他是個狡猾的傢伙呀。」

這番談話，變成了法國探長和安東尼之間的決鬥。屋子裡的人都能感染到緊張的氣氛，這是兩個人之間的生死對決，法國人迫切地渴望成功；至於那個從容吸著菸的人呢，說起話來好像世界上沒什麼能讓他擔心的。

「如果我是你，勒穆恩，」安東尼繼續說道，「我會特別特別小心。小心謹慎，小心翼翼，大概就是這個意思。」

「這次，」勒穆恩冷酷地說，「不會再出錯了。」

「看來你倒是很有自信。」安東尼說道，「但是你知道的，任何事情都要講求證據。」

勒穆恩笑了，他那別有含義的笑容引起安東尼的注意。他站起來，把菸頭踩滅。

「你看見我剛才寫的那個字條了？」法國探長說道，「是寫給我在旅館裡的同事，昨天我收到法國寄來的維克托國王——也就是所謂的奧尼爾上尉——的指紋和柏蒂龍[8]測定數碼。我請他們把那些資料送到這裡來。再過一會兒，我們就能知道你是不是那個人了。」

安東尼鎮靜地注視著他，然後臉上微微露出笑容。

「你真的很聰明，勒穆恩，我一點都沒料到。等文件來了，你就引誘我把手指蘸上墨水，或是別種同樣令人不快的方法，然後你測量我的耳朵，查看我身上是否有不同的標記。如果吻合的話……」

「嗯，」勒穆恩說道，「如果它們吻合的話……」

安東尼從椅子上前傾身體。

「嗯，如果確實吻合的話，」他聲音非常輕。「那又怎麼樣？」

「那又怎麼樣？」探長好像有點吃驚。「那我就可以證明你是維克托國王！」

但他的臉上第一次露出不太確定的表情。

「那無疑會帶給你巨大的滿足。」安東尼說道，「但我看不出來這對我有什麼妨害。我什麼也沒承認，不過這樣假設好了——只是在論證的前提下——假設我是維克托國王，我也許是想來贖罪呢，你知道的。」

「贖罪？」

8 柏蒂龍（Alphonse Bertillon, 1853-1914），法國刑事科學家，一八八三年以人類學的知識，提出人身測量法作為個人鑑識的方法。

「就是這個說法。把你放在維克托國王的位置上，勒穆恩，發揮你的想像力。你剛從監獄裡出來，獲得了新生。你不再沉迷於冒險生涯。甚至說，你遇到一個美麗的姑娘。你想和她結婚，在鄉間住下來，閒暇時候種種南瓜什麼的，所以你決定從此開始過一種清白的生活。把你自己放在維克托國王的位置上，難道不可能有這種想法嗎？」

「我絕不會這樣想。」勒穆恩帶著嘲笑的口吻說道。

「也許你不會。」安東尼承認道，「不過你又不是維克托國王，對吧？你怎麼知道他會怎麼想？」

「你說的全都是廢話。」法國人氣急敗壞地說。

「哦，不，不對。想想看，勒穆恩，如果我是維克托國王，你究竟能指控我什麼？你不能再拿以前的事情來找碴。你還記得吧，我已經服過刑了，過去的都已經過去了。我想你只能以法語中『閒逛，有犯重罪的意圖』的理由逮捕我，但這很牽強，不是嗎？」

「你忘了，」勒穆恩說，「美國！那樁假冒尼古拉斯・奧博洛維奇王子詐騙後而溜走的醜聞，忘了嗎？」

「沒用的，勒穆恩。」安東尼說，「那時我根本就不在美國，而且我可以充分提出證明。如果維克托國王在美國假冒了尼古拉斯王子，那我就不是維克托國王。你確定他是冒牌貨？有沒有可能是王子本人？」

巴鬥主任突然插嘴進來。

「那人是冒牌貨，這點沒錯，凱德先生。」

「我不會反駁你，巴鬥。」安東尼說，「你一向都是對的。你也確定尼古拉斯王子死在剛果？」

巴鬥莫名其妙地看著他。

「我不敢打包票，先生，但大家都是這麼說的。」

「真慎重，你的座右銘是什麼？讓人自取滅亡，呃？我借用你的話，我已經給勒穆恩足夠的機會，現在該算帳了。我沒否認他的指控，不過都一樣啦，我恐怕要讓他失望了。你知道，我一直都相信，船到橋頭自然直。我料到這裡會發生不愉快的事，所以做了些準備，隨身帶了一張王牌。它……更確切地說，他在樓上。」

「樓上？」卡特漢爵士頗有興趣地插話道。

「是的，他最近受了一場災難，可憐的傢伙。腦袋被人重擊一下。我一直在照顧他。」

艾薩斯坦先生那低沉的聲音突然響了起來。

「我們能猜出他是誰嗎？」

「如果你願意……」安東尼說道。

勒穆恩突然狂暴地打斷他的話。

「一派荒唐。你以為這次又戰勝我了？你說你不在美國有可能是真的；如果不是真的，你那麼聰明，必定不會這樣說。但還有一件事，謀殺！對了，謀殺。謀殺邁克王子。那天晚上你在找珠寶的時候被他發現了。」

「勒穆恩，你聽說維克托國王殺過人嗎？」安東尼的聲音響亮起來。「你也知道的，你比我更清楚，他從來都沒殺過人。」

「除了你，還有誰會殺他？」勒穆恩叫道，「告訴我！」

他最後一個字剛說出口，外面露台上突然響起尖銳的哨聲。安東尼跳了起來，剛才的冷靜蕩然無存。

「你問我是誰殺了邁克王子？」他叫道，「我不告訴你，我要指給你看。那個哨聲是我一直在等待的信號。殺邁克王子的凶手現在就在圖書室裡。」

他從窗子跳了出去，其他人都跟著他從露台繞過去，一直來到圖書室的窗前。他推了一下窗子，窗子應聲而開。

他非常小心地掀起厚重的窗簾，這樣大家可以看到房間裡面。

裡面有個人站在書架旁手忙腳亂地把書抽出來又塞進去，這個人全部精力完全專注於手頭上的事情，全然未聞外面的聲音。

正當他們站在那裡，想要借助對方的手電筒所襯出的輪廓分辨到底是誰時，從他們身邊飛快地竄出一個人，咻地一聲像野獸一樣向裡面撲去。

手電筒掉到地上熄滅了，屋裡傳出猛烈的打鬥聲。卡特漢爵士摸到電燈開關，一下子按亮了燈。兩個人糾纏在一起，都要置對方於死地。

啪！突然傳來一聲槍響，小個子當場就摔在地上。另一個人轉過身來看著他們——是鮑黎世，他的眼睛裡充滿怒火。

「她殺死了我的主人，」他叫道，「剛才她又想對我開槍。我本來要把手槍從她手裡搶過來再殺了她，但她卻把自己打死了。聖麥可指引的，這個可惡的女人死了。」

「女人？」喬治．洛馬士難以置信地叫道。

他們走了過去。家庭教師布隆小姐躺在地上，手裡還握著她的槍，一臉凶相。

28 維克托國王

「我一開始就懷疑她。」安東尼解釋道，「案發那天晚上，她房間裡的燈曾經亮過。後來，我的信心動搖了。我去過布勒特調查她的情況，調查結果非常滿意，她就是她所說的那個人。我犯了個錯誤。因為布勒特女伯爵的確雇用過一個布隆小姐，而且對她的評價很高，我根本就沒想到真的布隆小姐可能在前往新崗位的路上被人綁架了，現在這個有可能是個冒牌貨。我反而把懷疑轉到費許先生身上。直到他跟蹤我去了多佛，我們把事情說清楚後，我才又明白過來。我知道他是平克頓的人，這次的任務是追蹤維克托國王，於是我又轉回到原來的懷疑對象。

「一直令我不安的是雷維爾夫人，她說過自己認識這個女人，後來我想到，她那番話是在我提及布勒特女伯爵的家庭教師之後的事。這樣一來，她所說的只能代表她見過這個女人的臉。巴門主任會告訴大家，有人陰謀阻止雷維爾夫人前來煙囪屋。事實上，是想用一具屍體把她絆住。雖然看起來人是被紅手黨給殺死的——死者背叛該黨而受到了懲罰——但是殺人的手法以及現場缺少紅手黨慣用的記號，都表明這件事是更高明的人所策畫的。剛開始，我懷疑可能與黑楚斯洛克有關。雷維爾夫人是這次聚會中唯一去過黑楚斯洛克的人。我最先懷疑可能有人冒充邁克王子，但是發現這種想法根本站不住腳。當我察覺到布隆小姐有可能是冒充的，而且雷維爾夫人又熟悉她的面孔時，我開始看到曙光了。顯然她不能被認出來，這一點很重要，而雷維爾夫人是唯一有可能認出她的人。」

「她是什麼人？」卡特漢爵士問道，「是雷維爾夫人在黑楚斯洛克時認識的什麼人嗎？」

「我想男爵可能會告訴大家。」安東尼說道。

「我？」男爵看了他一眼，然後轉過去看著地上的屍體。

「好好看看，」安東尼說，「別讓化裝騙過你的眼睛。她曾經是個演員，記得嗎？」

男爵又瞪著看了一會兒，突然好像受了驚似的。

「天哪，」他難以自持地說道，「不可能。」

「什麼不可能？」喬治問道，「這個女人是誰？你認出她了，男爵？」

「不，不，不可能。」男爵繼續嘟囔著，「她早就死了，兩個人都死了，在王宮的台階上，人們發現了她的屍體。」

「血肉模糊，無法辨認。」安東尼提醒他。「她玩了個李代桃僵的手法。我猜她跑到美國去了，在那裡待了好幾年，每天都擔驚受怕地躲著紅手黨。就是他們發動了革命，還記得吧？直截了當地說，他們下這麼大工夫就是為了她。後來維克托國王被釋放了，於是他們決定一起取回鑽石。那天晚上她正在找鑽石，突然邁克王子闖進來，而且認出了她。在正常情況下，她一點都不會害怕遇到他。貴族的客人一般不會跟家庭教師打交道，而且她可以假裝生病躲開不想見的人，男爵來的那天，她就是這樣躲過去的。

「然而，這次是在她毫無準備的情況下突然被邁克王子撞個正著，她的偷竊行為暴露無遺，緊急關頭她開了槍。然後她又把左輪槍放到艾薩斯坦的手提箱裡，好把事情搞得一團亂，而且那捆信也是她放回來的。」

勒穆恩向前走來。

「你說，那天晚上她下來搜索珠寶，」他說道，「她下來時可能見到了她的同夥維克托國王，不是嗎？他正從外面趕來，對吧？對此你怎麼說？」

安東尼嘆口氣。

「還盯著我不放呢，親愛的勒穆恩，你可真有毅力！你沒注意到我剛才說，我還有一張壓軸的王牌嗎？」

這時，腦筋還沒轉過來的喬治插了話。

「我還是沒弄清楚。這個女人是誰，男爵？你好像認出她了？」

男爵挺直身體，僵硬地站在那裡。

「你錯了，洛馬士先生。就我而言，這個女人我以前沒見過。她對我完全是個陌生人。」

「但是……」

喬治瞪著他，一臉的迷惑。

男爵把他拉到牆角，對他嘀咕了幾句。安東尼頗感興趣地看著他們，喬治的臉慢慢地變紫了，鼓脹了起來，顯現出中風的初期症狀。喬治嘶啞的低語聲傳到他耳裡。

「當然，當然……無論如何，一點都沒必要……把情況搞複雜了……要盡可能謹慎。」

「啊！」勒穆恩猛拍桌子叫道，「我才不管這些！邁克王子被殺，這與我無關。我只要維克托國王。」

安東尼輕輕搖搖頭。

「我真替你遺憾，勒穆恩。你是個很能幹的人。不過，還是一樣，你這回要輸了。我要打出我的王牌了。」

他穿過房間按響了電鈴，崔威爾應聲進來了。

「今天晚上有個先生和我一起來的，崔威爾。」

「是的，先生，是個外國先生。」

「沒錯，你能不能盡快把他請到這兒來？」

「是，先生。」

崔威爾走了出去。

「有請王牌，神祕的X先生。」安東尼對大家說道，「他是誰呢？有人能猜出來嗎？」

「顯而易見，」艾薩斯坦說道，「根據你今天上午神祕的提示，以及今天晚上的態度，我應該說，毫無疑問，你設法找到了黑楚斯洛克的尼古拉斯王子。」

「你也這麼想嗎，男爵？」

「是的。除非你給我們帶來另一個冒牌貨。但我不相信你會這樣做，我一直認為你做事很妥當。」

「多謝，男爵，我不會忘記你的話。你們都這樣認為？」

他的眼睛在所有人臉上掃視了一遍。只有勒穆恩沒吭聲，而是目光陰沉地定在桌子上。安東尼靈敏的耳朵已經聽到大廳裡傳來腳步聲。

「不過，你們看，」他神祕地笑了笑。「你們都錯了！」

他快步走到門口把門打開。

門口站著一個人——頷下長著整齊的鬍子，戴著眼鏡，一副紈褲子弟的樣子，不過頭上纏的繃帶破壞了整體的形象。

「請允許我給大家介紹，這位才是正牌法國保安局的勒穆恩先生。」

房間裡一陣忙亂，接著是一陣打鬥聲，然後海勒姆．費許先生濃重的鼻音在窗口冷冷地響了起來。

「不行，小子，此路不通。我在這兒守了一晚，就為了不讓你跑掉。小心，我的槍正對著你，而且沒上保險栓。我來這兒就是為了抓你，現在可逮到你了……但你也真是帶種！」

29 進一步解釋

「我想你得給我們解釋解釋，凱德先生。」那天夜裡稍晚，赫曼・艾薩斯坦說道。

「沒什麼好解釋了。」安東尼謙虛地說道，「我去了多佛，費許一直跟著我，以為我是維克托國王。我們在那兒發現一個被囚禁的陌生人。聽完他的故事後，我們就全都清楚了。老調重彈，你們知道。原來的探長被綁架了，另一個人，那個假的——在這個案子裡就是維克托國王本人——取代了他的位置。不過，巴鬥一直認為他的法國同行好像有點不對勁，於是就發電報給巴黎，要他的指紋和其他識別資料。」

「啊！」男爵叫道，「指紋，就是那個騙子說的柏蒂龍數碼？」

「那是個不壞的主意。」安東尼說道，「我相當敬佩，於是不得不演下去，我這麼做，讓那個假勒穆恩著實糊塗了一陣子。你們看，我一說出『行列』的祕密以及真正的藏寶所在，他便迫不及待地要把這個消息傳遞給他的同夥，而且把我們所有的人都集中在會議室。

那個便條實際上是寫給『布隆小姐』的。他讓崔威爾馬上把便條發出去，而崔威爾便把便條拿到樓上的教室裡。勒穆恩指控我是維克托國王，把人們的目光暫時轉移，同時防止任何人離開房間。等到一切都搞清楚了，我們一起去圖書室找寶石時，他就可以說，在那兒根本就找不到！」

喬治清了清喉嚨。

「我必須說，凱德先生，」喬治誇張地說，「我認為你處理這件事的做法很不妥當。如果你的計畫中有任何一個環節出現紕漏，我們的國寶就再也找不回來了。太莽撞了，凱德先生，莽撞得過頭了。」

「我想你沒弄懂他的意思，洛馬士先生。」費許先生慢條斯理地說，「那個具有歷史意義的鑽石根本就不在圖書室。」

「根本不在？」

「一直都不在。」

「你知道，」安東尼解釋道，「史泰畢伯爵那件小玩意代表的就是它原來的玫瑰。星期一下午我終於想到這一點時，就馬上去了玫瑰園。費許先生也有同樣的推理。如果背對著日晷，向前走七步，然後向左走八步，再向右走三步，就走到一株叫作里奇蒙的紅色玫瑰前。屋裡早被翻得底朝天，但就沒人想到在花園裡找一找。我建議明天早上大家一起去挖寶。」

「關於圖書室那些書的事……」

「是我的主意，為了當場逮著那個女人。費許先生一直在露台上觀察著，當令人興奮的時刻來臨時，他就吹哨通知我。我和費許先生在多佛那棟宅子實行了軍事管制，防止紅手黨和假勒穆恩取得聯繫。他命令他們趕緊撤離，而且也得到消息，知道他的命令被徹底執行。於是他就高高興興地繼續進行誣賴我的計畫。」

「啊，啊，」卡特漢爵士樂呵呵地說道，「看來一切都得到了圓滿的解決。」

「除了一件事。」艾薩斯坦先生說道。

「什麼事？」

大金融家定睛看著安東尼。

「你請我到這裡來幹什麼？就是為了讓我當一個旁觀者？」

安東尼搖搖頭。

「不，艾薩斯坦先生。你的時間太緊迫了，一寸光陰一寸金，你原先到這裡來的目的是什麼？」

「磋商有關貸款的事宜。」

「和誰？」

「黑楚斯洛克的邁克王子。」

「沒錯，邁克王子已經死了。你打算和他的堂弟尼古拉斯達成同樣的貸款協定嗎？」

「你能把他找來嗎？我以為他死在剛果了。」

「他是被殺了，是我殺的。哦，不，我不是殺人犯。我所謂的殺了他，是指我散布他死亡的消息。我答應給你一個王子，艾薩斯坦先生。我本人行不行呢？」

「你？」

「是的，就是我，尼古拉斯．瑟吉厄斯．亞歷山大．費迪南德．奧博洛維奇。對於我想過的那種生活而言，這個名字未免太長了點，所以我離開剛果後就有一個簡單的名字，安東尼．凱德。」

小個子安德拉上尉跳了起來。

「簡直太難以置信了，難以置信。」他急匆匆地咕噥著，「小心點，先生，不要閃到舌頭了。」

「我有足夠的證據。」安東尼靜靜地說道，「我想我能夠說服男爵。」

男爵舉起手。

「你的證據我會檢查的，是的。但是對我來說，不需要什麼證據了。你這番話就足夠了。另外，你很像你的英國母親。我一直都說：『這個年輕人一定生於非常高貴的家庭。』」

「我一直相信你說的話，男爵。」安東尼說道，「我向你保證，我永遠不會忘記。」

接著他抬頭看看巴鬥主任，主任還是一樣面無表情。

「你可以理解吧，」安東尼抱歉地一笑，「我的處境十分危險。煙囪屋的所有人當中，只有我最有理由希望邁克王子別擋我的路，因為我是下一個王位的繼承人。這一點我十分害怕巴鬥知道，我知道他一直都在懷疑我，只不過找不到我的動機而已。」

「我從來就沒想過人是你殺的，先生。」巴鬥主任說，「辦這種事的時候，我們多少會有些直覺。不過我知道你有所擔憂，這倒使我百思不得其解。如果我早點知道你的真實身分，我一定會把這點當作最重要的證據，並且把你關起來。」

「我很高興終於瞞住了這個祕密。你已把其他祕密一點一點地從我這裡挖去，你是個相當厲害的警探，巴鬥。我會永遠以尊敬的目光看待蘇格蘭警場。」

「真是令人驚訝。」喬治喃喃低語道，「這是我聽過最令人驚訝的故事。我……我真難以相信。你真的確定，男爵，他……」

「我親愛的洛馬士先生，」安東尼說道，口氣頗為嚴厲，「我不想在尚未提出有效證明之前，就要求英國外交部支持我的主張。我建議現在先休會，然後你、男爵、艾薩斯坦先生還有我，換個地方討論協定中的貸款條件。」

男爵站了起來，兩個腳跟啪地併在一起。

「如果能親眼看到你登基為黑楚斯洛克國王，先生，」他莊嚴地說，「那將會是我一生中最驕傲的時刻。」

「哦，對了，男爵，」安東尼用手撫摩了對方的手臂，隨意地說道，「我忘了告訴你……這樣可能有點節外生枝。我結婚了。」

男爵驚訝地倒退了幾步，臉上十分沮喪。

「我就知道好事多磨。」他鬱悶地說道，「我仁慈的上帝呀！他娶了個非洲黑女人！」

「嘿，嘿，還不至於吧。」安東尼笑著說，「她夠白的了，全身都是白的，上帝保佑。」

「太好了，那可以算是值得尊重的貴賤通婚了。」

「也不是這麼回事。她將成為我這個國王的王后，你搖頭也沒用。她完全有這個資格。她的祖先是英國貴族，可以追溯到征服者那個時代。現在王室與貴族通婚是一種時髦風尚，而且她還對黑楚斯洛克有所了解。」

「我的天哪！」喬治・洛馬士叫道，驚得失去了往日的鎮靜。「是，是……是不是芃吉妮・雷維爾？」

「是的。」安東尼說，「正是芃吉妮・雷維爾。」

「我親愛的朋友，」卡特漢爵士叫道，「我的意思是……先生，我祝賀你，發自內心地祝賀你，她可是個天生尤物。」

「多謝，卡特漢爵士。」安東尼說道，「正如你所說的，還有過之而無不及。」

但是艾薩斯坦先生好奇地問道：「殿下，請恕我冒昧，婚禮是什麼時候舉行的？」

安東尼回頭衝他笑了笑。

「實際上，」他說，「我今天上午才和她結婚的。」

30 安東尼接受了一份新工作

「請大家先行一步，各位，我隨後就來。」安東尼說道。

當別人魚貫而出的時候，安東尼等在那裡，然後轉過身來，對著正出神查看牆板的巴鬥主任說道：「嗨，巴鬥，想不想問我一些事？」

「好吧。先生，雖然我不曉得你怎麼探知我的想法，但我一直認為你很善於察言觀色。我猜想那個死掉的女人是已故的瓦拉加王后？」

「沒錯，巴鬥，我希望知道的人愈少愈好。你能理解我對家族醜聞是怎麼想的。」

「這一點請相信洛馬士先生吧，誰都不會知道。也就是說，有很多人知道這件事，但不會傳出去。」

「你就是想問我這個嗎？」

「不，先生，這只是順便提到。我比較好奇的是，你為何把名字改了……如果這不至於打破沙鍋問到底的話。」

「一點都不。我可以告訴你。我殺死自己的動機很單純，巴鬥。我的母親是英國人，我是在英國受的教育，而且我對英國的興趣遠比對黑楚斯洛克濃厚。我覺得在世界各地闖蕩時，總是頂著這個滑稽的名字，簡直是太丟臉了。你知道，我很小的時候就有民主思想，相信純潔的理想，相信人都是平等的。我最不信國王和王子這一套。」

「後來呢？」巴鬥接著問道。

「噢，後來，我就周遊世界，發現很少有我們理想中的平等。告訴你吧，我還是信仰民主，但是你必須用一隻有力的手把它強加給人們，讓他們生吞活剝地接受民主。人們都不想要四海一家……可能有一天他們會，但不是現在。上星期我到達倫敦的那天，看到地鐵車廂裡的人們固執地站在那裡一動也不動，拒絕給剛上車的人騰點空間，於是我對人類兄弟情誼的信仰就完全成了幻影。你想召喚人們的良知，把他們變成天使，可是不能一蹴而成。不過運用法律的力量，你可以強迫他們，使他們的行為或多或少能更加得體些。我仍舊相信人類的兄弟情誼，但是一時之間還看不到。也許必須再過一萬年。不耐煩也沒用，進化是一個漫長的過程。」

「我對你這些觀點很感興趣，先生。」巴鬥眼睛閃了一下說道，「嗯，如果你允許我這麼說，你將會成為一個很好的國王。」

「多謝你，巴鬥。」安東尼嘆口氣說道。

「你好像對此並不太高興，先生？」

「哦，我也不知道。我敢說當國王會很好玩，但如此一來，就得把自己拴到一個固定的工作上。我以前一直在盡力避免這種情況發生。」

「但是，我想你認為這是你的義務，先生？」

「天哪，不！你怎麼會有這種想法。全是因為一個女人……永恆的話題，巴門。為了她，我甚至可以做比當國王還要難的事。」

「的確是這樣，先生。」

「我這樣安排，男爵和艾薩斯坦就皆大歡喜了。他們一個想要國王，另一個想要石油。他們倆都能得到想要的東西，而我得到的是……哦，上帝，巴門，你陷入熱戀過嗎？」

「我一直深深地愛著巴門夫人，先生。」

「深深地愛著巴門夫人……噢，你沒搞懂我的意思！這完全是兩碼事！」

「請原諒，先生，你的那個僕人在窗外等著呢。」

「鮑黎世？他就是這樣，很有趣。上天保佑，他們搏鬥的時候，槍械走火幹掉了那個女人。不然的話，鮑黎世一定會把她的脖子擰斷，那就換你來找他麻煩了。他對奧博洛維奇王室的忠誠簡直令人驚訝。奇怪的是，邁克才剛被殺，他就投到我的麾下……他根本不可能知道我是什麼人。」

「本能。」巴門說道，「就像狗一樣。」

「那時候，我覺得這種本能太不合時宜了。我擔心他這麼做，會把我的身分暴露給你知道。我最好去看看他想幹什麼。」

他從窗戶鑽了出去。巴鬥主任獨自站在那裡，目送他離去，然後好像對著牆板說：「他會成功的。」

在外面，鮑黎世正在做解釋。

「主人，」他邊說邊帶路往露台走去。

安東尼跟著他，心裡在想，前面有什麼事。

這時鮑黎世停了下來，用食指向前指了指。月光下，他們前面有一張石椅子，上面坐著兩個人。

「這條狗，」安東尼尋思著，「還是一條上好的獵犬。」

他向前走去，鮑黎世則消失在陰影中。

兩個起身向他迎來。其中一個是芃吉妮，另一個是……

「你好，喬。」一個異常熟悉的聲音響了起來。「你賺到一個很棒的女孩。」

「吉米．麥格拉思！太好了。」安東尼叫道，「你是怎麼到這裡來的？」

「我往內陸去的那趟白跑了。後來有幾個義大利人找上門來，想要從我這裡把手稿買走。之後有個晚上，我差點讓人捅上一刀，這下子我知道我託給你辦的事情要比想像中來得棘手。我想你也許需要幫助，就乘下一艘船來找你了。」

「他可真是夠意思呀！」芃吉妮掐了掐吉米．麥格拉思的手臂。「你怎麼沒告訴我，他這麼善解人意啊？你呀，吉米，真是可愛極了。」

「你們兩個倒是滿處得來的。」安東尼說道。

「那當然。」吉米說道，「我正到處打聽你的消息，後來跟這位女士聯繫上了。她根本不是我想像中的那種人……而是上層社會那種出色的女士，這倒是把我嚇得不知所措。」

「他把信的事情全都告訴我了，」芃吉妮說，「他好具有中世紀的騎士風度，我雖然沒受到那些信的折磨，但是都有點不好意思了。」

「如果我早知道你是這樣的人，」吉米大獻殷勤地說道，「我就不會把信給他了。我會親自把信交到你手裡。嘿，年輕人，熱鬧全都結束了？還有沒有需要我幫忙的？」

「正好，」安東尼說，「有件事，稍等一下。」

他回到樓房裡，片刻後拿著一個紙包走回來，順手把紙包扔進吉米的懷中。

「自己去車庫找一輛中意的車，趕緊到倫敦去把包裹交給艾弗迪恩廣場十七號。那是鮑德森先生的私人寓所。拿這個去交換，他會給你一千英鎊。」

「什麼？不是回憶錄吧？它不是被燒了嗎？」

「你把我當成什麼人了？」安東尼責備地說道，「你不會以為我被他們騙了吧？我馬上打了電話給出版商，知道那個電話是假冒者打的，於是將計就計。我按照他的吩咐弄了一份假的回憶錄，然後把真的那份放進經理的保險箱，把假的交給來人。我從來就沒有弄丟回憶錄。」

「真有你的，兄弟。」吉米說道。

「哦，安東尼，」芃吉妮說道，「你不會讓他們出版回憶錄吧？」

「這可由不得我了，我不能讓吉米這位老朋友失望。但你不必擔心。我已經看過回憶錄了，也弄懂為何人們說權貴之人不自己寫回憶錄而要雇別人寫。從作家角度來看，史泰畢簡直讓人無法忍受。他不停地寫些治國安邦的大業，一點都沒透露那些台前幕後的逸聞趣事。他那種保持祕密的習慣一直延續到最後，在整個回憶錄中，這位嚇壞一票人的政治家一筆都沒提到個人情感。今天我打了電話給鮑德森，跟他說好今晚午夜之前把手稿交給他。不過既然吉米已經到了，就讓他自己完成這件事吧。」

「我走啦。」吉米說道，「一想起那一千英鎊，我就高興，特別是，我本來以為再也拿不到了。」

「稍安勿躁。」安東尼說，「我必須向你坦白，芃吉妮。這件事別人都知道，但是我還沒告訴你。」

「我才不管你以前愛過多少奇怪的女人，只要你不說就行。」

「女人！」安東尼裝出一副受了委屈的樣子說道，「確實是女人，你問問詹姆斯，他上次遇到我的時候，我正在對付什麼樣的女人。」

「減肥團的女人。」吉米鄭重地說，「每個都十分邋遢，而且都在五十歲以上。」

「謝謝你，吉米，」安東尼說，「真夠朋友。」然後對芃吉妮道：「不，比這還要糟糕。我欺騙了你，沒有告訴你我的真實姓名。」

「有那麼可怕嗎？」芃吉妮頗感興趣地說道，「你不會叫破爛兒之類的傻名字吧，啊！我要是叫破爛兒夫人，那可真是有趣。」

「你總是把我想得那麼壞。」

「我承認的確懷疑過你是維克托國王，不過那只是一眨眼的時間。」

「對了，吉米。我幫你安排了份差事……在黑楚斯洛克動盪的城堡裡淘金。」

「那兒有黃金嗎？」吉米急切地問道。

「當然有。」安東尼說，「那是個不錯的國家。」

「這麼說，你準備接受我的建議去那裡了？」

「是的。」安東尼說，「你的建議比你想像中更有價值。好吧，現在開始招供。在幼稚園的時候我沒被換掉，也沒發生類似的浪漫故事。不過，怎麼說呢？我就是黑楚斯洛克的尼古拉斯・奧博洛維奇王子。」

「哦，安東尼！」芃吉妮叫道，「太令人震驚了！而且我嫁給了你！那我們該怎麼辦？」

「我們得去黑楚斯洛克玩一玩國王和王后的遊戲。吉米・麥格拉思曾經說過，那裡的國王和王后平均在位期不超過四年。我希望你不介意吧？」

「介意？」芃吉妮叫道，「我高興得要死！」

「她不是很不一樣嗎？」吉米嘟囔著。

接著，他小心地消失在夜色裡。過了一會兒，傳來了汽車的馬達聲。

「做自己愛做的事，沒有比這個更好的了。」安東尼滿意地說，「況且，我也沒有別的辦法把他支開。我們結婚後，還沒跟你單獨相處過。」

「我們會過得很好的。」芃吉妮說道，「讓盜賊不再偷竊，叫殺手不再殺人，把全國的道德水準都提高一大截。」

「我喜歡你這些純潔的念頭。」安東尼說，「這讓我覺得自己的犧牲沒有白費。」

「胡說。」芃吉妮靜靜地說道，「你會喜歡當國王的。天降大任於斯人也，你知道的。你天生就是要做這件事，而且你也有這個能力，就跟水管工人天生就喜歡擺弄水管一樣。」

「我從來就沒覺得水管工人喜歡他們的工作。」安東尼說，「不過，去他媽的，我們別浪費時間理水管工人了。你知道現在這個時刻，我本來應該和艾薩斯坦與老洛洛葡萄糖他們熱烈地討論呢！他們想談石油方面的事。石油，我的上帝！他們得等到我高興才行。芃吉妮，你還記得我曾對你說過，我會設法引起你的注意嗎？」

「我記得。」芃吉妮溫柔地說，「當時巴鬥主任正從窗子往外看呢。」

「對，他現在沒在看。」安東尼說道。

他突然把她擁進懷裡，吻著她的眼皮、她的嘴唇、她那閃著綠色光澤的金髮……

「我好愛你，真的，芃吉妮。」他低語道，「非常非常愛你。你愛我嗎？」

他低頭看著她，答案已經很清楚了。

她把頭靠到他的肩膀上，而且靠得很低，然後再用她那甜美顫抖的聲音說道：「一點都不！」

「你這個小妖精，」安東尼叫道，抱住她使勁地吻了起來。「我相信我會愛你，一直到永遠……」

31 各種細節

場景，煙囪屋，星期四上午十一點。

巡佐強森脫掉外衣，正使勁挖著。

空氣異常沉悶，彷彿進行著一場葬禮似的。眾親朋好友皆圍站在強森正在挖掘的墓坑四周。

喬治好像成了死者遺囑中的主要受益人。巴門主任還是一副老面孔，看來對葬禮的安排很滿意似的。身為負責人，這表示他做得很不錯。卡特漢爵士則一臉嚴肅和痛苦的神情，那是英國人在宗教儀式中才會擺出來的神情。

費許先生在這樣一幅畫面中顯得很不協調。他不夠嚴肅。

強森彎腰挖著，突然間他站起身。周圍立刻興奮地騷動起來。

「可以了，寶貝。」費許先生說道，「現在我們得小心了。」

人們馬上可以覺察出他才是真正的家庭醫生。

強森退在一旁。費許先生一如往常板起嚴肅的面孔彎下腰來。醫生要開始動手術了。

他取出一個小帆布包，極其正式地把它交給巴門主任，而後者接過來又交給喬治．洛馬士。各種禮儀皆一板一眼的遵守執行。

喬治．洛馬士把包裹打開，扯開裡面的油紙，摸索著裡面的包裝紙。過了一會兒，他的手裡多了樣東西……然後又迅速用棉線團包了起來。

他清了清喉嚨。

「在這個幸運的時刻……」他拿出老練演講者的架式開口說道。

卡特漢爵士趕緊退開去，在露台上找到了他的女兒。

「疾如風，你那輛車能用嗎？」

「能用，怎麼了？」

「趕快開車把我送到城裡去。我馬上就出國……今天。」

「可是，爸爸……」

「別跟我爭辯，疾如風。喬治．洛馬士今天早上來家裡的時候對我說，要跟我私下談幾句話，是關於一件很微妙的事情。他還說，廷巴克圖的國王不久後要到倫敦來。我再也受不了了。疾如風，你聽到了嗎？一百個喬治．洛馬士也不行！如果煙囪屋對國家這麼重要，就讓國家把它買去。不然的話，我也可以把它賣給理事會，讓他們把這裡變成一家飯店。」

「老鱈魚現在在哪兒？」
疾如風明白了眼前的情形。
「現在這個時刻，」卡特漢爵士看看錶答道，「他至少要花十五分鐘大談什麼帝國的利益。」
另一個畫面。
比爾．奧維里先生沒被邀請參加墓地上的儀式，他正在打電話。
「不，真的，我是真的這麼想……我說，別生氣……好吧，不管怎麼說，你今天晚上得吃晚飯吧……沒有，我還沒吃。我一直被人當驢使喚。你不知道老鱈魚是個什麼樣的人……我說，陶樂絲，你知道我是多麼想你……你知道除了你，我從來沒愛過別人……好吧，我就先去看展覽。那句歌詞怎麼唱來著？『於是小姑娘試試看，陷阱和眼睛』……」
傳來怪異的聲音。奧維里先生試圖把那句歌詞哼出來。
而喬治的長篇大論終於到了尾聲。
「……大英帝國持久的和平和昌盛！」
「我想，」海勒姆．費許先生對自己也是對所有的人說，「這一週過得挺有意思的。」

藏在日常細節中的冒險

楊照（作家）

一開始，就都在那裡了。

一九二〇年，阿嘉莎．克莉絲蒂出版了《史岱爾莊謀殺案》，神探白羅就已經退休了。而且在這個案子裡，藉由敘述者海斯汀的轉述，就鋪陳出克莉絲蒂小說最基本的偵探原則：

「那些看來或許無關緊要的小細節……它們才是重要的關鍵，它們才是偉大的線索！」

「豐富的想像力就像洪水一樣，既能載舟亦能覆舟，而且，最簡單直接的解釋，往往就是最可能的答案。」

「沒有任何謀殺行為是沒有動機的。」

還有，一個不討人喜歡的死者，一群各有理由不喜歡死者、因而也就都有殺人動機的人，這些人彼此之間構成複雜的關係，有的互相仇視，有的互相愛戀，麻煩的是，有些愛人其實貌合神離，有些仇人其實私下愛慕；更麻煩的是，不論是愛或是仇，都有可能是扮演出來的。

一個外來的偵探必須周旋在這些嫌疑者之間，從他們口中獲取對於案情的了解，換句話說，他必須在很短的時間內，搞清楚誰是誰、誰跟誰吵架、誰跟誰偷情，然後判斷誰說的哪一句是實話、哪一句是謊言。常常謊言比實話對於破案更有幫助。

再偷偷透露一下，如果要和小說裡的凶手及小說背後的作者鬥智，就像克莉絲蒂對英國社會的了解，祕訣就在於要去追究小說裡的人物背景，尤其是他們的階級地位。基本上，階級地位愈高、權力愈大、愈有錢者，說的話就愈不要相信。例如在《史岱爾莊謀殺案》中，僕人、園丁說的話遠比有頭有臉的人說的要可信多了。就算要說謊，他們的謊言也比較天真，而且往往出於善良動機。當你歸納線索時，就會知道他們並非故意說謊，那是因為他們的認知受到蒙蔽或誤導，而你慢慢就從這蒙蔽或誤導中被引導到真相。

《史岱爾莊謀殺案》出版那年，克莉絲蒂三十歲，但書稿其實早在五年前就寫好了，畢竟要找到有人願意出版一個看來再平凡不過的家庭主婦寫的小說，並不是那麼容易。

所有和克莉絲蒂接觸過的人，都對於她的「正常」留下深刻印象。她看起來就和她那個年紀的典型英國家庭主婦一樣，害羞、靦腆，只能在社交場合勉強跟人聊些瑣事話題，完全無法演講，甚至連只是站起來對眾賓客說幾句客套話，請大家一起舉杯，她都做不到。她不演講，也很少答應接受採訪，就算採訪到她也很難從她口中得到有趣的內容。她會講的，幾乎都是記者本來就知道、或者自己就可以想得出來的。

例如說白羅這個神探的來歷。克莉絲蒂回答：他應該是個外國人，這樣就能在英國日常生活中看出英國人自己看不出的線索。她自己碰過的外國人，只有第一次大戰剛爆發時到英國避難的比利時人。比利時警察怎麼能跑到英國來？那一定是因為他已經退休了。他有潔癖，所以對於現場會有特殊的直覺，馬上感受到不對勁的地方。一個有潔癖的人，好像應該長得矮小些才相稱，一個矮小有潔癖的人最適當的名字，就是希臘神話裡的大力士「赫丘勒斯（Hercules）」，製造出荒唐的對比趣味。那白羅這個姓是怎麼來的呢？克莉絲蒂很誠實地說：「我不記得了。」

一切都如此順理成章，一切都如此合邏輯，不是嗎？有記者問她怎麼看自己的舞台劇〈捕鼠器〉，創下了英國劇場、甚至全世界劇場連演最多場紀錄的名劇？克莉絲蒂的回答也還是中規中矩，合理合節：那是一齣小戲，在一個小劇院演出，成本很低，任何人想到了都可以帶家人或朋友去看，老少咸宜，並不恐怖，也不特別荒謬打鬧，可是又什麼都有一點，包括恐怖和荒謬打鬧的成分。

她的身上找不出一點傳奇、怪誕色彩，那她為什麼能在五十年間持續寫偵探小說，創造了那麼多謀殺，還創造了那麼多詭計？

首先因為她是女性，以及她的身世，包括她的階級身分，使得她在描寫故事場景時比一般男性作者來得敏感。因為在她之前的偵探推理小說男性作家的階級身分都是高高在上，基本上他們會從較高的角度看社會，比較看不到底層的感受。

而她的婚變以及婚變中遭逢的痛苦，都使她更能體會與觀察，將英國社會的複雜細節融入小說的核心情節，讓探案與線索分析結合在一起。

克莉絲蒂一生結過兩次婚，第一次在一九一四年，婚後不久，丈夫就參加了歐戰，是英國皇家空軍最早一批飛行員。一九二六年，這個丈夫有了外遇，直率地向克莉絲蒂要求離婚，在那之前，克莉絲蒂的媽媽才剛過世，雙重打擊之下，又遇到車子無法發動，克莉絲蒂崩潰了，她棄車而走，忘記了自己究竟是誰，躲進一家鄉間旅館，登記時寫了她心裡唯一有印象的名字——她丈夫情婦的名字。

離婚後，一次在晚宴中，有人提起近東烏爾考古的最新收穫，克莉絲蒂就取消了原定要去西印度群島的計畫，改訂了跨越歐洲到君士坦丁堡的「東方快車」，是的，就是這趟旅程給了她寫《東方快車謀殺案》的靈感。不過更重要的是，在烏爾，她認識了一位年輕的考古學家，比她小十四歲，這個人後來成了她的第二任丈夫。

這位考古學家陪她去參觀在沙漠中的烏克海迪爾城，卻在沙漠中迷路困陷了。幾小時中克莉絲蒂卻沒有一點驚慌不安，當下考古學家就決定要向她求婚。

原來，克莉絲蒂的內心是有這種冒險成分的。要不然她不會兩次選到的，都是喜愛冒險的丈夫，而她本身大概也不會吸引一個在各種危險情境下挖掘古代寶藏的人，讓他願意向一個大他十四歲的女人求婚。

這樣說吧，維多利亞時代後期的英國環境，壓抑限制了克莉絲蒂冒險、追求傳奇的內在衝動，她只好將這樣的衝動寄託在丈夫和寫作上。她一邊陪著第二任丈夫在近東漫走，一邊在小說中寫各式各樣的謀殺與探案。謀殺和探案都是冒險，還有，偵探偵查中做的事——蒐集線索，還原命案過程——其實和考古學家的考掘，如此相似！

克莉絲蒂寫得最好的，正是「藏在日常中的冒險」。她個性中的雙面成分，造就了特殊的偵探魅力。既嚮往非常傳奇，卻又有根深柢固的日常邏輯信念，兩者都在克莉絲蒂的小說中扮演了重要角色。她的謀殺案幾乎都和日常習慣緊密編織在一起，日常環境成了凶手最重要的掩護。有些日常規律明顯地被破壞了，讓我們很自然以為那會是謀殺的線索，沿著這些線索形成了閱讀中的推理猜測，然而白羅早就提醒了，真正重要的反而是那些「細節」，也就是看來像是依隨日常邏輯進行的事，或說藏在日常邏輯中因而不被看重的事，那裡要嘛藏著凶手的核心詭計、煙幕，要嘛藏著凶手致命的破綻。

凶案的構想，就是如何讓異常蓋上日常、正常的面貌，又如何故意將日常、正常予以扭曲，製造假象；那麼偵探要做的，就是如何準確地在日常中分辨出真正的異常，將假的、明顯的異常撥開來，找出細節堆疊起來的異常真相。

此外，克莉絲蒂的小說裡隱藏著極其曖昧的情感價值觀，最典型、最有名的就是《東方快車謀殺案》。透過追查過程，讓讀者知道為什麼凶手要訴諸於這種手段，其動機具有可同情之處，再加上克莉絲蒂對身分階級的觀察，她比較相信或讓讀者相信那些沒有權力、地位的人，隨著偵查節奏去認識可能或必須懷疑的人。克莉絲蒂最擅長營造「多重嫌疑犯」的小說特質，因為讀者在閱讀時必須被迫去認識很多不一樣的人。在她最受歡迎的作品，大概都具備這樣的特質。

當然，她的作品中還有兩個最突出的神探，即白羅和瑪波。白羅是比利時人，但為什麼必須是外國人？這是因為英國人具有高度階級意識，這種觀念一路滲透到所有互動細節，包括人與人之間如何說話。而白羅因為不是英國人，他會發現一般英國人不太看得出來的東西，以及兩個人互動的方法哪裡不正常。至於瑪波為什麼得是老太太？她一如那個年代的老人家，總是靜靜坐著打毛線，因為不起眼，自然讓人放鬆防備，所以瑪波探案的線索都是來自於這樣的互動模式。

然而，白羅有很明顯的優勢，瑪波的身分使她基本上只能進行「靜態」的辦案，案子的空間受到侷限，白羅卻可以跨越各種空間，恣意揮灑。而且白羅擁有警官身分，可以合理出現在各種犯罪現場，瑪波能出現的地方，相形之下就勉強、不自然多了。白羅是明白的outsider，在英國，只要他出現，就會覺得有外人在而感到緊張，於是很容易露出平常不會表現的行為；瑪波則看起來是insider，但實質上是outsider，因為總是沒人發現她、當她空氣人。這兩人的探案，是兩個極端。雖然讀者最愛白羅，但克莉絲蒂自己偏愛瑪波勝於白羅。

不管後來的偵探、推理小說發展了多少巧妙詭計，克莉絲蒂卻不會過時，因為她的推理如此密切地和日常纏繞在一起；活在日常中，我們就無可避免被克莉絲蒂的「日常細節推理」吸引，隨時讀來都充滿驚奇趣味。

名家盛讚克莉絲蒂（依推薦時間排序）

金庸（作家）

克莉絲蒂的寫作功力一流，內容寫實，邏輯性順暢，也很會運用語言的趣味。閱讀她的小說，在謎底沒有揭露之前，我會與作者鬥智，這種過程非常令人享受。其作品的高明之處在於：布局的巧妙完全意想不到，而謎底揭穿時又十分合理，讓人不得不信服。

詹宏志（作家、PChome網路家庭董事長）

推理小說在從先輩柯南·道爾等人的發明中出現力量時，誕生了一位《天方夜譚》故事中每天說故事說個不停的王妃薛斐拉·柴德，也就是「謀殺天后」克莉絲蒂，整個世界對聽這些故事才有如此的熱情。他們捨不得睡覺，每天問後來還有嗎、還有嗎，永遠不肯離去，這就是克莉絲蒂對推理小說的最大貢獻。

可樂王（藝術家）

所謂「克莉絲蒂式」的推理小說，就是一場和一個天才的寫作者或高明的恐怖份子在紙上捕掠捉殺的戰事。即便是一列火車、一處飯店或一間酒吧，在克莉絲蒂寫來皆充滿神祕和猜謎。在人生適合的下午裡，我總是一面嚼著口香糖，一面跟著矮子偵探白羅穿梭謀殺現場，克莉絲蒂的推理作品無疑是推理世界中最充滿「魔術性」的小說。

吳若權（作家、節目主持人）

我從小就對推理小說情有獨鍾，克莉絲蒂一系列的作品尤其令我愛不釋手。多年來，閱讀推理小說的經驗讓我覺悟：讀者在文字情節中推展開來的驚嘆，不只是因緣於故事的本身，而是自我性格的投射。從這個觀點來看克莉絲蒂一系列的作品，她簡直就是洞徹人性的算命師。而讀者，在她的文字中，發現了自己無可奉告的命運。

藍祖蔚（國家電影及視聽文化中心董事長）

做過藥劑師，難免懂得毒藥；嫁給考古學家，難免也就嫻熟文明的神祕；再加上曾經失蹤九天，一切不復記憶的離奇經驗，的確提供了寫作靈感，但若少了想像力，那些片羽靈光縱使辛辣如辣椒，卻不足以成菜。

推理小說重布局、重人物描寫，克莉絲蒂最厲害的卻是犀利的人性觀察，她一手創造的白羅探長，潔癖個性完全和她相反，更將她所憎厭的人格特質集於一身，殊不知，唯有不對著鏡子寫作，才能夠跳出框架與制式反應，開闢無限寬廣的新世界，建構多面向的詭異迷宮。

看完她的小說，你只會更加訝異，到底是什麼樣的心靈才能成就這般視野？

李家同（作家、前暨南大學校長）

克莉絲蒂的整體布局十分細膩，最後案情也都講解得非常詳細，回頭去看，在書中都找得到線索。故事的情節與內容也很好看，不是像一個流氓在街上被殺掉那麼單調。……看小說應該要花腦筋、要思考，從小就要養成思辨的能力，看她的小說，就是對邏輯思考能力極佳的訓練。

袁瓊瓊（作家）

雖然被公認是冷靜理性的謀殺天后，但是在理性之下，克莉絲蒂的底色依舊是感情。克莉絲蒂很明白，所有的慾望之後，都無非是某種愛情。在以性命相搏的犯罪世界裡，凶手以終結他人的性命來遂私欲，不過是為了成全自己的愛，或者是成全自己的恨。

鄧惠文（精神科醫師）

以推理小說作家而言，克莉絲蒂的風格相當獨樹一格。她的偵探在辦案時，靠的不光是科學證據的搜集，而是大量運用犯罪心理學，及對人性的深刻了解。例如在《五隻小豬之歌》中，白羅便是藉由聽取嫌疑犯訴說案情時所不自覺顯露的主觀意識及中心思想，而看出其中破綻，找出真凶。白羅是靠腦袋辦案，以心理層面去剖析案情，即使人們敘述的是同一件事，他可以聽出不同角色因出發點及看待角度不同所透露的情緒觀感，從而抽絲剝繭，還原事實真相。

克莉絲蒂所塑造的人物也生動且各具特色，不同個性所出現的情緒反應描寫，皆細膩而準確，讓讀者產生豐富的想像空間，一展卷便欲罷而不能。

吳曉樂（作家）

克莉絲蒂使用的語言平易近人，主要是以角色與情節的對應來斧鑿出故事的深度，堆疊出讓讀者回味的迂迴空間。而她筆下的角色往往性別、階級、性格、族群各異，塑造出多元又豐富的人物群像。

文學作品不問類型，若要流傳於世，最終仍得上溯至「人性」的理解與反思。而阿嘉莎・克莉絲蒂的作品中，我們可以看到人類屢屢得和自己的人生討價還價，或千方百計讓主觀意識與客觀條件達成某種程度的整合，讀者在重建人物的心理軌跡時，也見識到自身的是非成敗，我認為，這也是克莉絲蒂的作品能夠璀璨經年、暢銷不衰的主因。

許皓宜（心理學作家）

克莉絲蒂筆下的故事看似在談人性的醜惡，實則像一位披著小說家靈魂的心靈引導者，用她的文字訴說著人們得不到「愛」時的痛苦。於是在故事終了的剎那，你不得不對人生多了幾分「看透感」：原來，我們心裡的那些痛苦、報復與自我折磨的慾望，不是因為「憤恨」，而是起於對「愛的失落」。這或許是我們在情感世界中最珍貴且深刻的一種覺察了。

推理小說荒謬驚悚嗎？不，它其實很寫實。它幫我們說出心裡的苦、怨、醜陋的慾望，於是，我們可以重新學習愛了。

一頁華爾滋 Kristin（影評人）

從有記憶以來，閱讀克莉絲蒂最迷人之處往往不在真正的凶手是誰，而是在於「Why」（為什麼）與「How」（如何進行），在於人性與心理描摹的故事肌理。依循其書寫脈絡，會發覺不只是邏輯清晰、布局縝密、著重細節，她總能完美掌握敘事節奏，書中人物彷彿真實存在般鮮明躍然紙上，讀者情緒會隨精準文字保持流轉、跳動、收放，掩卷時並無太多真相水落石出的暢快，反倒淡淡的惆悵化為餘韻襲上心頭，原來還是種種意料之外，卻屬情理之中的人性盲目使然。私以為，那成就了克莉絲蒂的推理故事之所以無比迷人的主因之一。

冬陽（推理評論人）

雖然阿嘉莎．克莉絲蒂的作品並非我的推理閱讀啟蒙，卻是養成閱讀不輟的重要推手。首先，她無庸置疑是個說故事能手，打開我名為好奇的開關；其次是設計犯罪事件的巧妙多元，既日常又異常，凶手更是叫人意想不到。沒錯，我相信每個當讀者的都忍不住想破案，想早偵探一步識破詭計，或者像考試結束鈴響前一秒，瞎猜都要指著某個角色大喊「你就是犯人」！然後會忍不住作弊——不是翻到最後幾頁窺探真凶身分，而是往前翻查讓人起疑的段落、偵探顯然掌握重要線索的時刻，直到忍不住豎白旗投降，看神探（我知道啦，真正把我耍得團團轉的聰明人是作者）頭頭是道地分析我遺漏錯置的片片拼圖，終於看清真相全貌。這，就是偵探推理，我因此熟悉遊戲規則、沉醉在每一場迷人故事裡，成為這個類型書寫的俘虜，享受至今不疲的美好滋味。

石芳瑜（作家、永樂座書店店主）

布局細膩、處處留下線索，破案解說詳細，說明了這位安靜、害羞的推理小說女王心思縝密，且充滿想像力。密室殺人，完美犯罪，《東方快車謀殺案》不愧為古典推理小說的經典。再加上神祕的東方色彩，隨著火車抵達的迫切時間感，連非推理小說迷都會神經拉緊，讀完大呼過癮。

家庭主婦缺少人生經驗？處女座的阿嘉莎．克莉絲蒂充分展現她過人的寫作天分，靠得是從小開始的閱讀，以及對偵探小說的著迷。三十歲寫下第一本偵探小說《史岱爾莊謀殺案》的克莉絲蒂，在那個時代並不能說是「早慧」，但寫作生涯五十五年中，共創作了八十部偵探小說，卻令人難以企及。這位害羞靦腆的小說女神，大概是相信只要有足夠的理由，每個人都有殺人的可能！

余小芳（暨南大學推理研究社指導老師、台灣推理作家協會常務理事）

學生時代加入推理社團，社課指定讀物便是經典作品《一個都不留》，成為我對克莉絲蒂的初步印象，自此沉浸於推理小說的世界。隔年寒假陪同學參與轉學考，在斜風細雨的走廊中，滿足讀完《東方快車謀殺案》。隨著歲月遠走，已昇華成趣味回憶。

踏入推理文學領域需要認識的作家，阿嘉莎．克莉絲蒂絕對名列其中，她的作品常有英國小鎮風光、莊園式的謀殺、設備豪華的交通工具等，還有特色鮮明的偵探活躍其中。書中少有血腥、暴力的橋段，布局巧妙且結構嚴密，手法純粹、知性，故事內容與人物性格融為一體，以高超的想像力結合說好故事的能耐，為推理小說開創新局面。克莉絲蒂推理全集重編改版，值得新舊讀者一起探索。

林怡辰（國小教師、教育部閱讀推手）

多年後，還是難忘第一次閱讀阿嘉莎．克莉絲蒂作品的感動和激動。這套將近一世紀的作品，文筆流暢，邏輯縝密，過程中不斷與作者較量、猜出凶手，直到最後解答不禁佩服，蛛絲馬跡處處展現作者的精妙手法，於是又拿起另一部作品，再次沉溺在謀殺天后所編織的日常世界中的奇幻，無可自拔。犯罪動機和手法穿越時空限制，如今讀來合理且依舊令人感動，閱讀中趣味橫生，難怪成為後來諸多偵探小說的原型。

克莉絲蒂創作生涯中產出的八十部推理作品，至今多部躍上大銀幕，無怪乎被稱之為「經典」，喜愛推理偵探作品的人不可不讀，你會驚異於她在文字中施展的魔法！

張東君（推理評論家、科普作家）

我愛克莉絲蒂！這位在台灣有時會被稱為克奶奶的超級暢銷推理小說家，即使是自認沒讀過她的書的人，也都會在各種書籍或影視作品中看到對她致敬的片段。由於她喜歡旅行和冒險，那些經驗與體驗都成為書中的場景，因此閱讀她的作品時，不只是雀躍地跟著偵探推理，也有了虛擬的旅行體驗。或者當成旅遊導覽書，在出發去尼羅河、去英國鄉間、去搭船搭火車時，就塞一本克奶奶的作品到隨身背包中。

我還是大學新生時，就聽學姐說她哥哥經常看克奶奶的小說，而且邊看邊狂笑。於是我跟著效仿，在某次搭飛機之前買了第一本小說當旅伴，不只看得超開心，看完後還到處找尋書中出現的那種有兜帽的斗篷，當成出門時的必備用品。克奶奶的作品是跨越文字、國界的。只要看過一本，就會不停地追下去。還好，真的是還好只有八十本。何況這次是全新校訂的紀念珍藏版，當然不能錯過！

發光小魚（呂湘瑜）（文史作家、助理教授）

一部好的偵探小說，除了情節設計巧妙之外，還需要洞悉人性，如此方能合理地交代人物的言行舉止與動機。阿嘉莎．克莉絲蒂便是其中翹楚，她的作品不管是偵探、愛情小說或戲劇，必要元素都是謎題與人性。在寧靜無波的場景下暗潮洶湧，永遠都有意料之外，讀者的情緒也會隨著劇情的進行起伏糾結。克莉絲蒂觀察到時代的變化，將犯罪心理融入作品中，於是，看她的小說不只能得到解謎的快樂，同時對人性也能夠有所省思。

此外，克莉絲蒂豐富的人生歷練及旅行經歷，例如一九二二年的環球之旅、居住過也旅行過的巴黎和埃及，甚至是追隨考古學家丈夫前往的中東，都讓她的小說讀來更加充滿異國情調。如果你也愛旅行，不如就讓我們一同搭上那一班南法的藍色列車，或由伊斯坦堡出發的東方快車，跟著白羅鑽進一樁奇案，一嘗旅程中破解謎題的快感吧。

盧郁佳（作家）

國小時，家裡買了一套阿嘉莎．克莉絲蒂全集，從此成了我的毒品，在白癡課本將我的腦袋啃噬成海綿般空洞時，撫慰受創的心靈，那時我仍對人心險惡一無所知。

數學課教你列算式，樂趣遠不如克莉絲蒂教你住宅平面圖、偷換時序的密室魔術，你從庭園長窗進房間，我從房門直通鄰房，他從走廊進房……從而學會故事是建構邏輯。她文風多變，時而《四大天王》中讓神探白羅向助手海斯汀大賣關子，眉頭緊皺，山雨欲來，預示天翻地覆，只能靠他拯救世界；時而用維吉尼亞．吳爾芙《自己的房間》中俏皮的語言，讓貧苦村姑安妮在《褐衣男子》中回憶南非出生入死的冒險，竟源於她耽讀村裡圖書館爛舊的冒險愛情小說，還有戲院每週末放映〈帕米拉歷險記〉，帕米拉每集從飛機跳落高空、搭潛艇、爬上摩天大樓，每次被黑幫老大抓到總不一刀斃命，卻老要用瓦斯毒死她，暗示續集又會逃出生天。

長大才發現，克莉絲蒂小說就是我的〈帕米拉歷險記〉：它以歌劇般輝煌龐大的天真陰謀、精細的人際觀察（一句話重音放在哪個字、從膝蓋鑑定女人的年齡等），召喚年輕讀者抱持浪漫精神投入未知的壯遊，瘋魔、衝撞、冒犯，傷痕累累毫無懼色。正如瓦斯在冒險片中太多、現實中卻太少；陰謀在現實中沒有克莉絲蒂寫得那麼複雜，但她刻畫的心理卻是現實中解謎的試金石。

賴以威（臺灣師範大學電機系副教授）

或許可以為經典下幾個定義：該領域的愛好者更都讀過；不是這個領域的愛好者，許多人也都聽過；影響後續的作品，在很多著作中都可以看到它的影子；值得反覆再三閱讀，每隔一陣子再讀都可以獲得閱讀的樂趣，有更多的體悟。我永遠記得第一次讀《東方快車謀殺案》時，被那宛如嚴謹設計數學謎題的鋪陳、推進給深深吸引、震撼。從這幾個角度來說，克莉絲蒂的推理小說被稱之為「經典」，可說是當之無愧。

謝哲青（作家、旅行家、知名節目主持人）

克莉絲蒂小說的魅力在於透過每個角色的對白，藉由不斷的說話來表現人物的個性，以彰顯其人格特質中一些無法被忽略的事實。我們從他們的言語、講話的過程和字裡行間，竟然就能知道誰是凶手。

我從克莉絲蒂的小說學到很多，除了推理小說有趣的事實之外，最重要的是，我在工作的職場跟人應對的時候，如何從語言和對話裡去捕捉某些隱而不顯的事實。許多人們欲蓋彌彰的東西，無論心事也好、祕密也好，克莉絲蒂都會用文學的手法，讓你理解語言的奧妙和魅力。

克莉絲蒂的書寫會讓你覺得彷彿自己也在現場，你可以從聽到的對話當中，學會如何理解人心的一些小技巧，這是小說家最出色、最偉大的地方。我們必須學習傾聽別人說話——這些人講話是真誠的嗎？他想要跟你分享什麼資訊？這些資訊可靠嗎？——這是我在閱讀推理小說時，最大的收穫和理解。

阿嘉莎・克莉絲蒂大事記

1890 • 九月十五日出生於英格蘭德文郡托基鎮。

1894 4 歲 • 開始在家自學，父母親、姐姐教導閱讀、寫作、算術和彈鋼琴。

1895 5 歲 • 家中經濟走下坡，舉家搬至法國，學會流利的法語。

1905 15 歲 • 在巴黎寄宿學校學鋼琴和聲樂，但生性極度害羞，未成為職業鋼琴家，最終回到英國。

1907 17 歲 • 陪同母親前往埃及調養身體，對社交活動充滿興趣，但尚未對日後感興趣的埃及古物點燃熱情。
• 回英國後繼續寫作、參與業餘戲劇表演。

1908 18 歲 • 寫出第一篇短篇小說〈麗人之屋〉，同時也寫出第一部愛情小說《白雪黃漠》，以筆名向出版社投稿，但屢遭退稿。

1912 22 歲 • 與英國皇家軍官亞契・克莉絲蒂（Archibald Christie）熱戀。
• 八月爆發第一次世界大戰，亞契奉派到法國作戰。

1914 24 歲 • 耶誕夜結婚，亞契隨即返回戰場。克莉絲蒂參與紅十字會工作，在醫院擔任護士和藥劑師，因此對藥理和毒物非常熟悉，造就後來多部推理小說情節都以毒藥殺人。

1916 26 歲 • 開始嘗試寫推理小說，寫出第一部小說《史岱爾莊謀殺案》，主角偵探赫丘勒・白羅的靈感，來自於大戰期間英國鄉間的比利時難民營。本書歷經數家出版社退稿後，終獲柏德雷・海德（The Bodley Head）圖書公司的出版機會，之後並簽下另五本小說的合約。

1919 29 歲 • 前一年亞契返回英國，八月生下女兒露莎琳。

1920 30歲 • 出版《史岱爾莊謀殺案》。

1922 32歲 • 出版第二部小說《隱身魔鬼》，主角是夫妻檔偵探湯米和陶品絲。
• 與亞契至南非、澳洲、紐西蘭、夏威夷和加拿大等國旅行十個月，在南非得到《褐衣男子》的靈感。

1923 33歲 • 三月出版第三部小說《高爾夫球場命案》，白羅再度登場。

1926 36歲 • 四月母親過世，克莉絲蒂陷入憂鬱。
• 六月在「威廉．柯林斯父子出版社」出版《羅傑艾克洛命案》。
• 八月亞契因外遇提出離婚，十二月初一次爭吵後，克莉絲蒂離家棄車失蹤，消息登上全國新聞。

1927 37歲 • 一月在悲痛心情中寫出《藍色列車之謎》，第一次創造出聖瑪莉米德村，即後來瑪波小姐居住的村子。
• 分居期間在雜誌刊登以白羅為主角的短篇小說，後來集結出版《四大天王》。
• 十二月在雜誌刊登短篇小說〈週二夜間俱樂部〉，瑪波小姐初登場，後來收錄在一九三二年出版的短篇小說集《十三個難題》。

1928 38歲 • 十月正式離婚，仍保留「克莉絲蒂」姓氏。
• 秋天搭乘「東方快車」前往土耳其的伊斯坦堡，再轉往伊拉克首都巴格達，參觀考古現場烏爾，認識考古學家伍利夫婦（Leonard and Katharine Woolley）。

1930 40歲 • 二月應伍利夫婦之邀再訪烏爾，認識考古學家麥克斯．馬龍（Max Mallowan），九月於英國愛丁堡結婚。這段婚姻開啟克莉絲蒂旺盛的創作生涯，兩人到中東考古現場的旅行為許多作品帶來靈感。

- 婚後克莉絲蒂開始維持固定的寫作行程。十月出版《牧師公館謀殺案》，是第一部以瑪波小姐為主角的小說。
- 出版第一部以「瑪麗・魏斯麥珂特」(Mary Westmacott) 為筆名的《撒旦的情歌》，並陸續發表了五部非犯罪小說。

1932　42歲
- 出版《危機四伏》。

1934　44歲
- 出版《東方快車謀殺案》，是白羅海外辦案三部曲之一，故事靈感來自中東的旅行經歷。一九七四年第一次改編成電影大獲好評。

1936　46歲
- 出版《美索不達米亞驚魂》，白羅海外辦案三部曲之二。

1937　47歲
- 出版《尼羅河謀殺案》，白羅海外辦案三部曲之三，故事背景是年輕時與母親同遊的埃及。一九七八年第一次改編成電影大受歡迎。

1939　49歲
- 二次大戰期間，克莉絲蒂在大學學院醫院擔任義務藥師，學習到最新的毒藥知識，對於推理小說寫作大有助益。
- 出版《一個都不留》，是克莉絲蒂最著名作品之一。

1941　51歲
- 出版《密碼》，呈現出克莉絲蒂對戰爭的看法。
- 出版《豔陽下的謀殺案》。

1942　52歲
- 出版《藏書室的陌生人》、《五隻小豬之歌》等名作。

1944　54歲
- 以「瑪麗・魏斯麥珂特」為筆名出版第三部作品《幸福假面》，被美國書評人發現是克莉絲蒂的作品，讓她從此失去匿名創作的自在樂趣。

1950 60歲 • 獲選為皇家文學學會的會員。

1953 63歲 • 出版《葬禮變奏曲》。

1956 66歲 • 一月獲頒大英帝國爵級大十字勳章（GBE）。
• 十一月以「瑪麗．魏斯麥珂特」為筆名出版《愛的重量》，是這個筆名的最後一部作品。

1958 68歲 • 成為「偵探作家俱樂部」主席。

1960 70歲 • 馬龍獲頒大英帝國爵級大十字勳章。

1961 71歲 • 獲得艾克塞特大學頒發榮譽文學博士學位。

1968 78歲 • 馬龍獲封為爵士，克莉絲蒂亦被稱為馬龍爵士夫人。

1971 81歲 • 獲頒大英帝國爵級司令勳章（DBE），獲封為女爵士。

1973 83歲 • 出版最後一部創作《死亡暗道》，亦為湯米和陶品絲最後一次辦案。

1974 84歲 • 最後一次公開露面，出席電影《東方快車謀殺案》首映會。

1975 85歲 • 八月六日，白羅成為有史以來第一次在《紐約時報》頭版刊出訃聞的小說主角，宣傳九月即將出版的《謝幕》，這也是白羅最後一次辦案。

1976 86歲 • 一月十二日去世。
• 十月出版《死亡不長眠》，瑪波小姐的最後一次辦案。

克莉絲蒂推理原著出版年表

1920 史岱爾莊謀殺案 The Mysterious Affair at Styles（神探白羅系列）
1922 隱身魔鬼 The Secret Adversary（神探湯米＆陶品絲系列）
1923 高爾夫球場命案 The Murder on the Links（神探白羅系列）
1924 白羅出擊 Poirot Investigates（神探白羅系列）
1924 褐衣男子 The Man in the Brown Suit（神探雷斯上校系列）
1925 煙囪的祕密 The Secret of Chimneys（神探巴鬥主任系列）
1926 羅傑艾克洛命案 The Murder of Roger Ackroyd（神探白羅系列）
1927 四大天王 The Big Four（神探白羅系列）
1928 藍色列車之謎 The Mystery of the Blue Train（神探白羅系列）
1929 七鐘面 The Seven Dials Mystery（神探巴鬥主任系列）
1929 鴛鴦神探 Partners in Crime（神探湯米＆陶品絲系列）
1930 牧師公館謀殺案 The Murder at the Vicarage（神探瑪波系列）
1930 謎樣的鬼豔先生 The Mysterious Mr. Quin（神探鬼豔先生系列）
1931 西塔佛祕案 The Sittaford Mystery
1932 十三個難題 The Thirteen Problems（神探瑪波系列）
1932 危機四伏 Peril at End House（神探白羅系列）
1933 十三人的晚宴 Lord Edgware Dies（神探白羅系列）
1933 死亡之犬 The Hound of Death
1934 三幕悲劇 Three Act Tragedy（神探白羅系列）
1934 李斯特岱奇案 The Listerdale Mystery
1934 帕克潘調查簿 Parker Pyne Investigates（神探帕克潘系列）
1934 東方快車謀殺案 Murder on the Orient Express（神探白羅系列）
1934 為什麼不找伊文斯？ Why Didn't They Ask Evans?
1935 謀殺在雲端 Death in the Clouds（神探白羅系列）
1936 ABC 謀殺案 The A.B.C. Murders（神探白羅系列）
1936 底牌 Cards on the Table（神探白羅系列）
1936 美索不達米亞驚魂 Murder in Mesopotamia（神探白羅系列）

1937　巴石立花園街謀殺案 Murder in the Mews（神探白羅系列）
1937　尼羅河謀殺案 Death on the Nile（神探白羅系列）
1937　死無對證 Dumb Witness（神探白羅系列）
1938　白羅的聖誕假期 Hercule Poirot's Christmas（神探白羅系列）
1938　死亡約會 Appointment with Death（神探白羅系列）
1939　一個都不留 And Then There Were None
1939　殺人不難 Murder Is Easy/Easy to Kill（神探巴鬥主任系列）
1940　一，二，縫好鞋釦 One, Two, Buckle My Shoe（神探白羅系列）
1940　絲柏的哀歌 Sad Cypress（神探白羅系列）
1941　密碼 N Or M?（神探湯米＆陶品絲系列）
1941　豔陽下的謀殺案 Evil Under the Sun（神探白羅系列）
1942　五隻小豬之歌 Five Little Pigs（神探白羅系列）
1942　藏書室的陌生人 The Body in the Library（神探瑪波系列）
1942　幕後黑手 The Moving Finger（神探瑪波系列）
1944　本末倒置 Towards Zero（神探巴鬥主任系列）
1945　死亡終有時 Death Comes as the End
1945　魂縈舊恨 Sparkling Cyanide（神探雷斯上校系列）
1946　池邊的幻影 The Hollow（神探白羅系列）
1947　赫丘勒的十二道任務 The Labours of Hercules（神探白羅系列）
1948　順水推舟 Taken at the Flood（神探白羅系列）
1949　畸屋 Crooked House
1950　謀殺啟事 A Murder Is Announced（神探瑪波系列）
1951　巴格達風雲 They Came to Baghdad
1952　殺手魔術 They Do It with Mirrors（神探瑪波系列）
1952　麥金堤太太之死 Mrs. McGinty's Dead（神探白羅系列）
1953　黑麥滿口袋 A Pocket Full of Rye（神探瑪波系列）
1953　葬禮變奏曲 After the Funeral（神探白羅系列）

1954　未知的旅途 Destination Unknown
1955　國際學舍謀殺案 Hickory, Dickory, Dock（神探白羅系列）
1956　弄假成真 Dead Man's Folly（神探白羅系列）
1957　殺人一瞬間 4:50 from Paddington（神探瑪波系列）
1958　無辜者的試煉 Ordeal by Innocence
1959　鴿群裡的貓 Cat Among the Pigeons（神探白羅系列）
1960　哪個聖誕布丁？ The Adventure of the Christmas Pudding（神探白羅系列）
1961　白馬酒館 The Pale Horse
1962　破鏡謀殺案 The Mirror Crack'd from Side to Side（神探瑪波系列）
1963　怪鐘 The Clocks（神探白羅系列）
1964　加勒比海疑雲 A Caribbean Mystery（神探瑪波系列）
1965　柏翠門旅館 At Bertram's Hotel（神探瑪波系列）
1966　第三個單身女郎 Third Girl（神探白羅系列）
1967　無盡的夜 Endless Night
1968　顫刺的預兆 By the Pricking of My Thumbs（神探湯米＆陶品絲系列）
1969　萬聖節派對 Hallowe'en Party（神探白羅系列）
1970　法蘭克福機場怪客 Passengers to Frankfurt
1971　復仇女神 Nemesis（神探瑪波系列）
1972　問大象去吧 Elephants Can Remember（神探白羅系列）
1973　死亡暗道 Postern of Fate（神探湯米＆陶品絲系列）
1974　白羅的初期探案 Poirot's Early Cases（神探白羅系列）
1975　謝幕 Curtain: Hercule Poirot's Last Case（神探白羅系列）
1976　死亡不長眠 Sleeping Murder（神探瑪波系列）
1979　瑪波小姐的完結篇 Miss Marple's Final Cases（神探瑪波系列）
1991　情牽波倫沙 Problem at Pollensa Bay
1997　殘光夜影 While the Light Lasts

國家圖書館出版品預行編目（CIP）資料

煙囪的祕密 / 阿嘉莎・克莉絲蒂（Agatha Christie）著 ; 楊志強、王利英譯. -- 二版.-- 臺北市 : 遠流出版事業股份有限公司, 2024.04
面； 公分. -- (克莉絲蒂繁體中文版20週年紀念珍藏 ; 63)
譯自 : The Secret of Chimneys
ISBN 978-626-361-534-2(平裝)

873.57 113001929

克莉絲蒂繁體中文版 20 週年紀念珍藏 63

煙囪的祕密

作者 / 阿嘉莎・克莉絲蒂
譯者 / 楊志強、王利英

主編 / 陳懿文、余式恕　校對 / 呂佳真
封面、內頁設計 / 謝佳穎　排版 / 連紫吟、曹任華
行銷企劃 / 舒意雯　出版一部總編輯暨總監 / 王明雪

發行人 / 王榮文
出版發行 / 遠流出版事業股份有限公司
地址 / 104005臺北市中山北路一段11號13樓
電話 / (02)2571-0297　傳真 / (02)2571-0197　郵撥 / 0189456-1
著作權顧問 / 蕭雄淋律師

2003年11月1日 初版一刷
2024年4月1日 二版一刷
定價 / 新臺幣380元 (缺頁或破損的書，請寄回更換)

ISBN 978-626-361-534-2

遠流博識網 http://www.ylib.com E-mail: ylib@ylib.com
遠流粉絲團 https://www.facebook.com/ylibfans